BVT

Auf Anraten seines Nervenarztes nimmt Jacob Horner eine Stellung als Grammatiklehrer an einem kleinen College an der Ostküste an. Horner leidet unter Anfällen von physischer Immobilität, und ein geregelter Lebenswandel soll seinem labilen Gesundheitszustand entgegenwirken. Am College freundet er sich mit dem Lehrer Joe Morgan und dessen Frau Rennie an, mit der er prompt ein Verhältnis eingeht. Als Rennie schwanger wird und keiner weiß, von wem das Kind stammt, beginnt ein Verwirrspiel mit fatalen Folgen ...

John Barth wurde 1930 in Cambridge/Maryland geboren. Er gilt neben Thomas Pynchon als einer der einflußreichsten Erzähler der zeitgenössischen amerikanischen Literatur. Seine Romane und Erzählungen wurden mit den renommiertesten amerikanischen Literaturpreisen, u.a. mit dem National Book Award und dem PEN/Malamud Award, ausgezeichnet.

John Barth

Tage ohne Wetter

Roman

Aus dem Amerikanischen
von Matthias Müller

Berliner Taschenbuch Verlag

Juli 2005
BvT Berliner Taschenbuch Verlags GmbH, Berlin
Die Originalausgabe erschien 1958 unter dem Titel
The End of the Road bei Doubleday, New York.
Die vorliegende Übersetzung basiert auf einer revidierten
Fassung aus dem Jahre 1967.

Umschlaggestaltung Nina Rothfos und Oatrick Gabler, Hamburg,
unter Verwendung des Gemäldes »Stilleben IX« von Alexander Kanoldt
Typografie & Satz: Frese, München
Druck und Bindung: Clausen & Bosse, Leck
Printed in Germany · ISBN 3-8333-0122-8

Ich bin Jacob Horner, gewissermaßen

Ich bin Jacob Horner, gewissermaßen. Es war eigentlich der Doktor, der mir dazu geraten hatte, den Lehrberuf zu ergreifen: Eine Zeitlang unterrichtete ich Grammatik am Wicomico State Teachers College in Maryland.

Der Doktor hatte mich mit meinem Therapieplan bis zu einem bestimmten Punkt geführt (das war im Juni 1953), und als ich wieder einmal zu meinem vierteljährlichen Check-up in die Remobilisierungsfarm, die sich damals in der Nähe von Wicomico befand, aus Baltimore gekommen war, sagte er zu mir: »Jacob Horner, Sie dürfen nicht länger untätig herumsitzen. Es ist Zeit, daß Sie sich nach einer Arbeit umsehen.«

»Ich bin nicht die ganze Zeit untätig«, sagte ich. »Ich habe immer wieder mal eine Stelle.«

Wir saßen im ›Fortschritts- und Beratungsraum‹ des Farmhauses. In der gegenwärtigen Einrichtung in Pennsylvania gibt es haargenau den gleichen. Es ist ein mittelgroßer Raum, etwa so groß wie ein Wohnzimmer, nur mit einer hohen Decke. Die Wände sind mattweiß, vor den Fenstern hängen weiße Jalousien, zumeist geschlossen, und eine kugelförmige Deckenleuchte liefert das Licht. Genau in der Mitte dieses Raumes stehen sich zwei weiße, vollkommen identische Holzstühle mit geraden Rückenlehnen gegenüber, weitere Möbel gibt es nicht. Die Stühle stehen sehr eng zusammen – so eng, daß der Berater mit seinen Knien beinahe die des zu Beratenden berührt.

Entspannt kann man im ›Fortschritts- und Beratungsraum‹ beim besten Willen nicht sein. Der Doktor sitzt einem gegenüber, die Beine etwas gespreizt, die Hände auf den Knien, und beugt sich einem leicht entgegen. Man kann sich nicht hinlümmeln, denn dann würde man mit den Knien schon fast gegen die des Doktors stoßen. Ebensowenig kann man die Beine nach Männer- oder nach Frauenart übereinanderschlagen. Bei der Männerart, wo der linke Knöchel auf dem rechten Knie ruht, hätte das zur Folge, daß der linke Schuh etwa auf Kniehöhe gegen das linke Hosenbein des Doktors reiben und unter Umständen seine weiße Hose beschmutzen würde. Bei der Frauenart, bei dem das linke Knie über das rechte gelegt wird, hätte es zur Folge, daß man mit der Schuhspitze gegen selbiges Hosenbein reiben würde, nur weiter unten am Schienbein. Sich seitlich hinzusetzen wäre natürlich undenkbar, und würde man die Beine genau wie der Doktor spreizen, wäre man sich peinlich bewußt, daß man seine Position nachäfft, so als hätte man keine eigene Persönlichkeit. Also nimmt man folgende Haltung ein (die zwar aussieht, als sei sie frei gewählt, weil einem nicht befohlen wurde, sich so hinzusetzen, bei der aber, da es keine Alternativen gibt, nur in einem sehr begrenzten Sinne von freier Wahl gesprochen werden kann): Man sitzt recht steif auf seinem weißen Stuhl, der Rücken und die Oberschenkel beschreiben den gleichen rechten Winkel, der von der Form des Stuhls vorgegeben wird, und man behält die Beine nebeneinander, während Oberschenkel und Unterschenkel einen weiteren rechten Winkel bilden.

Die Plazierung der Arme ist wieder ein anderes Problem, für sich genommen durchaus interessant und in gewisser Weise komplizierter, doch von geringerer Bedeutung, da sie, egal wo man sie hintut, normalerweise nicht in körperliche Berührung mit dem Doktor geraten. Man kann mit ihnen machen, was man will (natürlich würde man sie nicht auf die Knie legen und ihn somit nachahmen). In der Regel bewege ich meine ziemlich viel, ich lasse sie für eine Weile in einer Position und nehme dann eine neue ein, ich verschränke sie, stemme sie in die Hüften oder lasse sie baumeln. Ich umklammere mit den Händen die Stuhlkanten oder meine Oberschenkel, verschränke die Hände hinter dem Kopf oder lege sie in den Schoß – diese Positionen (und alle ihre zahlreichen Abstufungen und Variationen) sind alle, jede auf ihre Art, befriedigende Positionen für Arme und Hände, und wenn ich von einer zur anderen wechsle, dann ist dieser Wechsel eigentlich nicht so sehr ein Zeichen von Verlegenheit – jedenfalls nicht mehr nach den ersten sechs Sitzungen –, sondern eher eine Anerkennung der Tatsache, daß einem angesichts einer solchen Vielzahl wünschenswerter Möglichkeiten keine einzelne Möglichkeit besonders lange befriedigend vorkommt im Vergleich mit der akkumulierten Wünschenswertigkeit aller anderen, obwohl sie sich, verglichen mit jeder beliebigen anderen aus dieser Gesamtheit, keineswegs als minderwertig herausstellen würde.

Just in diesem Augenblick (ich schreibe dies um 19.55 Uhr am Dienstag, den 4. Oktober 1955, oben im Schlafsaal) kommt mir in den Sinn, daß, sollten Sie diese letzte Betrachtung als eine Metapher verstehen, dies die Geschichte meines Lebens in einem Satz ist – genaugenommen im hinteren Teil eines doppelten Prädikatpronomens im zweiten Hauptsatz eines ziemlich komplizierten Schachtelsatzes. Sie sehen, ich war wirklich Grammatiklehrer.

Es gehört sich auch gar nicht, daß man sich im ›Fortschritts- und Beratungsraum‹ entspannt, denn schließlich ist man nicht der Entspannung halber gekommen, sondern um beraten zu werden. Würde man sich gänzlich wohl fühlen, wäre man lediglich dazu verleitet, die Worte des Doktors allzu gemächlich aufzunehmen, so wie man das Frühstück betrachten könnte, das uns ein livrierter Diener ans Bett bringt, überkritisch, indem man dieses auswählt, jenes liegen läßt und nur so viel ißt, wie man möchte. Und eine derartige Geisteshaltung wäre im ›Fortschritts- und Beratungsraum‹ eindeutig fehl am Platze, denn dort befindet man sich in den Händen des Doktors, die eigenen Wünsche sind den seinen untergeordnet, nicht umgekehrt; und sein Rat wird einem erteilt, er ist nicht in Frage zu stellen, nicht einmal einer Prüfung zu unterziehen (ihn in Frage zu stellen wäre unverschämt, ihn einer Prüfung zu unterziehen zwecklos), sondern zu befolgen.

»Das ist nicht ausreichend«, sagte der Doktor, womit er meine gegenwärtige Angewohnheit meinte, nur zu arbeiten, wenn ich Geld brauchte, und die erstbeste Arbeit anzunehmen, die sich mir bot. »Jetzt nicht mehr.«

Er hielt inne, musterte mich, wie es seine Gewohnheit ist, und rollte mit seiner rosaroten Zunge seine Zigarre von einem Mundwinkel zum anderen und wieder zurück.

»Sie werden jetzt mit einer gehaltvolleren Arbeit beginnen. Eine Karriere, verstehen Sie. Eine Berufung. Ein Lebenswerk.«

»Ja, Sir.«

»Sie sind dreißig.«

»Ja, Sir.«

»Und Sie haben irgendwo einen Abschluß gemacht. In Geschichte? Literatur? Wirtschaft?«

»In Geistes- und Naturwissenschaften.«

»Das kann doch alles Mögliche sein!«

»Ich hatte kein Hauptfach, Sir.«

»Geistes- und Naturwissenschaften! Was gibt es denn Interessantes auf Gottes guter Erde, das nicht entweder Geistes- oder Naturwissenschaft ist? Haben Sie Philosophie studiert?«

»Ja.«

»Psychologie?«

»Ja.«

»Politologie?«

»Ja.«

»Warten Sie. Zoologie?«

»Ja.«

»Philologie? Romanistik? Und Kulturanthropologie?«

»Später, Sir, im Hauptstudium. Sie erinnern sich, ich ...«

»Argh!« sagte der Doktor, als würde er die Nase hochziehen, um auf das Hauptstudium zu spucken. »Haben Sie im Hauptstudium gelernt, Schlösser zu knacken? Herumzuvögeln? Ein Kreuzverhör zu führen?«

»Nein, Sir.«

»Sind das denn keine Wissenschaften?«

»Mein Abschluß sollte in Englisch sein, Sir.«

»Verdammt! Englisch was? Englische Navigation? Englische Kolonialpolitik? Englisches Recht?«

»Englische Literatur, Sir. Aber ich habe meinen Abschluß noch nicht gemacht. Die mündliche Prüfung habe ich bestanden, aber meine schriftliche Arbeit habe ich nie geschrieben.«

»Jacob Horner, Sie sind ein Dummkopf.«

Meine Beine blieben direkt vor mir, so wie zuvor, doch nahm ich nun die Hände hinter dem Kopf hervor (eine Position, die sowieso für vielerlei Situationen eine doch etwas zu lässige Haltung andeutet) und brachte sie in eine Kombinationsstellung, bei der meine linke Hand meinen linken Jackenaufschlag umfaßte und meine Rechte mit der Handfläche nach oben und leicht gekrümmten Fingern etwa in halber Höhe auf meinem rechten Oberschenkel ruhte.

Nach einer Weile sagte der Doktor: »Gibt es Ihrer Meinung nach irgendeinen Grund, sich nicht um eine Stelle bei dem kleinen College hier in Wicomico zu bewerben?«

Umgehend boten sich mir eine Unmenge von Argumenten gegen eine Bewerbung am Wicomico State Teachers College an, und ebenso umgehend bezog ihnen gegenüber eine entsprechende Zahl von Gegenargumenten Stellung, so daß die Frage meiner Bewerbung in der Schwebe blieb, wie die Seilmarkierung bei einem Tauziehen zwischen vollkommen ebenbürtigen Mannschaften. Wieder ist dies in einem gewissen Sinn die

Geschichte meines Lebens, und es spielt eigentlich auch keine Rolle, wenn es nicht dieselbe Geschichte ist wie einige Absätze zuvor: Nicht lange nach diesem Gespräch begriff ich, daß, wenn der Therapieplan die Stufe der Mythotherapie erreicht, sich dasselbe Leben für eine beliebige Anzahl von Geschichten verwenden läßt – parallel, konzentrisch, sich gegenseitig innewohnend, was immer Sie wollen.

Nun gut.

»Nein, Sir.«

»Dann sind wir uns einig. Bewerben Sie sich umgehend für das Herbstsemester. Und was werden Sie unterrichten? Ikonographie? Automobiltechnik?«

»Ich denke, englische Literatur.«

»Nein. Es muß eine rigide Disziplin sein, sonst ist es bloß eine Beschäftigung, keine Beschäftigungstherapie. Es muß einen Gesetzeskorpus geben. Soll das heißen, daß Sie keine Geometrie unterrichten können?«

»Ach, vielleicht schon …« Ich machte eine vermutende Geste, die aus einer leichten Auswärtsbewegung meiner linken Hand bestand, die den Jackenaufschlag umfaßte, wobei ich gleichzeitig Mittel- und Zeigefinger ausstreckte, ohne den Jackenaufschlag loszulassen – die Handbewegung begleitete ich mit einem schnellen Hochziehen (und ebenso schnellen Herunterlassen) der Augenbrauen, einem flüchtigen Lippenschürzen und einem Einerseits-andererseits-Wiegen des Kopfes.

»Unsinn, natürlich können Sie es nicht. Sagen Sie denen, Sie werden Grammatik unterrichten. Englische Grammatik.«

»Aber Sie wissen, Doktor«, gab ich zu bedenken, »es gibt eine deskriptive und eine normative Grammatik. Ich meine, Sie sprachen von einem festgesetzten Korpus von Regeln.«

»Sie werden normative Grammatik unterrichten.«

»Ja, Sir.«

»Keinerlei Beschreibung. Keine möglichen Situationen.

Unterrichten Sie die Regeln. Unterrichten Sie die Wahrheit über Grammatik.«

Die Beratung war beendet. Der Doktor erhob sich rasch (ich zog rechtzeitig meine Beine weg) und verließ den Raum, und nachdem ich bei Mrs. Dockey, der Empfangsdame und Krankenschwester, bezahlt hatte, kehrte ich nach Baltimore zurück. An jenem Abend verfaßte ich an den Rektor des Wicomico State Teachers College einen Brief, in dem ich um ein Vorstellungsgespräch bat und meinen Wunsch kundtat, dem Kollegium als Lehrer für normative Grammatik der englischen Sprache beizutreten. Es gibt eine Kunst, in der mich meine diffuse Erziehung zwangsläufig geschult hatte: die Kunst, einen aussagekräftigen Bewerbungsbrief zu verfassen. Ich wurde gebeten, im Juli zu einem Vorstellungsgespräch zu erscheinen.

Das Wicomico State Teachers College steht auf einem großen, flachen, offenen, von Schirmkiefern gesäumten Feld

Das Wicomico State Teachers College steht auf einem großen, flachen, offenen, von Schirmkiefern gesäumten Feld am südöstlichen Stadtrand von Wicomico, das am Eastern Shore von Maryland liegt. Die Anlage besteht aus einem einzelnen klobigen Backsteingebäude mit zwei Seitenflügeln. Für den georgianischen Stil, in dem es gebaut war, ist es viel zu groß. Eine lange halbkreisförmige Auffahrt führt von der College Avenue zum Haupteingang.

Im Juli, als der Tag meines Vorstellungsgesprächs nahte, lud ich mein Hab und Gut in meinen Chevrolet und gab den Schlüssel meines Zimmer ab, denn ich beabsichtigte, mir in Wicomico sofort eine Unterkunft zu suchen, egal ob ich eingestellt wurde oder nicht. Dies war an einem Sonntag. In dem Brief, den ich als Antwort auf meine Bewerbung erhalten hatte, war der Termin des Vorstellungsgesprächs ursprünglich für Dienstag festgesetzt worden, doch an dem Samstagnachmittag vor meiner Abreise aus Baltimore hatte mich der Rektor des College angerufen und mich gebeten, statt dessen am Montag zu kommen. Die Verbindung war schlecht, aber ich war mir absolut sicher, daß er den Termin auf Montag verschob.

»Ich kann an beiden Tagen«, erinnere ich mich gesagt zu haben.

»Nun, eigentlich können auch wir Montag oder Dienstag«, sagte der Rektor. »Aber vielleicht wäre Montag für einige Kommissionsmitglieder günstiger als Dienstag. Es sei denn, Montag kommt für Sie überhaupt nicht in Frage. Wäre Ihnen der Dienstag lieber?«

»Montag oder Dienstag, das ist mir gleich«, sagte ich. Ich überlegte mir, daß eigentlich der Dienstag (an dem, Sie erinnern sich, der ursprüngliche Termin war) doch günstiger war, weil es vor meiner Abreise aus Baltimore vielleicht noch irgendwelche letzten Besorgungen zu erledigen gab, und am Sonntag wären die Geschäfte geschlossen. Aber ich hatte gewiß nicht vor, eine große Sache daraus zu machen, und so konnte man ebensogut etwas finden, was für den Montag sprach. »Wenn Montag für alle anderen besser ist, soll es mir recht sein.«

»Ich weiß, wir hatten zuerst Dienstag vereinbart«, gab der Rektor zu, »aber ich denke, der Montag wäre doch günstiger.«

»Mir sind beide Tage recht, Sir«, sagte ich.

Und so stopfte ich am Sonntag meine Kleidung, meine wenigen Bücher, meinen Plattenspieler und meine Schallplatten, eine Skulptur und einige andere Sachen ins Auto und machte mich auf den Weg zum Eastern Shore. Drei Stunden später mietete ich mich im Peninsula Hotel in Wicomico ein, wo ich wohnen wollte, bis ich ein geeignetes dauerhaftes Quartier gefunden hatte, und gleich nach dem Mittagessen machte ich mich auf die Suche nach einem Zimmer.

Daß ich auf der Stelle eine vollkommen befriedigende Unterkunft fand, war das erste, was schiefging. In der Regel war ich, wenn es um die Anmietung eines Zimmers ging, nur sehr schwer zufriedenzustellen. Ich verlangte, daß niemand über mir wohnte, daß mein Zimmer eine hohe Decke und große Fenster hatte, daß mein Bett hoch über dem Boden stand, breit und sehr weich war, daß das Badezimmer mit einer guten Dusche ausgestattet war, daß der Vermieter nicht im selben Gebäude wohnte (und daß er bezüglich seines Eigentums und seiner Mieter nicht besonders wählerisch war), daß die anderen Mieter umgänglich waren und daß es ein Hausmädchen gab. Weil ich so wählerisch war, brauchte ich gewöhnlich recht lange, bis ich etwas auch nur annähernd Akzeptables fand. Doch das Pech wollte es, daß gleich das erste Zimmer, das mir nach Verlassen des Hotels an der College Avenue zur Vermietung angeboten wurde, alle Anforderungen erfüllte. Die Vermieterin, eine imposante Witwe um die Fünfzig, der ich zufällig begegnete, als sie gerade das alte zweistöckige Backsteingebäude verließ, brachte mich in ein zur Straße gelegenes Zimmer im zweiten Stock.

»Sie unterrichten am College?« fragte sie.

»Ja, Ma'am. Ich bin Grammatiklehrer.«

»Nun, freut mich, Sie kennenzulernen. Ich bin Mrs. Alder. Erledigen wir das mit dem Händeschütteln jetzt, weil Sie in Zukunft nicht viel von mir sehen werden.«

»Sie wohnen nicht im Haus?«

»Hier wohnen? Du meine Güte, nein! Kann es nicht ausstehen, die Mieter um mich zu haben. Nerven mich immer wegen diesem oder jenem. Ich lebe das ganze Jahr über in Ocean City. Wenn Sie irgend etwas brauchen, rufen Sie nicht mich an. Rufen Sie Mr. Prake an, den Hausmeister. Er wohnt in der Stadt.«

Sie zeigte mir das Zimmer. Zwei Meter hohe Fenster, und zwar drei Stück. Vier Meter hohe Decke. Dunkelgraue Stuckwände, weißes Holz. Ein unglaubliches Bett, das einen Meter hoch war, über zwei Meter lang, mindestens zwei Meter breit, ein schwarzes, sich auftürmendes Ungetüm mit einem Baldachin und vier kannelierten und gedrechselten Pfosten, die so dick waren wie Masten, und einem über einen Meter hohen Kopfteil. Ein höchst geeignetes Bett! Die anderen Möbel waren ein Potpourri aus Stilen und Perioden – man hatte das Gefühl, man wäre in das Kuriositätenkabinett des Museums von Winterthur hineingewandert –, doch jedes einzelne Stück war ungeheuer kompetent. Das Adjektiv *kompetent* kam einem sofort in den Sinn, eher als, sagen wir, *effizient.* Diese Möbel strahlten eine beinahe verächtliche Kompetenz aus, als seien sie in der Lage, ihrer Bestimmung derart nachzukommen, daß sie ihre eigene

Benutzung kaum bemerken würden. Es würde einen echten Mann erfordern, einen ganzen Mann, um diese Möbel seine Anwesenheit spüren zu lassen. Ich war beeindruckt.

Kurzum, das Zimmer ließ nichts zu wünschen übrig. Dusche, Dienstmädchen – es war alles da.

»Was ist mit den anderen Mietern?« fragte ich gespannt.

»Ach, die kommen und gehen. Hauptsächlich Junggesellen, ab und an einige junge Ehepaare, Handlungsreisende, die eine oder andere Krankenschwester.«

»Irgendwelche Studenten?« In Baltimore war es wünschenswert, Studenten als Nachbarn zu haben, denn sie sind einzigartig unkritisch, aber ich vermutete, in Wicomico kannten alle Studenten sämtliche Lehrer nur allzu gut.

»Keine Studenten. Die Studenten wohnen gewöhnlich im Wohnheim oder mieten sich ein Zimmer weiter draußen an der College Avenue.«

Es war einfach zu perfekt, und ich war skeptisch.

»Ich sollte Ihnen vielleicht sagen, daß ich Klarinette spiele«, sagte ich. Das war gelogen, ich war nicht musikalisch.

»Ach, das ist aber schön! Ich habe früher gesungen, aber nachdem Mr. Alder gestorben war, ist mir die Stimme irgendwie abhanden gekommen. Als ich jünger war, hatte ich einen großartigen Gesangslehrer am Peabody Konservatorium. Farrari. Farrari hat immer zu mir gesagt: ›Alder‹, hat er gesagt, ›Sie haben alles gelernt, was ich Ihnen beibringen kann. Sie haben Präzision, Stil, *éclat*. Sie sind *una macchina cantanda*‹, hat er immer gesagt – das ist Italienisch. ›Das Leben muß den Rest erledigen. Gehen Sie und leben Sie!‹ hat er gesagt. Aber erst als der arme Mr. Alder gestorben war, habe ich richtig angefangen zu leben, aber da war meine Stimme schon weg.«

»Haben Sie etwas gegen Haustiere?«

»Was für welche?« fragte Mrs. Alder mit scharfer Stimme. Ich dachte, ich hätte endlich einen Ausweg gefunden.

»Ach, ich weiß nicht. Ich mag Hunde. Könnte mir vielleicht einmal einen Boxer zulegen oder einen Dobermann.«

Mrs. Alder seufzte erleichtert. »Ich habe ganz vergessen, daß Sie Grammatiklehrer sind. Ich hatte nämlich einmal einen Biologielehrer ...«

Ich griff nach dem letzten Strohhalm. »Mehr als zwölf Dollar die Woche könnte ich nicht bezahlen.«

»Die Miete beträgt acht Dollar«, sagte Mrs. Alder. »Das Dienstmädchen bekommt drei Dollar die Woche extra, oder vier fünfzig, je nachdem.«

»Je nachdem was, um Himmels willen?«

»Sie macht auch die Wäsche«, sagte Mrs. Alder gelassen.

Es blieb mir nichts anderes übrig, als das Zimmer zu nehmen. Ich bezahlte die Miete für einen Monat im voraus, obwohl Mrs. Alder nur für eine Woche verlangte, und begleitete sie hinaus zu ihrem Auto, einem fünf Jahre alten Buick-Kabriolett.

Ich bezeichne diesen Glücksfall als Pech, weil ich dadurch den ganzen Nachmittag und Abend sowie den nächsten Morgen nichts zu tun hatte. Selbst für die Abmeldung im Peninsula Hotel, den Umzug in mein neues Quartier und das Einrichten meines Zimmers brauchte ich lediglich anderthalb Stunden. Danach gab es dann einfach nichts mehr zu tun. Ich hatte kein Interesse daran, einen Rundgang durch Wicomico zu machen. Es war eine von diesen Kleinstädten, die man schon beim ersten Blick zur Genüge kennt – vollkommen charakterlos. Ein tristes Geschäftszentrum und ein gewöhnlicher Park, umringt von Mittelklasse-Wohnvierteln, die sich nur in Alter und Zustand voneinander unterschieden. Und was das Wicomico State Teachers College betraf, so genügte ein Blick, um jegliche Neugier zu befriedigen. Es war eben eine staatliche Hochschule.

Ich fuhr zwanzig Minuten lang ziellos umher und kehrte dann in mein Zimmer zurück. Der einsame staubige Ahornbaum vor meinem Fenster hatte sein Idyll-Potential nach einer halben Minute erschöpft. Meine Schallplatten – fast alles Mozart – klangen irritierend in einem Raum, der mir noch zu unvertraut war, um mich behaglich zu fühlen. Meine Skulptur auf dem Kaminsims, eine im Heldenstil gearbeitete Gipsbüste des Laokoon, ging mir mit ihrer leeräugigen Grimasse derart auf die Nerven, daß ich sein häßliches Gesicht zur Wand gedreht hätte, wäre ich jemand, der so etwas tun würde. Ich wurde richtig zappelig. Schließlich – es war bereits neun Uhr (aber ich hatte schon seit halb vier gezappelt, die Mahlzeit nicht mitgezählt) – stieg ich in mein Bett und ließ mich ein wenig von seinen grotesken Ausmaßen beruhigen, die mich jedoch lange vom Schlafen abhielten.

Am nächsten Morgen war es noch schlimmer. Ich schlief unruhig bis zehn und ging dann wie gerädert mit verquollenen Augen und Kopfschmerzen zum Frühstück. Das Vorstellungsgespräch war für zwei Uhr nachmittags angesetzt, und so hatte ich mehr als genug Zeit, einen Zustand völliger Entmutigung zu erlangen. Lesen war unmöglich, Musikhören frustrierend. Ich schnitt mich zweimal beim Rasieren, und mir ging die Schuhcreme aus, bevor ich zur Hacke meines linken Schuhs kam. Da ich das Schuhputzen bis zum letzten Moment aufgeschoben hatte, in der Hoffnung, jene unangenehmen Momente vor dem Verlassen des Zimmers füllen zu können, blieb keine Zeit mehr, in die Stadt zu gehen und mir neue zu kaufen. Ich ging wütend zum Auto hinunter. Aber ich hatte meinen Füller und meine Aktentasche vergessen. Sie war zwar leer, aber ich hielt es für angebracht, sie mitzunehmen. Also stürmte ich wieder nach oben und holte sie, wobei ich eine Krankenschwester, die zufällig zur Tür herausschaute, derart böse anfunkelte, daß sie schniefte und rasch die Tür schloß. Ich warf die Tasche auf den Rücksitz, ließ beim Anfahren die Reifen unnötig quietschen und fuhr hinaus zum College.

Meine Wut hätte mich sicher bis zum Vorstellungsgespräch begleitet, wäre da nicht ein Pulk junger Leute gewesen, die auf der Vordertreppe herumsaßen. Ich nahm an, es waren Studenten, obwohl das eher unwahrscheinlich war, da gerade Semesterferien waren. Jedenfalls starrten sie auf mein herannahendes Auto mit einer Neugier, die zwar harmlos war, aber dafür nicht weniger unverfroren. Mich verließ der Mut. Während ich an ihnen vorbeifuhr, warf ich einen gleichgültigen Blick auf meine Armbanduhr, um anzudeuten, daß ich meine Fahrt nur verlangsamt hatte, um auf die Uhr zu schauen. Ich wurde bei meiner List von der College-Uhr unterstützt, die in diesem Moment zwei schlug: Ich nickte kurz, gleichsam befriedigt über die Genauigkeit meines Chronometers, und fuhr zielstrebig den anderen Bogen der halbkreisförmigen Auffahrt zurück zur College Avenue. Dort kehrte sofort meine Wut zurück, nur war sie diesmal gegen mich selbst gerichtet, weil ich mich so leicht hatte einschüchtern lassen. Ich steuerte wieder die Auffahrt an und fuhr den Halbkreis ein zweites Mal hoch. Aber wenn es schon beim ersten Mal Entschlossenheit bedurft hatte, sich jenen gleichgültigen Torwächtern zu nähern, die sich mit ihren halbwüchsigen Blicken, die so leer waren wie die Laokoons, zu einer dümmlichen Ehrengarde entlang der Auffahrt aufstellten, so bedurfte es unbändigen Mutes, ein zweites Mal durch ihre Schußlinien zu fahren. Ich drückte das Gaspedal durch und jagte den Chevrolet um die Kurve, ohne sie eines Blickes zu würdigen. Sollten die Dummköpfe doch denken, was sie wollten! Beim dritten Mal zögerte ich keinen Augenblick, sondern fuhr achtlos auf den Parkplatz hinter dem Gebäude und betrat es durch eine nahe gelegene Tür. Ich hatte sechs Minuten Verspätung.

Ich fand das Büro des Rektors ohne Probleme und stellte mich der Sekretärin vor.

»Mr. Horner?« wiederholte sie besorgt.

»Genau«, sagte ich knapp.

»Einen Moment bitte.«

Sie verschwand in einem weiter hinten gelegenen Büro, aus

dem ich dann ein kurzes, im Flüsterton gehaltenes Gespräch vernahm, zwischen ihr und, wie ich vermutete, Dr. Schott, dem Rektor.

Ein grauhaariger, väterlich wirkender Herr kam lächelnd aus dem hinteren Büro, die Sekretärin im Schlepptau.

»Mr. Horner!« rief er aus und ergriff meine Hand. »Ich bin John Schott! Freut mich, Sie kennenzulernen!«

Dr. Schott redete stets mit Ausrufezeichen.

»Freut mich, *Sie* kennenzulernen, Sir. Tut mir leid, daß ich ein wenig zu spät komme ...«

Ich wollte ihm alles erklären: meine Unvertrautheit mit der kleinen Stadt, die Unsicherheit, wo ich parken sollte, die verständliche Schwierigkeit, das Büro zu finden, usw.

»Zu spät?« rief Dr. Schott. »Mein Junge, Sie kommen vierundzwanzig Stunden zu früh! Wir haben erst Montag!«

»Aber haben wir das denn nicht am Telefon so vereinbart, Sir?«

»Nein, mein Junge!« Dr. Schott lachte laut und legte seinen Arm um meine Schulter. »Dienstag! Stimmt doch, Shirley?« Shirley nickte glücklich, jetzt da sich ihr beunruhigter Blick im nachhinein als berechtigt herausgestellt hatte. »Montag im Brief, Dienstag am Telefon! Erinnern Sie sich denn nicht?«

Ich lachte und kratzte mich am Kopf (mit der Linken, da meine Rechte in der Gewalt von Dr. Schott war).

»Also, ich könnte schwören, wir hatten es von Dienstag auf Montag verlegt. Es tut mir schrecklich leid. Das war dumm von mir.«

»Ach was! Machen Sie sich keine Sorgen!« Dr. Schott kicherte wieder und ließ mich los. »Hatten wir Mr. Horner nicht für Dienstag Bescheid gegeben?« wollte er wieder von Shirley wissen.

»Ich fürchte ja«, bestätigte Shirley. »Wegen Mr. Morgans Pfadfindern. Montag im Brief und Dienstag am Telefon.«

»Einer der Kommissionsmitglieder ist Pfadfinderführer!« erklärte Dr. Schott. »Er war mit seinen Jungs für zwei Wochen oben in Camp Rodney und bringt sie heute wieder nach Hause. Joe Morgan, prächtiger Bursche, er unterrichtet Geschichte! Deswegen haben wir das Vorstellungsgespräch auf Dienstag verlegt!«

»Also, das tut mir wirklich leid.« Ich lächelte bedauernd.

»Nein! Kein bißchen! Ich hätte es selbst durcheinanderbringen können!«

Er hatte es auch.

»Also, ich komme dann morgen wieder.«

»Warten Sie! Warten Sie einen Moment! Shirley, probieren Sie es mal bei Joe Morgan. Vielleicht ist er schon da. Ich weiß, daß Miss Banning und Harry Carter zu Hause sind.«

»Ach, ich bitte Sie«, protestierte ich. »Ich komme morgen wieder.«

»Jetzt warten Sie doch einen Moment!«

Shirley rief bei Joe Morgan an.

«Hallo? Mrs. Morgan? Ist Mr. Morgan schon da? Aha. Nein, ich weiß. Ja. Nein, nein, es ist nichts. Mr. Horner kam heute unerwartet zu seinem Vorstellungsgespräch, er hat sich im Datum geirrt und ist heute gekommen statt morgen. Dr. Schott dachte, daß Mr. Morgan vielleicht doch früher als erwartet heimgekommen sei. Nein, bitte bemühen Sie sich nicht. Tut mir leid, daß ich Sie gestört habe. Auf Wiedersehen.«

Ich hätte Shirley am liebsten angespuckt.

»Also, ich komme wieder«, sagte ich.

»Sicher kommen Sie wieder!« sagte Dr. Schott. Er führte mich zum Haupteingang, wo zu meinem Kummer die Wachposten immer noch im Einsatz waren. Aber ich versuchte gar nicht erst, ihm zu erklären, daß mein Wagen hinter dem Gebäude stand.

»Also dann, wir sehen uns morgen!« sagte Dr. Schott und

schüttelte mir energisch die Hand. »Sie kommen wieder, verstanden?«

»Mach ich, Sir.«

Wir standen vor dem Haupteingang, und die Wachen betrachteten mich mit leerem Blick.

»Wo ist Ihr Wagen? Wollen Sie irgendwohin mitgenommen werden?«

»Nein danke, mein Wagen steht hinten.«

»Hinten! Na, dann müssen Sie doch nicht hier vorne raus! Ich zeig Ihnen den Hinterausgang! Ha!«

»Ist nicht nötig, Sir«, entgegnete ich. »Ich gehe einfach um das Gebäude herum.

»Ha! Also gut!« Er sah mich an. »Bis morgen!«

»Auf Wiedersehen, Sir.«

Ich ging sehr energisch an den Faulenzern auf der Treppe vorbei.

»Graben Sie mal den Brief wieder aus!« rief Dr. Schott vom Eingang her. »Sie werden sehen, da steht Montag drin!«

Ich wandte mich um und winkte, um Kenntnisnahme und Einwilligung zu signalisieren, doch als ich endlich wieder in meinem Zimmer war (das mir bereits ungeheuer vertraut und trostvoll vorkam) und danach suchte, stellte ich fest, daß ich den Brief vor meiner Abreise aus Baltimore weggeworfen hatte. Da ich mich auch nicht in hundert Jahren in Dr. Schotts Büro ausreichend wohl fühlen würde, um Shirley zu bitten, in ihren Akten nachzusehen, würde die Frage meines Vorstellungstermins leider nicht durch das Herbeiziehen objektiver Beweismittel verifiziert werden.

Man könnte annehmen, daß ich nach einem so wenig verheißungsvollen Start noch schlechter vorbereitet gewesen wäre, mich meinem Vorstellungsgespräch zu stellen, doch entspricht, obwohl sie vollkommen vernünftig ist, diese Annahme nicht den Tatsachen. Im Gegenteil, ich war so angewidert, daß mir das Vorstellungsgespräch nun schnurzegal war. Ich machte mir nicht mal die Mühe, am nächsten Morgen den Rest meines linken Schuhs zu putzen. Nach dem Frühstück saß ich sogar mehrere Stunden im Park und sah den Kindern zu, die in dem kleinen künstlichen Teich herumtollten, und dachte kaum öfter als zwei- oder dreimal an das Vorstellungsgespräch. Als mir alles wieder einfiel, zuckte ich lediglich mit meinem rechten Wangenmuskel. Zehn Minuten vor zwei fuhr ich zum College hinaus, parkte ohne zu zögern in der vorderen Auffahrt und ging durch den Haupteingang. Die Treppe war zufälligerweise unbevölkert, aber an jenem Tag hätte mich keinerlei Empfangskomitee beeindrucken können. Meine Laune hatte sich geändert.

»O hallo«, sagte Shirley fröhlich.

»Wie geht es? Sagen Sie bitte Dr. Schott Bescheid, daß ich da bin.«

»Alle sind heute da. Einen Moment bitte, Mr. Horner.«

Ich schaltete mein Lächeln an, und dann schaltete ich es wieder aus, so wie ein Herr höflich, doch unbeteiligt an seinen Hut tippt, und zwar gegenüber jeder Dame, die mit ihm bekannt ist, egal ob sie die Höflichkeit verdient hat oder nicht. Shirley ging in Dr. Schotts Büro und kam wieder heraus.

»Gehen Sie ruhig rein, Mr. Horner.«

»Danke.«

Drinnen wurde ich von Dr. Schott Miss Banning vorgestellt, der Spanisch- und Französischlehrerin, jener Typ ›freundliche, ältere Dame‹, die man nahm, wie sie war, weil einem absolut nichts anderes übrigblieb; Dr. Harry Carter, Lehrer der Psychologie, ein dünner, gelehrter alter Mann, bei dem man sich sofort fragte, was er in Wicomico verloren hatte, jedoch nicht so sehr, daß man nicht rasch zu dem Schluß kam, daß er zweifellos seine Gründe hatte; und Mr. Joseph Morgan, Pfadfinderführer und

Geschichtslehrer, ein großgewachsener, sportlicher, fürchterlich energievoller junger Mann mit Brille, den man eindeutig charmant finden sollte – klug, geschäftig und so offenkundig auf dem Weg nach oben, daß man allein schon mit dem Versuch, freundlich zu ihm zu sein, alle Hände voll zu tun hatte. Es war sofort klar, daß die neidvollen und unvermeidlichen Vergleiche mit der eigenen Person einen daran hindern würden, über die Tatsache seiner Existenz wirklich beruhigt zu sein, ganz davon zu schweigen, jemals sein Freund zu werden.

Es wurde darüber gescherzt, daß ich so begierig sei, Mitglied des Lehrkörpers zu werden, daß ich einen Tag zu früh zu meinem Vorstellungsgespräch erschienen war. Die Kommissionsmitglieder zeigten ein lebhaftes Interesse für die Sommeraktivitäten ihrer Kollegen. Es wurde viel gelacht. Stellengesuche beim Wicomico State Teachers College waren offensichtlich nicht so zahlreich, daß Sitzungen der Berufungskommission für die Mitglieder eine lästige Pflicht waren.

»Sie können sich darauf verlassen, daß Miss Banning Ihre Bewerbung unterstützen wird, Mr. Horner«, gluckste Dr. Carter. »Sie braucht neue Opfer, denen sie ihre Barttassensammlung vorführen kann.«

»Oh?« sagte ich. Diese Bemerkung Dr. Carters war nicht an mich, sondern durch mich gerichtet, so wie eine Großmutter ihre Tochter neckt, indem sie mit ihrer Enkelin spricht.

»Ich habe eine großartige Sammlung, Mr. Horner«, erklärte Miss Banning gutmütig. »Sie müssen sie sich unbedingt ansehen. Oje, Sie tragen ja gar keinen Schnurrbart.«

Alle lachten. Ich bemerkte aber, daß Joe Morgan einen trug.

»Ethel bedrängt mich nun schon seit vierzehn Jahren, mir einen wachsen zu lassen!« lachte Dr. Schott. »Aber nicht etwa einen kleinen, ordentlich gestutzten wie Joes, sondern einen großen buschigen, nur damit ich ihre Sammlerstücke ausprobieren kann! Also lassen Sie mir ja Mr. Horner in Ruhe, Ethel!«

Ethel war schon im Begriff, ernsthaft darauf zu entgegnen, doch Joe Morgan warf zuvorkommend eine Frage hinsichtlich meiner akademischen Erfahrung ein.

»Habe ich richtig verstanden, daß sie auf der Johns Hopkins University waren, Mr. Horner?«

»Ja, Sir.«

Die anderen quittierten mit einem beifälligen Nicken, daß Joe so taktvoll zur Sache kam. Er war etwas Besonderes, dieser Mr. Morgan. Er würde nicht lange in diesem kleinen Kreis bleiben. Die Aufmerksamkeit der Runde richtete sich jetzt auf mich.

»Ach bitte, lassen Sie das *Sir*!« protestierte Dr. Carter. »Wir hier in der Provinz sind nicht so für Förmlichkeiten.«

»Nein, wirklich nicht!« stimmte Dr. Schott gütig zu.

Es folgten etwa zwanzig Minuten unsystematischer Befragung zu meinem Studium und meiner Lehrerfahrung – wobei letztere, abgesehen von gelegentlichen Nachhilfejobs in Baltimore und einer Abendschulklasse an der Johns Hopkins University, gleich Null war.

»Was hat Sie veranlaßt, jetzt wieder unterrichten zu wollen, Mr. Horner?« fragte Dr. Carter. »Ich nehme an, Sie haben recht lange pausiert.«

Ich zuckte die Achseln. »Sie wissen doch, wie das ist. Man fühlt sich einfach nicht gut, wenn man was anderes macht.«

Alle stimmten meiner Aussage zu.

»Und außerdem«, fügte ich beiläufig hinzu, »hat mein Arzt mir empfohlen, daß ich wieder den Lehrberuf ergreife. Er denkt offenbar, daß ich das am besten kann und es für mich das beste ist.«

Das war gut gesprochen. Nachdem ich meine Prüfer derart für mich eingenommen hatte, holte ich etwas weiter aus.

»Ich bin mit gewöhnlichen Stellen irgendwie nie richtig zufrieden. Es läßt einen regelrecht verblöden, nur für Geld zu arbeiten. Das ist – nun, ich benutze ungern Clichés, aber Tatsache ist, daß andere Aufgaben einfach undankbar sind. Wissen Sie, was ich meine?«

Sie wußten in der Tat, was ich meinte.

»Nehmen Sie einen Jungen, einen intelligenten, aufgeweckten Jungen, der aber nie veranlaßt wurde, zu denken, nie in einem Umfeld war, wo intellektuelle Aktivitäten so normal sind wie essen oder schlafen. Sie sehen einen frischen jungen Geist, der sozusagen nie Gelegenheit hatte, seine Muskeln spielen zu lassen. Vielleicht kann er nicht gut Englisch sprechen. Hat nie gutes Englisch gehört. Es ist nicht seine Schuld. Auch nicht wirklich die Schuld seiner Eltern. Aber da ist er nun.«

Mein Publikum war höchst empfänglich, alle außer Joe Morgan, der mich mit kühlem Blick musterte.

»Also bringt man ihn auf den Weg. Satzteile! Subjekt und Verb! Bestimmungswörter! Gerundium! Und nach einer Weile Rhetorik. Subordination! Kohärenz! Euphonie! Man drillt und drillt und redet sich dusselig, und die ganze Zeit sieht man, wie der Verstand dieses Jungen sich vortastet, stolpert, sich streckt, falsche Schritte macht. Und dann, gerade wenn man kurz davor ist, die ganze Sache hinzuschmeißen ...«

»Ich weiß!« hauchte Miss Banning. »Eines Tages, genau wie an jedem anderen, sagt man zum zehnten Mal das gleiche ... und klick«, sie schnippte jubelnd mit den Fingern vor Dr. Schotts Nase, »hat er es! *Aber, da ist doch gar nichts bei!* sagt er. *Das ist doch glasklar!*«

»Dafür sind wir da!« sagte Dr. Schott mit ruhiger Stimme und einigem Stolz. »Dafür leben wir. Eine einfache Sache, nicht wahr?«

»Einfach«, stimmte Dr. Carter zu, »aber es ist das größte Wunder auf Gottes grüner Erde! Und auch das geheimnisvollste.«

Ich glaube, Joe Morgan hätte sich zu dem Thema nicht geäußert, wenn Dr. Carter nicht diese letzte Bemerkung direkt an ihn gerichtet hätte. Aber in die Enge getrieben, machte Morgan ein saugendes Geräusch im linken Mundwinkel, um mitfühlende Ehrfurcht vor dem Mysterium auszudrücken.

»Ich vergleiche es manchmal mit einem Mann, der mit Feuerstein und Eisen Feuer macht«, sagte ich ruhig zu Joe Morgan, wohl wissend, daß ich einen Nerv getroffen hatte. »Er schlägt und schlägt und schlägt, aber der Zunder bleibt leblos unter seinen Händen. Dann noch ein Schlag, kein bißchen anders als die übrigen, und Sie haben plötzlich Ihr Feuer!«

»Sehr treffend«, meinte Dr. Carter. »Und was ist es doch für ein dankbarer Augenblick, wenn ein Schüler plötzlich *entfacht* wird! Es gibt kein anderes Wort dafür: *entfacht!*«

»Und dann ist er nicht mehr zu halten!« lachte Dr. Schott, jedoch so, wie man über eine plötzliche göttliche Wohltat lachen würde. »Er ist wie ein Pferd, das schon den Stall wittert!«

Es wurde nostalgisch geseufzt. Ich hatte eindeutig einen Sieg errungen. Joe Morgan brachte das Gespräch für ein paar Minuten wieder auf meine Qualifikationen, aber es hatte ganz klar etwas von einer Antiklimax. Die anderen Kommissionsmitglieder zeigten geringes Interesse an den Fragen, und Dr. Schott begann schon, das Gehaltsniveau der staatlichen Schulen in Maryland zu beschreiben, wie viele Stunden ich arbeiten sollte, meine Pflichten außerhalb des Unterrichts und dergleichen.

»Nun, Sie werden bald von uns hören«, schloß er, während er sich erhob und mir die Hand schüttelte. »Vielleicht schon morgen.« Ich gab allen die Hand. »Soll ich Ihnen diesmal den Hinterausgang zeigen?« Er schilderte jovial meinen Abgang am Tag zuvor.

»Nein danke. Mein Wagen steht heute vorne.«

»Gut, gut!« sagte Dr. Carter herzlich.

»Da muß ich auch hin«, sagte Joe Morgan und schloß sich mir an. »Ich wohne gleich um die Ecke.« Er begleitete mich zu meinem Wagen und stellte sich sogar vor den vorderen Kotflügel, während ich einstieg und die Tür zumachte. Ich ließ den Motor an, wartete aber mit dem Einlegen des Ganges. Offenbar hatte mein zukünftiger Kollege noch etwas auf dem Herzen.

»Wir werden uns bald öfter sehen, Horner«, sagte er grinsend und schüttelte mir noch einmal die Hand durchs offene Fenster.

»Sicher.«

Doch Joe Morgan rührte sich nicht, blieb immer noch mit einem fröhlichen, aufrichtigen Strahlen im Gesicht gegen die Autotür gelehnt. Er war gut gebräunt von seinem Aufenthalt im Camp, und er sah aus wie jemand, der früh aufstand, sich gesund ernährte und noch weitere derartige Tugenden besaß. Seine Augen waren klar.

»Sagen Sie mal, haben Sie sich vorhin da drinnen über mich lustig gemacht?« fragte er fröhlich. »Mit diesem Unsinn von wegen Feuerstein und Eisen?«

Ich lächelte und zuckte die Achseln, äußerst verlegen, auf diese Weise zur Rede gestellt zu werden. »Ich fand, es paßte gerade gut zum Thema.«

Mein Kollege lachte forsch. »Ich hatte Angst, Sie hängen sich zu weit aus dem Fenster mit diesem Quatsch, aber es sieht ja so aus, als wüßten Sie, was Sie tun.«

Er war eindeutig nicht glücklich darüber, wollte aber keine Kritik äußern.

»Das werden wir wohl ziemlich bald feststellen.«

»Hoffe, Sie kriegen die Stelle«, sagte er, »wenn es das ist, was Sie wollen.«

Ich legte den Rückwärtsgang ein und ließ die Kupplung langsam kommen. »Wir sehen uns.«

Aber es gab noch etwas anderes, was für Joe Morgan noch nicht geklärt war. Sein Gesicht spiegelte getreu alles wider, was sich dahinter abspielte, und noch als der Wagen langsam rückwärts aus der Parklücke rollte, sah ich, wie sich eine Frage auf seiner klaren Stirn niederließ.

»Hören Sie, wir würden Sie gerne zum Essen einladen – Rennie und ich –, bevor Sie wieder nach Baltimore zurückfahren, egal, ob sie die Stelle bekommen oder nicht. Sie haben sich ein Zimmer in der Stadt genommen, wenn ich das richtig verstanden habe.«

»Ach, ich werde wohl eine ganze Weile hierbleiben, so oder so. Habe nichts Besonderes auf dem Programm.«

»Großartig. Wie wäre es mit heute abend?«

»Nun ja, lieber nicht.« Das schien mir die Antwort zu sein, die sich gehörte.

»Morgen abend?«

»Sicher. Warum nicht.«

Aber da war noch etwas, neben der Einladung zum Abendessen: »Wissen Sie, wenn Sie nicht bloß einen Scherz gemacht haben mit diesem ›Feuerstein und Eisen‹, dann hätten Sie es doch genausogut sein lassen können, meinen Sie nicht? Ich kann nichts Lächerliches daran finden, mit Pfadfindern zu arbeiten. Von mir aus können Sie mich deswegen ruhig ärgern, oder Sie können mit mir darüber streiten, aber es hat keinen Sinn, sich einfach nur aus Böswilligkeit darüber lustig zu machen. Da macht man es sich zu leicht.«

Seine Worte überraschten mich. Ich verbuchte sie sofort unter »Schlechter Geschmack«, aber ich muß zugeben, daß ich mich schämte, und gleichzeitig empfand ich Anerkennung dafür, wie subtil Morgan jeglichem Protest meinerseits von vornherein vorbeugte, indem er seinem Vorwurf eine Einladung zum Abendessen voranstellte. Er lächelte immer noch überaus herzlich.

»Verzeihen Sie mir, wenn ich Sie gekränkt habe«, sagte ich.

»Ach was, es ist nichts passiert! Eigentlich bin ich nicht so empfindlich, aber was soll es, wir werden wahrscheinlich miteinander arbeiten, also kann es nicht schaden, wenn wir uns verstehen. Wir sehen uns also dann morgen beim Abendessen. Bis dann!«

»Bis dann.«

Er wandte sich um und schritt zielstrebig über den Rasen, der in der Abwesenheit der Studenten gewachsen war. Scheinbar war Joe Morgan jemand, der direkt auf sein Ziel zuging, wobei er mit seinem Beispiel implizierte, daß Wege dort gelegt werden sollten, wo Menschen gehen, anstatt dort zu gehen, wo sich zufälligerweise ein Weg befand. Mag sein, daß dies schön und gut ist für einen Historiker, aber mir war klar, daß Mr. Morgan in Sachen normative Grammatik alles andere als in seinem Element wäre.

Das Ablehnen einer Einladung zum Abendessen dämpfte auf subtile Weise, die sich dem Verstand entzieht

Das Ablehnen einer Einladung zum Abendessen dämpfte auf subtile Weise, die sich dem Verstand entzieht, die manischen Töne auf der dünnen Flöte meines Ichs, die am wenigsten von allen gespielt werden und die in mir einen Moment lang erschrillten wie selten zuvor.

Es begann mit Laokoon auf dem Kaminsims, mit seinem stimmlosen Stöhnen. Die Stellung jenes Mundes war oft mein Barometer, er verriet mir die Last des Tages. Am Mittwoch nach meinem Vorstellungsgespräch, als ich erwachte und ihn mit einem vermutlich zufälligen Blick um Rat fragte, war sein Schmerz einfach bacchisch. Das war was! Ich sprang unbekleidet aus dem Bett zum Plattenspieler, um einen Tanz aufzulegen, solange der Zauber anhielt. Neben all dem Mozart besaß ich einen einzigen russischen Tanz, ein Stück aus *Ilja Murometz*, getragen und munter, lebhaft und streng – also, Laokoon!

Der staubige Ahorn erglühte, Sonnenstrahlen entflammten die fleckigen Fensterscheiben und erfüllten mein Zimmer mit funkelndem Licht, und ich tanzte wie ein pelzloser Kosake, wirbelte und hüpfte herum. Ich fühlte mich leicht wie selten zuvor – so herrlich manisch! –, und dieses Gefühl währte knappe drei Minuten, bis ein Klingeln des Telefons es verscheuchte.

Außer mir vor Zorn stellte ich die Musik aus. Ein Mann, der so wenig Zeit zum Herumtollen hatte, verdient ein Leben ohne Telefonanrufe.

»Hallo?«

»Hallo, Jacob Horner?« Es war eine Frau, und ich fühlte mich so nackt, wie ich war.

»Ja.«

»Hier ist Rennie Morgan, Joe Morgans Frau. Hören Sie, ich glaube, Joe hat Sie heute zum Abendessen eingeladen, nicht wahr? Ich rufe nur an, um es offiziell zu bestätigen.«

Ich ließ eine Schweigepause in der Leitung hängen.

»Ich meine, nach Ihrem Vorstellungsgespräch, Sie wissen schon, wollten wir nur sichergehen, daß Sie am richtigen Tag kommen. Jacob? Sind Sie noch dran?«

»Ja. Entschuldigung.« Ich überprüfte mein Barometer, das jetzt reichlich trübsinnig aussah. Batygh der Tartar hatte uns angehaucht.

»Also dann abgemacht? Jederzeit nach halb sieben. Da bringen wir die Kinder ins Bett.«

»Hören Sie, Mrs. Morgan, ich schätze ...«

»Rennie. Eigentlich heiße ich Renée, aber niemand nennt mich so.«

»... ich schätze, ich schaffe es heute doch nicht.«

»Was?«

»Nein, ich bin mir ziemlich sicher, daß es nicht klappt. Aber vielen Dank für die Einladung.«

»Aber wieso denn nicht? Sind Sie sicher, daß Sie es nicht schaffen?«

Wieso nicht? Du Miststück von einer Pfadfinder-Hausfrau, du hast mir meinen ersten richtig Manischen verdorben, den ich seit Ewigkeiten gehabt habe! Ich spucke auf euer Abendessen!

»Ich habe eigentlich vor, heute nachmittag nach Baltimore zu fahren. Es ist etwas dazwischengekommen.«

»Na, wollen Sie sich nicht bloß darum drücken? Sagen Sie es ruhig. Wir sind einander nicht verpflichtet.« Und so etwas von einer Ehefrau? »Seien Sie kein Feigling – es ist uns völlig egal, ob Sie uns mögen oder nicht.«

Derart *in flagranti* ertappt, errötete ich und hatte einen Schweißausbruch. Was war dieses Monster namens *Ehrlichkeit*, das von einer Frau geritten wurde? Man erwartete eine Antwort: Ich hörte Joe Morgans Frau in mein wehrloses Ohr atmen.

Sehr diskret legte ich den Hörer auf. Nicht nur das: Ich machte auf Zehenspitzen drei Schritte, bevor mir klar wurde, was ich da tat, und errötete wieder, als ich es bemerkte.

Was soll es, der Zauber war gebrochen, und ich wußte, es hätte keinen Sinn, es noch einmal mit Glière und seinem *Ilja Murometz* zu probieren. Er ist der Sprudel, der einen Collins belebt, dieser Glière, aber er ist nicht der Wodka. Mit diesen Manischen ist nicht zu spaßen oder zu feilschen. Und jetzt war mir nicht nur unmanisch zumute, sondern auch unbehaglich.

Und ärgerlich! Manisch-depressiv zu sein hat durchaus etwas für sich, wenn die Manien wirklich manisch sind, aber ich, ich war friedfertig-depressiv: ein Tieftöner ohne Hochtöner, das war Jake Horner. Wenn ich ein Tief hatte, dann war es tief, aber wenn ich ein Hoch hatte, dann war es im Mittelregister. Wenn ich also einen richtigen Manischen laufen hatte, dann pflegte und hegte ich ihn wie ein Baby, und mögen Furunkel den Menschen heimsuchen, der ihn mir verdirbt! Das war die eine Sache. Schlimmer noch ist, wenn einem, und das auch noch von einer Frau, mangelnde Ehrlichkeit vorgeworfen wird. Daß dies durchaus zutraf, spielte keine Rolle. Großer Himmel, ihr Morgans, so einfach ist die Welt nun auch wieder nicht!

Noch während ich mich umzog, klingelte das Telefon wieder, und zwar mit einer Hartnäckigkeit, die auf Mrs. Morgan hindeutete. In einem Augenblick der Geilheit (denn ich zog gerade meine Hose hoch) überlegte ich, ob ich jenem berockten Diogenes erlauben sollte, sein Anliegen an mein entblößtes Hinterteil zu richten – aber ich ließ den Moment vorüberziehen. Rennie, mein Mädchen, sagte ich zu mir, ich bin nicht da. Sei froh, daß ich mit deiner Stimme nichts Unanständiges mache, zur Strafe dafür, daß du meinen kleinen Manischen abgetrieben hast. Laß nur klingeln, Pfadfindermädchen: Deine Beute ist nicht in ihrem Bau.

Später am Tag fuhr ich die dreißig Meilen von Wicomico nach Ocean City, um meine Melancholie in der Sonne zu braten und danach im Ozean zu pökeln. Doch das Licht und das Wasser brachten sie nur noch stärker zum Erblühen. Der Strand war vollgestopft mit Menschen, deren Anwesenheit ich nur mit großem Widerwillen zur Kenntnis nahm. An einem anderen Tag hätten sie ebenso wohltuend grotesk sein können wie meine Möbel, aber heute waren sie ärgerlich. Außerdem gab es – vielleicht weil es ein Wochentag war – keine einzige Frau am Strand, die des Unsinns wert gewesen wäre, der für eine Bekanntschaft nötig ist. Nur ein Wald von Beinen, die durch das Gebären von Kindern ruiniert waren, hängende Brüste, Bierbäuche, verhärmte Gesichter und schrille Stimmen; ein Rattennest gräßlicher Kinder, die ebenso unschön waren wie abstoßend. Wenn man nicht in der Stimmung ist, dann gibt es kaum etwas weniger Unterhaltsames als einen öffentlichen Strand.

Als ich den Saturierungspunkt erreicht hatte, es war gegen drei Uhr, wusch ich mir den Sand vom Körper und machte mich auf den Weg zurück zum Wagen. Doch jemand, der sich so trübsinnig kompetent fühlte wie ich an jenem Tag, war nicht bereit, Ocean City zu verlassen, ohne wenigstens *pro forma* eine Frau kennenzulernen, genausowenig wie man Pikes Peak verlassen konnte, ohne heruntergespuckt zu haben – die Reise wäre sonst zwecklos gewesen. Ein paar Mädchen schlichen zu zweit oder dritt die Strandpromenade entlang. Die meisten trugen T-Shirts, auf denen entweder der Name eines College oder irgendeiner Verbindung stand. Sie begegneten meinem finsteren Blick mit hochmütiger Miene, und es war deutlich, daß beide Seiten die andere als wenig vertrauenswürdig einschätzten. Ich ging die drei Straßenzüge zu meinem Auto, ohne einer Zielscheibe zu begegnen, die das Pulver lohnte, und so mußte ich mich schließlich, wie so mancher Jäger, der sich der Heimstatt nähert, mit wenig befriedigendem Wild abfinden oder gar keins erlegen.

Als ich mich meinem Wagen näherte, sah ich eine Frau um die Vierzig – gut erhalten, aber eindeutig vierzig –, deren Auto vor meinem stand und die vergeblich am Griff ihrer Wagentür zerrte. Sie war schlank, nicht sonderlich vollbusig, gut gebräunt und in keiner Weise außergewöhnlich. Ich verlor die Lust an der Jagd und ging vorbei.

»Verzeihung, mein Herr. Könnten Sie mir vielleicht helfen?«

Ich drehte mich um und funkelte sie an. Die Frau hatte ihre klassische Bitte mit heiterer Miene an mich gerichtet, doch mein böser Blick ließ sie stocken.

»Sie werden mich wahrscheinlich für dumm halten – ich habe meine Wagenschlüssel im Auto gelassen.«

»Ich kann keine Schlösser aufbrechen.«

»Ach, das meinte ich doch gar nicht! Mein Motel ist gleich auf der anderen Seite der Brücke. Könnten Sie mich vielleicht dort absetzen, falls Sie in die Richtung fahren? Ich habe einen Zweitschlüssel in meinem Koffer.«

Es ist gewiß kein Kunststück, einen Vogel zu erlegen, der auf dem Gewehrlauf hockt, aber welcher Jäger könnte widerstehen?

»In Ordnung.«

Der ganzen Situation fehlte jeglicher Reiz, und während ich Miss Peggy Rankin (so hieß sie) über die Brücke von Ocean City zum Festland fuhr, verfiel ich in eine noch trübere Stimmung, weil ich ahnte, daß sie es nicht verdiente, so ignoriert zu werden. Sie wirkte ziemlich intelligent, und wäre ich ihr Mann gewesen, wäre ich tatsächlich stolz darauf, daß meine Frau mit vierzig noch so gepflegt aussah und sich so temperamentvoll gab. Aber ich war nicht ihr Mann, und somit hielt ich ihr dies auch nicht zugute. Sie war eine Vierzigjährige, die sich aufgabeln ließ, und nur der außergewöhnlichste Charme konnte eine derartige Klassifizierung überleben.

Während der gesamten Fahrt zum Hotel plapperte Miss Rankin, und ich bekam ehrlich gesagt kein Wort mit. Für mich war das ungewöhnlich, denn ich bewunderte zwar die Fähigkeit, sich in sich selbst zu verlieren, doch war ich mir in der Regel meiner Umgebung viel zu bewußt, als daß es mir jemals gelungen wäre. Es sprach also stark gegen Miss Rankin, würde ich sagen.

»Da ist es«, sagte sie schließlich und deutete auf das *Surfside*, oder das *Seaside*, oder ein ähnliches Hotel, das am Highway lag. Ich bog in die Einfahrt ein und hielt an. »Also, ich bin Ihnen wirklich dankbar, daß Sie mich mitgenommen haben. Vielen Dank.« Sie stieg leichtfüßig aus dem Wagen.

»Ich bringe Sie auch wieder zurück«, sagte ich ohne besonderen Unterton.

»Ach, würden Sie das wirklich?« Sie freute sich zwar sehr, doch schien sie weder von Überraschung noch von Dankbarkeit überwältigt zu sein. »Nur einen Moment, ich lauf schnell und hole meine Schlüssel.«

»Haben Sie etwas Kaltes zu trinken, Peggy? Ich bin ziemlich ausgetrocknet.« Was den Unsinn anging, war ich vorläufig nicht bereit, noch weiter zu gehen. Ich nahm mir vor, sofort nach Wicomico zurückzufahren, wenn sie mich nicht hereinbat.

»Sicher, kommen Sie«, bot sie mir an, keineswegs erstaunt über meine Bitte. »Im Zimmer ist zwar kein Kühlschrank, aber gleich nebenan ist ein Getränkestand, und ich habe etwas Whiskey. Holen Sie zwei große Gläser Ginger Ale mit viel Eis, und dann mixen wir uns ein paar Highballs.«

Das tat ich, und wir tranken in ihrem kleinen Zimmer. Sie machte es sich auf dem Bett gemütlich, ich fläzte mich auf dem einzigen Sessel. Die trübe Stimmung hatte mich noch nicht verlassen, doch war sie jetzt etwas erträglicher, vor allem als wir feststellten, daß wir mit einiger Unverkrampftheit reden und auch schweigen konnten. Irgendwann fragte mich Miss Rankin, wie es zu erwarten war, was ich beruflich tue. Also, Ehrlichkeit als Strategie bei Abenteuern dieser Art ist nicht das, wofür ich mich normalerweise entscheiden würde, und ich kann mir nicht vorstellen, derartige Standardfragen in der Regel wahrheitsgetreu zu beantworten, doch der Spruch »Ich bin beinahe Lehrer für normative Grammatik am Wicomico State Teachers College« kommt der Art von Antwort, die man sich in solchen Momenten gewöhnlich ausdenkt, so nahe, daß ich ihr, ohne mir darüber richtig klarzuwerden, die Wahrheit sagte.

»Tatsächlich!« Diesmal war Peggy ehrlich überrascht und erfreut. »Ich habe auch auf dem WTC studiert – es ist schon so lange her, daß es mir richtig peinlich ist, mich daran zu erinnern! Ich bin Englischlehrerin an der High School in Wicomico. Ist das nicht ein komischer Zufall? Zwei Englischlehrer!«

Ich stimmte ihr zu, aber tatsächlich war mir eher danach, meinen Highball einfach stehenzulassen und die Sache abzublasen. Ich mußte schnell handeln, um zu verhindern, daß mir die Situation entglitt. In meinem Pappbecher war nur noch ein Fingerbreit von dem Highball übrig, ich stürzte ihn hinunter, warf den Becher in den Papierkorb, ging direkt zum Bett, wo meine Kollegin mit aufgestütztem Ellbogen lag, und umarmte sie mit einigem *élan.* Sofort öffnete sie den Mund und schob ihre Zunge zwischen meine Zähne. Beide hatten wir die Augen weit geöffnet, und ich war gerne bereit, diese Tatsache symbolisch zu deuten. *Möge es keinen Unsinn zwischen Englischlehrern geben* sagte ich mir im stillen, und ohne weitere Umschweife zog ich bedeutungsvoll am Reißverschluß ihres Badeanzuges.

Miss Rankin erstarrte. Ihre Augen schlossen sich fest, und sie umklammerte meine Schultern, doch meine unsanfte Attacke wurde nicht abgewehrt. Der Reißverschluß legte sie bis ins Kreuz hinunter frei und verschaffte mir somit Zugang zu einem gewissen Ausmaß an harmloser Haut, aber ohne ihre Mithilfe konnte ich nicht weiter.

»Komm, ziehen wir deinen Badeanzug aus, Peggy«, schlug ich vor.

Das verletzte sie. »Du hast es ja ganz schön eilig, Jake.«

»Na ja, Peg, wir sind doch alt genug, uns nicht mehr Umstände zu machen als nötig.«

Sie gab einen erstickten Laut von sich und drückte, während sie mich immer noch an den Schultern umklammert hielt, die Stirn gegen meine Brust.

»Damit meinst du wohl, ich bin zu alt, daß du dir Umstände mit mir zu machen brauchst, oder?« sagte sie verbittert. »Du denkst, eine Frau in meinem Alter kann es sich nicht leisten, sich zu zieren.«

Tränen. Jeder buddelte die Wahrheit aus mir heraus.

»Warum sich selbst verletzen?« fragte ich über ihre Haare hinweg die Whiskeyflasche, die auf dem Nachttisch stand.

»Du bist derjenige, der hier verletzend ist«, erwiderte Miss Rankin weinend und sah mich geradeheraus an. »Du reibst mir unter die Nase, daß du mir einen Gefallen tust, indem du dich mit mir einläßt, aber das bißchen Großzügigkeit, etwas Zeit für Zärtlichkeiten aufzubringen, das geht dir ab!« Sie warf sich, keineswegs heftig, auf ihr Kopfkissen und vergrub das Gesicht darin. »Es ist dir doch vollkommen egal, ob ich klug bin oder dumm oder sonst irgendwas. Vielleicht bin ich sogar interessanter als du, da ich ein bißchen älter bin!« Dieses letzte Stück Selbstkasteiung, an dem sie sich für einen Augenblick gehörig verschluckte, machte sie hinreichend wütend, um sich aufzusetzen und mich anzufunkeln.

»Es tut mir leid«, sagte ich höflich. Ich dachte, selbst wenn sie so talentiert wäre, wie, sagen wir, Beatrice Lillie talentiert ist, würde man sie nicht aufgabeln, um dann Zeuge einer Theateraufführung zu werden – dann würde man sich lieber gleich eine Theaterkarte kaufen.

»Es tut dir leid, daß du deine Zeit mit mir verschwendet hast, meinst du wohl!« rief Peggy. »Es ist schon schlimm genug, daß ich mich verteidigen muß!«

Zurück zum Kissen. Sofort wieder hoch.

»Verstehst du denn nicht, was du mir für ein Gefühl gibst? Heute ist mein letzter Tag in Ocean City. Zwei ganze Wochen lang hat keine Menschenseele mit mir gesprochen oder mich auch nur angesehen, außer irgendwelchen ekligen alten Männern. Keine Menschenseele! Die meisten Frauen in meinem Alter sehen gräßlich aus, aber ich sehe nicht gräßlich aus – ich sehe einfach nicht mehr wie ein Kind aus. Es steckt noch viel mehr in mir, verdammt noch mal! Und dann, am letzten Tag, kommst du daher und fängst etwas mit mir an, denkbar gelangweilt von der ganzen Sache, und behandelst mich wie eine Hure!«

Na ja, sie hatte recht.

»Ich bin ein Rohling«, pflichtete ich bereitwillig bei und erhob mich. An dieser Geschichte war noch etwas mehr dran, als Miss Rankin wahrhaben wollte, doch im großen und ganzen hatte sie eine ziemlich klare Sicht der Dinge. Ihr Fehler war, daß sie ihren Protest in Worte faßte. Das Spiel war jetzt natürlich verdorben. Ich hatte Miss Rankin die Rolle der ›Vierzigjährigen, deren Bekanntschaft man machen kann‹ gegeben, eine Rolle, die angesichts meiner gegenwärtigen Stimmung schwierig genug war für sie. Ich hatte keinerlei Interesse an dem komplexen (und, unter einem anderen Gesichtspunkt, zweifellos interessanten) Menschen, der sie vielleicht außerhalb dieser Rolle war. Wollte sie dasselbe wie ich, so scheint mir, daß sie gut beraten gewesen wäre, auch mir eine Rolle zuzuweisen, die ihre eigene Eitelkeit befriedigte – wie etwa ›Der unverbrauchte, jedoch einfältige junge Mann, dessen Körper man sich zu seinem eigenen Vergnügen bedient, ohne ihn weiter ernst zu nehmen‹ –, und dann hätten wir beide unsere Ziele verfolgen können, ohne daß es auf der einen oder anderen Seite Enttäuschungen gab. Doch beim jetzigen Stand der Dinge hatte ich bei ihr im wesentlichen das gleiche Gefühl, als würde ein Tankwart oder ein Taxifahrer anfangen, seine Lebensgeschichte zu erzählen – in der Regel, und vor allem, wenn man es eilig hat oder schlecht gelaunt ist, wünscht man sich, daß der Mann kein bißchen anders sei als ›Der zuvorkommende Tankwart‹ oder ›Der gewandte Taxifahrer‹. Dies ist die Rolle, die man ihm, zumindest vorübergehend, für die eigenen Zwecke zugewiesen hat, so wie ein Geschichtenerzähler einen Mann zum ›Gutaussehenden jungen Dichter‹ oder zum ›Eifersüchtigen alten Ehemann‹ macht. Und obwohl man sehr wohl weiß, daß keine geschichtliche Person jemals nur ein ›Zuvorkommender Tankwart‹ oder ein ›Gutaussehender junger Dichter‹ war, ist man trotzdem bereit, die reizende Komplexität des guten Mannes zu ignorieren – man muß sie sogar ignorieren, wenn man mit der Handlung vorankommen oder die Dinge nach Plan erledigen will. Hiervon später mehr, denn es hängt mit der Mythotherapie zusammen. Möge vorerst so viel gesagt sein, daß wir allesamt einen Großteil der Zeit, wenn nicht immer, Rollen zuweisen. Und klug ist, wer erkennt, daß seine Rollenzuweisung bestenfalls eine willkürliche Verzerrung der Persönlichkeit des Schauspielers ist, doch noch klüger ist derjenige, der auch noch weiß, daß seine Willkür wahrscheinlich unvermeidlich, ja sogar notwendig ist, will man das Ziel seiner Wünsche erreichen.

»Hol deine Schlüssel«, sagte ich. »Ich warte im Wagen.«

»Nein Jake!« Miss Peggy Rankin sprang vom Bett. Ich wurde an der Tür abgefangen und von hinten umarmt, unterhalb der Arme. »O Gott, geh jetzt noch nicht!« Hysterie. »Es tut mir leid, daß ich dich wütend gemacht habe!« Sie zog mich mit aller Kraft zurück ins Zimmer.

»Nun komm. Hör auf damit.«

Die Schönheit einer Vierzigjährigen ist, wenn überhaupt erhalten, zerbrechlich, und Peggys Hysterie, zusammen mit ihren vorherigen Tränen, ließ wenig Schönheit in ihrem Gesicht zurück, das im Normalzustand sonnengebräunt, faltenlos und nicht unattraktiv war.

»Bleibst du? Vergiß einfach, was ich gerade gesagt habe!«

»Ich weiß nicht, was ich tun soll«, sagte ich, während ich versuchte, ihren Ausbruch zu verarbeiten. »Diese ganze Sache bedeutet dir mehr als mir. Das soll keine Kritik sein. Ich habe wirklich Angst, daß ich es für dich verderben könnte, wenn ich es nicht schon getan habe.«

Ich wurde fest gedrückt. »Du demütigst mich! Zwing mich nicht, dich anzubetteln.«

Inzwischen kämpfte sie sowieso auf verlorenem Posten. Wir gingen hinüber zum Bett. Was dann passierte, war, zumindest für mich, durch und durch unangenehm, und es war angetan, auch für sie eine unerfreuliche Erinnerung zu werden, egal ob sie es in dem Moment genoß oder nicht. Es war peinlich, weil sie sich mit einer maßlosen Dankbarkeit hingab, die von ihrer eigenen Demütigung zeugte – und weil meine eigene Stimmung nicht der ihren entsprach. Sie blieb in einem halb-hysterischen und masochistischen Zustand und gab sich alle Mühe, aus dem kleinen *cantus firmus* der Natur eine große Oper zu machen. Und als es ihr nicht gelang, lag das eher an mir als an ihr, denn sie mühte sich redlich. Zu einem anderen Zeitpunkt hätte es mir Spaß machen können – diese Art von wollüstigem Selbstmitleid kann so angenehm sein, daß man sich ihr gerne hingibt –, aber es war nicht mein Tag. Der Tag hatte schlecht begonnen, sich langweilig entwickelt und kam jetzt zu einem unangenehmen, wenn nicht geschmacklosen Höhepunkt: Ich habe mich stets unbehaglich mit Frauen gefühlt, die ihre sexuelle Hingabe allzu ernst nehmen, und Miss Rankin gehörte nicht zu den Frauen, die man einfach bebend und stöhnend auf dem Bett zurücklassen konnte, in der Annahme, es sei alles bloß ein harmloses Vergnügen gewesen.

Und so verließ ich sie um fünf Uhr. Um Viertel vor fünf hatte sie, wie ich schon fast erwartet hatte, begonnen, Haßgefühle gegen mich zu entwickeln, ob vorgetäuscht (so etwas kann ein sehr sinnlicher Sport sein) oder aufrichtig, das vermochte ich nicht zu sagen, da ihre Augen geschlossen waren, und sie ihr Gesicht abwendete. Sie sagte nur mit heiserer Stimme: »Gott verfluche dich, Gott verfluche dich, Gott verfluche dich ...« im Rhythmus mit dem, was im Moment gerade im Gange war, und ich war meiner Stimmung nicht so verpflichtet, daß es mir nicht komisch vorgekommen war. Doch ich war ihr ganzes Getue leid, ob es nun echt war oder nicht, ob amüsant oder nicht, und als die Dinge ihr natürliches *dénouement* erreichten, war ich reichlich froh, meinen Abgang zu machen, wobei ich die Sache mit Miss Rankins Schlüsseln vollkommen vergaß. Die Lady hatte Begabung, aber keine Disziplin. Ich war mir sicher, daß keiner von uns beiden den anderen je wiedersehen wollte.

Ich aß etwas an einem Imbißstand an der Straße außerhalb von Wicomico und kam schließlich um halb sieben in mein Zimmer. Ich fühlte mich schrecklich. Innerhalb der Grenzen einer gewissen Stimmung war ich ein Mann von erheblicher Integrität, aber Ausdauer war nicht meine Sache. Ich fühlte mich schon schlecht wegen dieser Peggy Rankin – ich war verärgert darüber, daß sie in ihrem Alter immer noch nicht gelernt hatte, mit ihrer Situation richtig umzugehen und die bedauerlichen Seiten ihrer Situation zu ihren Gunsten zu wenden. Aber gleichzeitig hatte ich großes Mitgefühl für ihre Art von Schwäche – das heißt, die Unfähigkeit eines Menschen, entweder sein Verhalten anhand seiner eigenen Maßstäbe zu kontrollieren oder aber seine Maßstäbe bis in den letzten Teil seines Gewissens zu disziplinieren, um sie seinem Verhalten anzupassen. Alles, was mit Miss Rankin passiert war, hätte äußerst vergnüglich sein können – das Unterwürfige, die Hysterie und verschiedene andere Dinge, die ich lieber für mich behalten will –, wenn sie nur ihre Integrität zu wahren gewußt hätte. Aber ihr Fehler war, sich auch noch einige Zeit danach Vorwürfe zu machen, daß sie sich tatsächlich und nicht nur zum Vergnügen gedemütigt hatte, und meiner war, daß ich nicht gegangen war, als ich es vorhatte, egal, wie hysterisch sie in dem Moment war. So hätte ich mir meine Seelenruhe erhalten und Miss Rankin ermöglicht, die ihre wiederzuerlangen, da sie nur mich verachten würde anstatt uns beide. Ich glaube, ich war aus einem Gefühl von Ritterlichkeit geblieben, zu der ich oft neigte, obwohl ich eigentlich nicht an sie glaubte, sowie aus meiner typischen Abneigung, frühzeitig irgendeine Vorstellung zu verlassen, ganz gleich wie schlecht oder peinlich sie war, wenn ich erst einmal den ersten Akt gesehen hatte.

Aber über eine bestimmte Zeitspanne hinaus konnte ich es nicht ertragen, aktiv auf mich selbst böse zu sein, und als diese Zeitspanne sich abzeichnete – so gegen Viertel nach sieben –, ging ich schlafen. Nur die Tiefe und begrenzte Dauer meiner Stimmungen bewahrte mich davor, ein Selbstmörder zu sein. Tatsächlich war diese Eigenart von mir, ins Bett zu gehen, wenn die Dinge zu gräßlich wurden, diese vorsätzliche Beendigung meines Tages selbst eine Art Selbstmord und erfüllte ihren Zweck ebensogut. Meine Stimmungen waren kleine Männer, und wenn ich sie tötete, waren sie ganz und gar tot.

Die Haustürklingel weckte mich um neun Uhr, und bis ich aufgestanden war und etwas übergezogen hatte, waren Joe Morgan und seine Frau bereits an meiner Tür. Ich war überrascht, doch bat ich sie gutgelaunt herein, weil ich, sowie ich die Augen aufschlug, wußte, daß der Schlaf meine Gefühlslandschaft verändert hatte: Ich fühlte mich gut. Rennie Morgan, deren Bekanntschaft ich machte, war keineswegs das, was ich mir unter einer schönen Frau vorstellte. Sie sah aus wie die Ehefrau eines Naturburschen, ziemlich groß, blond, schwerer gebaut als ich. Rennie wirkte kräftig und vital, sie war keine Frau, die man (jedenfalls *dieser* Mann) instinktiv nach sexuellen Maßstäben beurteilt. Doch da stand ich nun und beurteilte sie nach sexuellen Maßstäben: zweifellos beeinflußte mein nachmittägliches Abenteuer sowohl die Art als auch das Resultat meiner Beurteilung.

»Kann ich Ihnen irgendwas zum Essen anbieten?« fragte ich sie und war erfreut festzustellen, daß beide offenbar guter Laune waren.

»Nein danke«, sagte Joe lächelnd, »wir haben schon für drei gegessen.«

»Wir haben Ihr Auto draußen stehen sehen«, sagte Rennie, »und haben uns gefragt, ob Sie schon aus Baltimore zurück sind.«

»Ihr Morgans laßt wirklich nicht locker«, protestierte ich.

Da wir alle scheinbar freundlich aufgelegt waren, und da Joe und Rennie so vernünftig waren, gewissermaßen aus einem *fait accompli* um so keine *cause célèbre* zu machen, holte ich einige Flaschen Bier aus dem Kasten, den ich unten in der Küche kaltgestellt hatte, und um zur Unterhaltung beizutragen, erzählte ich ihnen mein heutiges Abenteuer, wobei ich bis auf die geschmacklosesten Details nichts ausließ (und das eher aus meiner eigenen Verlegenheit heraus und nicht wegen Rennie, die aussah, als könnte sie einiges verkraften).

Wir verstanden uns prächtig. Rennie Morgan war zwar lebhaft, wirkte aber auch etwas unsicher. Ihre Eigenarten – wie die Angewohnheit, ihre Ausgelassenheit dadurch auszudrücken, daß sie die Augen zusammenkniff und den Kopf hin- und herwarf, oder ihr höchst aufgeregtes Gestikulieren beim Reden – hatte sie sich direkt von Joe geborgt, wie auch die Inhalte und die Art ihres Denkens. Es war deutlich, daß trotz der offensichtlichen Fortschritte im Bemühen, ihrem Mann zum Verwechseln ähnlich zu sein, die Ungleichheit, die zwischen ihnen herrschte, sie immer noch verunsicherte. Wann immer Joe etwas an einer ihrer Bemerkungen auszusetzen hatte, vertrat Rennie ihre Meinung um so heftiger, da sie wußte, daß er es von ihr erwartete, doch in ihrem Verhalten war die gleiche nervöse Bereitschaft zu erkennen, die man etwa bei einem Jungen erwarten konnte, der sich seinem Sportlehrer als Sparringspartner andient. Tatsächlich deckt diese Metapher, wenn man noch ein bißchen Pygmalion und Galatea hinzufügt, so ungefähr alles ab, was ich an jenem Abend bezüglich ihrer Beziehung herausfinden konnte, und obwohl ich im Grunde nichts gegen eine solche Beziehung hatte – schließlich war Galatea eine bemerkenswerte Frau, und aus so manchem unsicheren jungen Faustkämpfer wird ein Gene Tunney –, war doch die Anwesenheit von zwei so energischen Menschen überwältigend: Manchmal ertappte ich mich sogar dabei, wie ich nach einer besonders geistreichen Bemerkung den Kopf hin- und herwarf, so wie sie es taten, oder auf ihre Art aufgeregt gestikulierte, wenn ich etwas mit Nachdruck sagen wollte.

Und was Joe betraf, so war nach der ersten Stunde unseres Gesprächs klar, daß er ein brillanter Kopf war, einer der brillantesten Köpfe, die mir je begegnet waren. Er redete in der Regel langsam und leise, mit einem leichten Südstaatenakzent, aber man hatte immer das Gefühl, daß ihm diese Langsamkeit nicht eigen war, daß sie nur Ausdruck der Selbstbeherrschung war, mit der er seine eigentliche Überschwenglichkeit im Zaum hielt. Nur wenn der Gang des Gesprächs ihn erregte, sprach er lauter und schneller. Bei solchen Gelegenheiten kam es häufig vor, daß er sich heftig am Kopf kratzte, sich energisch die Brille auf die Nase schob und mit den Händen beredte Gesten vollführte. Ich erfuhr, daß er seinen Abschluß an der Columbia University gemacht hatte – einen in Literatur, den anderen in Philosophie –, und an der Johns Hopkins University hatte er bis auf die Dissertation alle Anforderungen für ein Doktorat in Geschichte erfüllt. Wicomico war Rennies Heimatstadt und das WTC ihre Alma mater. Die Morgans wohnten dort, während Joe sich in aller Ruhe mit seiner Dissertation befaßte. Sich einen Abend lang mit ihm zu unterhalten war ungeheuer stimulierend – ich war von seinem Elan, seinem unbeugsamen Intellekt und seiner Überlegtheit immer wieder beeindruckt –, und wie alles, was äußerst stimulierend ist, war es sehr anstrengend.

Wir kamen von Anfang an bestens miteinander aus. Es war sehr bald klar, daß wir Freunde werden würden, wenn ich in Wicomico bliebe. Ich mußte mein ursprüngliches Urteil vollständig revidieren. Es stellte sich heraus, daß jene Seiten seiner Persönlichkeit, an denen ich anfangs doch recht voreilig Kritik geübt hatte, das Ergebnis eines sehr sorgfältigen, außergewöhnlichen Geistes waren. Man begriff, daß Joe Morgan nur dann handelte oder sich über etwas äußerte, wenn er es vorher erschöpfend und mit aller Sorgfalt überdacht hatte. Darauf gründete seine Kraft, sich nicht allzusehr daran zu stören, wenn ihm einmal etwas mißglückte. Er hätte es zum Beispiel nie zugelassen, in Miss Rankins Lage zu geraten, oder in meine, als ich am Montag meine Kreise in der College-Auffahrt gezogen hatte. Derlei Unentschlossenheit war ihm scheinbar fremd. Er war sich des Bodens, auf dem er stand, immer sicher, er handelte schnell, erklärte, wenn er gefragt wurde, seine Handlungen klar und deutlich, und würde Entschuldigungen für Fehltritte als überflüssig betrachten. Außerdem schien er vier meiner unvorteilhaftesten Züge – Schüchternheit, die Angst, sich lächerlich zu machen, Neigung zu Unsinn verschiedenster Art und beinahe vollständige Inkonsequenz – überhaupt nicht zu besitzen. Andererseits war er, zumindest in der Gegenwart dritter, etwas prüde (meine Geschichte bereitete ihm keine Freude), und trotz seiner Erregbarkeit schien es ihm an Wärme und Spontaneität zu mangeln, obschon seine Gründe, warum er so war, zweifellos ebenso klar waren wie die, warum er Pfadfinderführer war – er war jemand, der äußerst schwer zu kritisieren war. Schließlich schienen ihm, ob das nun gut war oder nicht, Hinterlist oder Verschlagenheit völlig abzugehen, in diesem Sinne war er also unbefangen, obwohl keineswegs naiv. Er hatte an sich keinerlei Interesse, Karriere zu machen.

Mit all dem konfrontiert zu werden war anstrengend, äußerst anstrengend. Wir redeten konzentriert bis halb zwei Uhr nachts (ich habe keine Ahnung mehr worüber), und als die Morgans gingen, hatte ich das Gefühl, daß ich seit Monaten nicht mehr einen solch angenehmen Abend verbracht hatte, daß ich in Joe einen äußerst interessanten Mann kennengelernt hatte und daß ich kein besonderes Bedürfnis verspürte, diese interessante neue Bekanntschaft früher als in einer Woche wiederzusehen.

Im Gehen sagte Rennie beiläufig: »O Jake, wir haben ganz vergessen, dir zu deiner neuen Stelle zu gratulieren.« (Diese Art von Nachlässigkeit war, wie ich später feststellte, typisch für die Morgans.)

»Ist das nicht ein bißchen verfrüht?«

»Wieso?« fragte Joe. »Hat Dr. Schott sich denn nicht bei dir gemeldet?«

»Nein.«

»Nun, du hast die Stelle. Der Ausschuß hat sich heute morgen getroffen und es beschlossen. Wahrscheinlich hat Schott angerufen, als du in Ocean City warst oder geschlafen hast.«

Sie beglückwünschten mich beide etwas verlegen – denn es fiel ihnen sehr schwer, Zuneigung, Freundschaft oder auch nur Glückwünsche auszudrücken –, und dann gingen sie. Ich fühlte mich noch zu aufgedreht, um gleich schlafen zu gehen, und so las ich eine Weile in meinem *Weltalmanach* und legte Mozarts *Ein Musikalischer Spaß* auf. Allmählich fühlte ich mich zu Hause in meinem Zimmer und in Wicomico. Die Morgans hatten es mir angetan, und ich befand mich immer noch in einem ungewöhnlichen Zustand der Erregung, der mein nachmittägliches sexuelles Abenteuer und Joes Intelligenz zugrunde lagen. Aber diese Dinge und mein Tag am Strand mußten mich sehr erschöpft haben, denn am nächsten Morgen um halb sieben wurde ich plötzlich wach, nachdem ich unabsichtlich in einen tiefen Schlaf versunken war. Der *Weltalmanach* lag noch geöffnet auf meinem Schoß, aufgeschlagen auf Seite 96: »Flugentfernungen zwischen wichtigen Städten der Welt«. *Ein Musikalischer*

Spaß lief wahrscheinlich schon zum fünfzigsten Mal, und die Sonne, die gerade zwischen zwei dunklen Backsteinhäusern auf der gegenüberliegenden Straßenseite aufging, warf einen blendenden Strahl direkt über meinen Schoß in Laokoons Gesicht, das sich im leuchtenden Gips zu einer unverbindlichen Grimasse verzog.

Ich stand auf, steif vom Schlafen im Sessel

Ich stand auf, steif vom Schlafen im Sessel, duschte, zog mich um und verließ das Haus, um zu frühstücken. Vielleicht weil der vorangegangene Tag so ungewöhnlich ereignisreich gewesen war, oder vielleicht weil ich relativ wenig geschlafen hatte (ich gestehe, daß ich mich für Ursachen nicht besonders interessiere), war mein Kopf ziemlich leer. Auf dem ganzen Weg zum Restaurant, während des Essens und auf dem Heimweg war es so, als gäbe es heute keinen Jacob Horner. Nachdem ich gegessen hatte, kehrte ich auf mein Zimmer zurück, setzte mich in meinen Schaukelstuhl und schaukelte lange Zeit ohne jede Empfindung, ohne an irgend etwas zu denken.

Ich hatte einmal einen Traum, in dem es von einiger Bedeutung war, daß ich die Wettervorhersage für den nächsten Tag erfuhr. Ich suchte also in der Zeitung nach dem Wetterbericht, konnte ihn aber nicht an seinem angestammten Platz finden. Ich schaltete das Radio an, doch der Nachrichtensprecher erwähnte das Wetter mit keinem Wort. Ich wählte die Nummer des telefonischen Wetterberichts (dieser Traum fand in Baltimore statt). Die Ansage beschrieb zwar die gegenwärtige Wetterlage, machte jedoch keine Voraussage für den nächsten Tag. Schließlich rief ich direkt beim Wetteramt an, aber es war schon spät am Abend und es antwortete niemand. Zufällig kannte ich den Namen des Chefmeteorologen, und so rief ich bei ihm zu Hause an. Das Telefon klingelte lange, bevor er antwortete. Ich meinte, eine gewisse Anspannung in seiner Stimme zu vernehmen.

»Was gibt es?« fragte er.

»Ich will wissen, wie das Wetter morgen wird«, sagte ich. »Es ist schrecklich wichtig.«

»Es hat keinen Sinn, mich beeindrucken zu wollen«, sagte der Meteorologe. »Überhaupt keinen. Was macht Sie so argwöhnisch?«

»Ich versichere Ihnen, Sir, ich will nur wissen, wie das Wetter morgen wird. Ich kann nichts Argwöhnisches an dieser Frage finden.«

»Morgen wird es kein Wetter geben.«

»Was?«

»Sie haben richtig gehört. Morgen wird es kein Wetter geben. Das bestätigen alle unsere Meßgeräte. Kein Wetter.«

»Das gibt es doch nicht!«

»Ich habe gesagt, was ich gesagt habe«, brummte der Wettermann. »Kein Wetter morgen, basta. Lassen Sie mich jetzt in Ruhe. Ich muß schlafen.«

Das war das Ende des Traums, und ich wachte sehr beunruhigt auf. Ich bilde jetzt, um Ihnen den Unterschied zwischen Stimmungen und dem Wetter zu veranschaulichen, eine gewöhnliche Analogie: Ein Tag ohne Wetter ist undenkbar, doch zumindest für mich gab es oft Tage ohne jegliche Stimmung. An solchen Tagen hörte Jacob Horner auf zu existieren (außer in einem bedeutungslosen metabolischen Sinn), denn ich war ohne Persönlichkeit. Wie jene mikroskopischen Proben, die Biologen einfärben müssen, damit sie überhaupt sichtbar werden, mußte ich mit irgendeiner Stimmung gefärbt werden, wenn ich ein erkennbares Ich haben sollte. Die Tatsache, daß meine sukzessiven und willkürlichen Ichs durch zwei dünne Fäden namens *Körper* und *Erinnerung* miteinander verbunden waren; die Tatsache, daß im Wesen westlicher Sprachen das Wort »Veränderung« etwas voraussetzt, auf das sich die Veränderungen auswirkt; die Tatsache, daß die Probe ohne die Färbung unsichtbar, die Färbung aber nicht die Probe ist – all dies sind Tatsachen, derer ich mir bewußt war, die mich aber nicht interessierten.

An meinen wetterlosen Tagen saß mein Körper in einem Schaukelstuhl und schaukelte und schaukelte und schaukelte, und in meinem Kopf war es beinahe so leer wie im interstellarischen Weltraum. Und so war auch der Tag nach dem Besuch der Morgans: Ich saß da und schaukelte von morgens halb neun bis vielleicht zwei Uhr nachmittags. Falls ich Laokoon überhaupt beachtete, dann ohne ihn wiederzuerkennen. Um zwei Uhr klingelte das Telefon und schreckte mich zu einem Jacob Horner auf, der aus dem Stuhl sprang und den Hörer abnahm.

»Hallo?«

»Jacob? Rennie Morgan hier. Willst du heute abend zu uns zum Essen kommen?«

»Wieso, um Himmels willen?« Dieser Jacob Horner war ein reizbarer Typ.

»Wieso?«

»Ja. Wieso seid ihr so begierig darauf, mich zu füttern?«

»Bist du verärgert?«

»Nein, ich bin nicht verärgert. Ich will bloß wissen, wieso ihr so begierig seid, mich zu füttern?«

»Möchtest du nicht kommen?«

»Das habe ich nicht gesagt. Wieso seid ihr so begierig, mich zu füttern? Mehr habe ich nicht gefragt.«

Es entstand eine Pause. Rennie war jemand, der alle Fragen ernst nahm. Sie gab niemals eine Antwort, einfach nur um eine bestimmte Situation zu beenden, sondern mußte in sich gehen und nach der Wahrheit forschen. Das, nehme ich an, war Joes Werk. Ein anderer hätte gereizt gefragt: »Wieso lädt man jemand schon zum Essen ein?« und auf diese Weise sein Unwissen unter dem Mantel der Selbstverständlichkeit verborgen. Nach einer Weile erwiderte sie in bedachtem Ton, so als prüfe sie noch beim Sprechen ihre Antwort:

»Nun, ich glaube, weil Joe sich entschlossen hat, dich besser kennenzulernen. Das Gespräch gestern abend hat ihm gefallen.«

»Dir nicht?« unterbrach ich sie aus reiner Neugier. Ich sah eigentlich nicht, wie es ihr hätte gefallen können, denn wir hatten ausschließlich über abstrakte Themen gesprochen, und Rennies entschlossene, wenn auch begrenzte Beteiligung an dem Gespräch erfreute sich einer stillschweigenden, sehr genauen Überprüfung durch ihren Mann. Damit will ich nicht behaupten, daß Rennies Interesse irgend etwas Unechtes hatte, obwohl es schrecklich gezwungen wirkte, oder daß Joe in seiner Sorge um ihre Bemerkungen irgend etwas von einem Ehemann hatte, dem die Ansichten seiner Frau peinlich sind. Er zeigte die Aufmerksamkeit eines Tutors, der seinem Schützling lauscht, und wenn er ihre Ansichten in Frage stellte, tat er dies auf eine gänzlich unpersönliche und unpedantische Art. Joe war kein Pedant.

»Ja, ich glaube schon. Meinst du, es sollte so eine Art Wartezeit zwischen zwei Besuchen geben, Jacob?«

Ich war erstaunt. »Was meinst du denn?«

Wieder eine kurze Pause, und dann eine ernste Meinungsäußerung.

»Mir scheint, dafür gäbe es nur einen Grund, wenn einer von uns zufälligerweise keine Lust hat, den andern zu sehen. Ich glaube, manchmal fühlt man sich so. Fühlst du dich so, Jake?«

»Also, mal sehen«, sagte ich nüchtern und hielt inne. »Mir scheint, du tust recht daran, die Gültigkeit gesellschaftlicher Konventionen zu hinterfragen, wie etwa die, daß man zwischen zwei Besuchen eine gewisse Zeit verstreichen lassen sollte. Aber du darfst nicht vergessen, daß sich letztendlich keine von diesen Konventionen rechtfertigen läßt. Was aber nicht zwangsläufig heißt, daß etwas nur deswegen wertlos ist, weil es sich nicht rechtfertigen läßt. Und du darfst nicht vergessen, daß der Verzicht auf eine Konvention, selbst eine dumme, immer das Risiko in sich birgt, daß man sich grundlos schuldig fühlt, einfach nur deswegen, weil Konventionen zufälligerweise Konventionen sind. Zum Beispiel, wenn man zum Frühstück Bier trinkt, oder spätnachts bei Rot über die Kreuzung fährt, oder mit der Zustimmung des Ehemannes Ehebruch begeht, oder Euthanasie …«

»Machst du dich über mich lustig?« wollte Rennie beiläufig wissen, als frage sie nur interessehalber.

»Allerdings!«

»Weißt du, ich habe oft den Eindruck, daß man sich über jemand anderen nur deswegen lustig macht, weil einen seine Ansichten stören, und man eigentlich nicht so recht weiß, wie man gegen sie argumentieren soll. Man denkt, man sollte eigentlich wissen wie, weiß es aber doch nicht, und anstatt sich das einzugestehen, anstatt sich mit dem Problem zu beschäftigen und gewichtige Gegenargumente zu finden, reagiert man auf die Argumente des anderen nur mit Spott. Man macht es sich zu einfach, wenn man Argumenten nur mit Spott begegnet. Bei dir habe ich oft diesen Eindruck, Jake.«

»Ja, Joe hat dasselbe gesagt.«

»Jetzt machst du dich aber wirklich über mich lustig, oder?«

Ich war entschlossen, mich von Mrs. Rennie Morgan nicht noch einmal in Verlegenheit bringen zu lassen. Das war zu einfach.

»Hör zu, ich komme heute und esse dein Abendessen. Ich komme um sechs, nachdem ihr die Kinder ins Bett gebracht habt, so wie du gesagt hast.«

»Keiner von uns beiden möchte, daß du kommst, wenn du keine Lust dazu hast, Jake. Du mußt …«

»Moment mal. Wieso willst du nicht, daß ich komme, selbst wenn ich keine Lust dazu habe?«

»Wie bitte?«

»Ich habe gefragt, wieso willst du nicht, daß ich komme, auch wenn ich keine Lust dazu habe? Du hättest doch nur dann einen Grund, mit der Konvention zu brechen, einen angemessenen Zeitraum zwischen zwei Besuchen abzuwarten, wenn du die Auffassung vertreten würdest, daß gesellschaftliche Konventionen vielleicht für die Stabilität in einer sozialen Gruppe notwendig, aber nichts Absolutes sind, und man in besonderen Situationen auf sie verzichten kann, wenn die Absicht es rechtfertigt. Mit anderen Worten, du bist gewillt, mich heute auf jeden Fall zum Abendessen einzuladen unter der Voraussetzung, daß wir dies alle wollen – auf soziale Stabilität bist du in dieser besonderen Situation nicht aus. Also nehmen wir an, es ist deine Absicht, ein weiteres Gespräch zu führen, und du hast Anlaß zu der Annahme, daß ich, wenn ich erst einmal da bin, mit dir reden werde, egal ob ich nun wirklich kommen wollte oder nicht – die meisten Gäste würden es tun –, dann sollte es dir gleichgültig sein, ob ich gerne komme oder nicht, weil du dein Ziel auf jeden Fall erreicht hättest.«

»Du machst dich immer noch über mich lustig.«

»Oh, da machst du es dir aber zu leicht. Es geht nicht darum, ob ich mich über dich lustig mache oder nicht. Du weichst der Frage aus.«

Keine Antwort.

»Also, ich komme um sechs Uhr zum Abendessen, ob ich will oder nicht, und wenn du dann immer noch nicht bereit bist, auf mein Argument einzugehen, sage ich es Joe.«

»Die Kinder gehen um halb sieben ins Bett«, sagte Rennie leicht beleidigt und legte auf. Ich ging zu meinem Schaukelstuhl zurück und schaukelte noch eine Dreiviertelstunde. Hin und wieder lächelte ich geheimnisvoll, aber ich kann nicht behaupten, daß dies wirklich irgendein aufrichtiges Gefühl meinerseits widerspiegelte. Es war einfach nur etwas, wobei ich mich ertappte, so wie ich oft, wenn ich alleine unterwegs bin, wieder und immer wieder mit einer klugen, unmetrischen Stimme wiederhole: *Pepsi Cola ist doch toll, ein halber Liter wirklich voll* –

wobei ich die Bewegung meiner Lippen von einer gerunzelten Stirn, einem nervösen Zucken der Mundwinkel und einer gelegentlichen Geste meiner rechten Hand begleiten ließ. Passanten hielten mich oft für jemand, der tief in Gedanken versunken war, und manchmal, wenn ich mich nach jemandem umdrehte, der an mir vorbeigegangen war, sah ich, wie er ebenfalls mit der Rechten eine verstohlene Handbewegung machte und es ausprobierte.

Um Viertel nach vier rief Dr. Schott an und bestätigte, daß ich mit einem Anfangsgehalt von 3200 Dollar im Jahr als Lehrer für Grammatik und Stilkunde an die Fakultät des Wicomico State Teachers College berufen wurde.

»Wissen Sie«, sagte er, »wir zahlen nicht soviel wie die großen Universitäten! Das können wir uns nicht leisten! Aber das heißt nicht, daß wir den Erstbesten einstellen! Wir sind ehrlich gesagt ein ziemlich engagierter Haufen, und wir haben Sie genommen, weil wir glauben, daß Sie über die Bedeutung unseres Berufes genauso denken wie wir!«

Ich versicherte ihm, daß ich in der Tat so dachte, und er versicherte mir, er sei überzeugt, daß ich es tat. Ich war nicht erfreut darüber, daß ich neben Grammatik auch noch Stilkunde unterrichten sollte – ich wollte ausschließlich für normative Grammatik zuständig sein –, doch bis ich den Doktor um Rat fragen konnte, hielt ich es für das beste, die Stelle trotzdem anzunehmen.

Ich fuhr sogar ohne besonderen Grund schon um halb sechs zu den Morgans. Mein Tag war jetzt nicht mehr wetterlos, aber ich war ruhig. Ich traf Joe und Rennie auf dem Rasen vor ihrem Haus an, wo sie sich gemächlich einen Football zuwarfen, obwohl es draußen noch ziemlich heiß war. Sie waren nicht besonders überrascht, mich zu sehen, begrüßten mich herzlich und luden mich zum Mitspielen ein.

»Nein danke«, sagte ich und ging hinüber zu ihren beiden

Söhnen, drei und vier Jahre alt, die sich, sehr geschickt für ihr Alter, ihren eigenen kleinen Football zuwarfen. Ich setzte mich ins Gras und sah allen zu.

»Ich hatte heute am Telefon nicht vor, böse zu werden, Jake«, sagte Rennie fröhlich zwischen zwei Würfen.

»Ach, achte nicht darauf, was ich am Telefon sage«, erwiderte ich. »Ich kann nicht gut telefonieren.«

Ich habe noch nie eine Frau gesehen, die einen Ball ordentlich werfen und fangen kann, außer Rennie Morgan. In der Regel war sie ein schwerfälliges Wesen, doch wenn es um anstrengende körperliche Aktivitäten ging, war sie vollkommen entspannt und sogar graziös. Sie fing und warf den Ball auf die gleiche Weise, ebenso kraftvoll und präzise wie ein erfahrener männlicher Spieler.

»In welchem Punkt hast du bei dem, was du gesagt hast, deine Meinung geändert?« fragte Joe, ohne die Augen vom Ball zu nehmen.

»Ich kann mich nicht einmal mehr daran erinnern, was ich gesagt habe.«

»Tatsächlich? Rennie kann sich an das ganze Gespräch erinnern. Kannst du dich wirklich nicht erinnern, oder versuchst du bloß, sie nicht in Verlegenheit zu bringen?«

»Ich kann mich wirklich nicht erinnern«, sagte ich, was einigen Wahrheitsgehalt hatte. »Ich habe inzwischen gelernt, daß ihr beide nichts davon haltet, Unbehagen zu vermeiden. Es ist einfach so, daß ich mich nie an Argumente erinnern kann, weder an meine eigenen noch an die der anderen. Ich kann mich an Schlußfolgerungen erinnern, aber nicht an Argumente.«

Diese Bemerkung, die ich ziemlich eindrucksvoll fand, schien Joe anzuwidern. Er verlor das Interesse an der Unterhaltung und blieb stehen, um bei seinem Älteren die Art und Weise zu korrigieren, wie dieser den Ball hielt. Der Kleine lauschte dem mit ruhiger Stimme geäußerten Rat des Vaters, als käme er direkt aus dem Munde von Knute Rockne. Joe beobachtete, wie er den Ball dreimal richtig warf, und wandte sich dann mir zu.

»Hier, Jake«, sagte er und warf mir den anderen Ball zu. »Spiel doch ein bißchen mit Rennie, während ich das Abendessen vorbereite, und dann trinken wir was. Hat ja keinen Sinn, bis halb sieben zu warten, jetzt wo du schon da bist.«

Ich war, wie bereits gesagt, ruhig. Ich hätte nicht aus eigenem Antrieb mitgespielt, doch lag mir auch nichts daran, mich davor zu drücken. Joe ging ins Haus, dicht gefolgt von den beiden Jungen, und während der nächsten zwanzig Minuten warfen Rennie und ich uns den Ball zu. Zum Glück – denn in der Regel ist es mir ein Greuel, mich lächerlich zu machen – war ich kein Anfänger im Football. Ich war zwar nicht so ein geschickter Werfer wie Joe, aber ich schaffte es doch, mindestens ebenso präzise und sicher zu werfen wie Rennie. Sie schien mir nichts Besonderes auf dem Herzen zu haben, ich auch nicht, und so waren die einzigen Geräusche auf dem Rasen unsere werfenden Arme, die raschen Schritte im Gras, das gedämpfte Klatschen beim Fangen des Balls und unser schwerer Atem. Es war alles weder angenehm noch unangenehm.

Nach einer Weile rief uns Joe von der Veranda aus, und wir gingen zum Essen hinein. Die Morgans hatten die eine Hälfte des Erdgeschosses gemietet. Ihre Wohnung war sehr sauber. Die wenigen Möbel, die sie besaßen, waren modern, solide und funktional. Weil die Räume relativ groß waren, wirkten sie deswegen recht kahl. Auf dem Holzboden lagen keine Teppiche, vor den Fenstern hingen keine Vorhänge oder Gardinen, es gab nur das absolut Notwendigste an Möbelstücken: im Wohnzimmer eine Couch, zwei Lehnstühle, zwei Lampen, ein Bücherregal und einen Schreibtisch, in der Küche einen kleinen Eßtisch und vier Klappstühle aus Metall, im Zimmer der Jungen zwei Schlafkojen, zwei Schreibtische und einen Arbeitstisch mit Bänken. Weil die Wände und die Decke weiß gestrichen waren, war es im Wohnraum durch das Licht, das durch die geöffneten Jalousien fiel, sehr hell. Ich kniff die Augen zusammen. Für meinen Geschmack war es viel zu hell.

Während wir ein Glas Bier tranken, gingen die Kinder in ihr Zimmer, zogen sich aus und setzten sich ohne Hilfe in die Badewanne, in die Joe bereits Wasser eingelassen hatte. Ich drückte mein Erstaunen über soviel Unabhängigkeit im Alter von drei und vier Jahren aus. Rennie zuckte die Achseln.

»Wir fordern sie sehr, was körperliche Effizienz angeht«, gab Joe zu. »Aber was soll es, in Neuguinea schwimmen die Kinder, bevor sie laufen können, und paddeln in Joeys Alter mit Bambusstämmen draußen auf dem Ozean herum. Wir haben uns gedacht, je weniger sie uns in die Quere kommen, desto besser kommen wir miteinander aus.«

»Aber glaube nicht, daß wir sie antreiben«, sagte Rennie. »Es ist uns eigentlich völlig egal. Aber ich schätze, wir verlangen stillschweigend doch eine Menge.«

Joe hörte sich diese Bemerkung mit beiläufigem Interesse an.

»Wieso sagst du, daß es uns völlig egal ist?« fragte er sie.

Rennie war etwas erschrocken von seiner Frage, die sie nicht erwartet hatte.

»Nun ja – ich meine letztendlich ... letztendlich ist es doch sowieso gleichgültig, oder nicht? Doch im Augenblick spielt es eine Rolle, denn wären sie nicht unabhängig, dann hätten wir das gleiche Theater wie die meisten Leute, und die Jungs wären auf alles mögliche angewiesen.«

»Nichts spielt letztendlich irgendeine Rolle«, wies Joe sie zurecht. »Es gibt immer nur die andere Wichtigkeit.«

»Genau das habe ich gemeint, Joe.«

»Ich versuche, dir klarzumachen, daß du einen Wert nicht als weniger wirklich ansehen solltest, nur weil er nicht absolut ist, denn es gibt nichts Absolutes. Das ergibt sich daraus, wenn du sagst, daß es dir *eigentlich* egal ist.«

Nun, jetzt war Rennie an der Reihe – ich betrachtete sie mit meinem Bier in der Hand, wie ich sie draußen auf dem Rasen beobachtet hatte –, doch das Spiel wurde vom Küchenwecker am Herd unterbrochen. Rennie ging hinaus, um das Essen zu servieren, während Joe die Jungen abtrocknete und ihnen in die Schlafanzüge half. Ihre körperliche Effizienz schien offensichtlich nicht so weit zu gehen, daß sie den Verschluß auf dem Rücken alleine zumachen konnten.

»Wieso helfen Sie sich nicht gegenseitig mit ihren Schlafanzügen?« schlug ich höflich vor. Rennie warf mir einen unsicheren Blick von der Küche aus zu, wo sie ungeschickt Reis mit einem Löffel austeilte, der viel zu klein dafür war, doch Joe lachte entspannt und machte die Schlafanzüge der beiden wieder auf, damit sie es ausprobieren konnten. Es funktionierte.

Da es in der Küche nur vier Stühle gab, aßen Rennie, die beiden Jungen und ich am Tisch, während Joe im Stehen am Herd aß. Ein weiterer Stuhl hätte nicht mehr an den Tisch gepaßt, und außerdem dauerte das Essen, das aus gedünsteten Krabben, gekochtem Reis und Bier bestand, sowieso nicht lange. Den Jungen – stämmige, guterzogene Knaben – wurde gestattet, während des Abendessens das Gespräch zu führen. Sie waren genauso lebendig und laut wie alle anderen aufgeweckten Jungs in ihrem Alter, doch körperlich erheblich koordinierter und beherrschter als die meisten. Sowie wir fertig gegessen hatten, gingen sie ins Bett, und obwohl es draußen noch recht hell war, hörte ich nichts mehr von ihnen.

Die Morgans hatten mit ihren Nachbarn die Vereinbarung getroffen, daß man die Verbindungstür zwischen den beiden Wohnungen offen ließ und nach den Kinder der anderen hörte, falls eines der beiden Paare abends ausgehen wollte. Wir nutzten dies aus und machten, nachdem das Geschirr abgewaschen war, einen Spaziergang durch ein Kleefeld und einen kleinen Kiefernhain hinter dem Haus. Die Morgans neigten dazu, energisch auszuschreiten, und das vertrug sich nicht allzu gut mit meiner ruhigen Stimmung. Aber es vertrug sich ebenfalls nicht mit meiner Stimmung, sie nicht zu begleiten. Unterwegs benannte Rennie, die stümperhafte Naturkundlerin war, diverse Kräuter und Vögel, und Joe bestätigte sie jedesmal. Ich kann nicht behaupten, daß mir der Spaziergang Spaß machte, aber die Morgans genossen ihn sehr. Als es vorbei war, ging Rennie ins Haus, um einen Brief zu schreiben, und Joe und ich setzten uns in die beiden Lehnstühle auf dem Rasen. In unserem Gespräch, das er beherrschte, ging es, da sie zuvor zur Sprache gekommen waren, um Werte.

»Das meiste, was du Rennie heute am Telefon gesagt hast, war vernünftig«, räumte er ein. »Ich bin froh, daß du mit ihr geredet hast, und ich bin froh, daß du ihr gesagt hast, es ginge nicht darum, ob du dich über sie lustig machst oder nicht. Genau das muß sie lernen. In diesem Punkt ist sie zu empfindlich.«

»Du auch«, sagte ich. »Denk an deine Pfadfinder.«

»Nein, eigentlich nicht«, erwiderte Joe auf eine Weise, bei der man kein besonderes Bedürfnis hatte, auf der eigenen Meinung zu bestehen. »Ich hatte mich nur deswegen an der Sache mit den Pfadfindern gestoßen, weil ich beschlossen hatte, dich kennenzulernen, und mir schien, daß dies einem vernünftigen Gespräch im Wege stehen könnte. Ansonsten spielt die Sache überhaupt keine Rolle.«

»In Ordnung.« Ich bot ihm eine Zigarette an, aber er rauchte nicht.

»Was mir wirklich gefällt, ist, daß du bereit bist, Rennie ernst zu nehmen, obwohl du dich über sie lustig machst. Es gibt fast keinen Mann, der bereit ist, ernst zu nehmen, was eine Frau denkt, aber Rennie braucht gerade das mehr als alles andere.«

»Es geht mich zwar nichts an, Joe«, sagte ich ruhig, »aber an Rennies Stelle hätte ich sicherlich etwas dagegen, mit jemandem zusammenzusein, der sich derart um meine Bedürfnisse sorgt. Du redest von ihr, als wäre sie deine Patientin oder so etwas.«

Er lachte und schob seine Brille zurück auf die Nase. »Wahrscheinlich tue ich das. Es ist nicht meine Absicht. Als Rennie und ich geheiratet haben, war uns klar, daß keiner von uns etwas Dauerhaftes daraus machen wollte, wenn wir uns nicht gegenseitig in jeder Weise respektieren. Ich bin bestimmt kein Anhänger einer Ehe um jeden Preis, und Rennie ist es auch nicht. Die Ehe hat für sich genommen nichts Wertvolles.«

»Ich habe aber den Eindruck, daß du eurer Ehe einen ziemlich hohen Stellenwert beimißt«, wandte ich ein.

Joe sah mich enttäuscht mit zusammengekniffenen Augen an, und ich hatte das Gefühl, er würde mich strenger korrigieren, als er es jetzt tat, wäre ich seine Frau.

»Jetzt machst du denselben Fehler, den Rennie vor einer Weile, vor dem Essen begangen hat: Es ist ein Irrtum, daß ein Wert nicht wirklich existiert, nur weil er nicht inhärent, objektiv und absolut ist. Ich habe nur gesagt, daß eine eheliche Beziehung nicht absoluter ist als irgend etwas anderes. Das bedeutet nicht, daß ich sie nicht schätze. Ich denke sogar, daß mir meine Beziehung mit Rennie mehr bedeutet als irgend etwas anderes auf der Welt. Das heißt nur, daß jeder selbst entscheiden muß, unter welchen Bedingungen die Ehe ihm etwas bedeutet, wenn er erst einmal zugegeben hat, daß sie nichts Absolutes ist. In Ordnung?«

»Habe nichts dagegen«, sagte ich unbeteiligt.

»Also stimmst du mir jetzt zu oder nicht?«

»Klar stimme ich dir zu.« Derart in die Enge getrieben, stimmte ich tatsächlich mit ihm überein, das jedenfalls nehme ich an. Aber in mir war etwas, das vor einer derartig systematischen Analyse der Dinge zurückschreckte, selbst wenn ich es direkt von Gott gesteckt bekommen hätte, daß dem so ist.

»Nun«, sagte Joe, »ich bin nicht jemand, der unter allen Umständen verheiratet sein muß – im Gegenteil, es gibt eine Menge Umstände, unter denen ich es nicht ertragen könnte, verheiratet zu sein –, und eine meiner Bedingungen, unter denen ich überhaupt eine Beziehung als erhaltenswert ansehe, und vor allem eine eheliche Beziehung, wäre, daß die Beteiligten sich gegenseitig ernst nehmen können. Wenn ich Rennie ab und zu auf die Finger klopfe oder ihr sage, daß einige ihrer Bemerkungen dumm sind, oder sie sogar manchmal schlage, dann nur weil ich sie respektiere, und das bedeutet für mich, ihr nicht alles durchgehen zu lassen. Gewiß, zu vergeben soll christlich sein, aber für mich bedeutet es nur, daß man diejenigen, denen man vergibt, nicht ernst nimmt. Das ist mein einziger Einwand dagegen, daß du dich über Rennie lustig machst: Nicht daß es sie kränken könnte, sondern weil es bedeutet, daß du ihr etwas durchgehen läßt, nur weil sie eine Frau ist.«

»Betrachtest du diese Nimm-uns-ernst-Geschichte denn nicht als etwas Absolutes?« fragte ich. »Es hat nämlich den Anschein, als wolltet ihr euch, du und Rennie, unter allen Umständen ernst nehmen.«

Diese Bemerkung gefiel Joe, und zu meinem Kummer fiel mir auf, daß ich ohne Grund glücklich darüber war, daß ich etwas gesagt hatte, was er gescheit fand.

»Das ist ein guter Punkt«, sagte er grinsend und begann mit seiner Predigt. »Die übliche Kritik von Leuten wie mir ist die, daß es irgendwo am Schluß ein endgültiges Ziel gibt, das der ganzen Kette ihren relativen Wert verleiht, und daß dieses endgültige Ziel rational nicht zu rechtfertigen ist, wenn es keine absoluten Werte gibt. Diese Ziele können ziemlich unpersönlich sein, wie etwa ›das Wohl des Staates‹, oder eben persönlich, wie die eigene Frau ernst zu nehmen. Wie auch immer, wenn man diese Ziele überhaupt verteidigen will, dann muß man sie, so glaube ich, subjektiv auffassen. Aber sie wären niemals logisch zu verteidigen; sie wären eher so etwas wie psychologische Voraussetzungen, die für alle verschieden sind. Vier Dinge, die mich nicht beeindrucken«, fügte er hinzu, »sind Einheit, Harmonie, Ewigkeit und Allgemeingültigkeit. In meiner Ethik kann ein Mann nicht mehr tun, als aus seiner Sicht recht zu haben. Es gibt keinen allgemeinen Grund, warum er sich überhaupt die Mühe machen sollte, seine Sichtweise zu verteidigen, geschweige denn von jemandem zu erwarten, sie sich zu eigen zu machen, aber er kann nichts anderes tun, als danach zu handeln, weil es nichts anderes gibt. Er muß damit rechnen, mit Menschen oder Institutionen in Konflikt zu geraten, die aus ihrer Sicht auch recht haben, aber deren Sichtweisen andere sind als seine.

Angenommen, ich wäre im Grunde meines Wesens ein durch und durch eifersüchtiger Ehemann«, fuhr er fort. »Zufälligerweise ist das überhaupt nicht der Fall, aber angenommen, es wäre so, daß aufgrund meiner psychologischen Zusammensetzung eheliche Treue eine der Prämissen wäre, das subjektive Äquivalent einer absoluten Größe, eine der Bedingungen, die sich mit allen ethischen Grundsätzen verknüpfen ließe, die ich für mich aufstelle. Nehmen wir dann an, Rennie begehe hinter meinem Rücken Ehebruch. Aus meiner Sichtweise hätte die Beziehung ihre Existenzberechtigung verloren, und ich würde sie wahrscheinlich auf der Stelle verlassen, wenn ich nicht sogar sie oder mich selbst erschießen würde. Doch nach Ansicht des Staates wäre ich immer noch verpflichtet, sie zu unterstützen, weil es keine Gesellschaft geben kann, wenn einem erlaubt wird, seine Familie einfach zu verlassen. Seiner Ansicht nach sollte ich gezwungen sein, Unterhalt zu zahlen, und ich hätte keinen Grund, mich zu beschweren, daß sein Standpunkt nicht derselbe ist wie meiner. Das kann er nicht sein. Auf die gleiche Weise wäre der Staat berechtigt, mich dafür, daß ich sie erschossen habe, zu hängen oder hinter Gitter zu bringen, genau wie ich die Berechtigung hätte, sie zu erschießen – verstehen Sie? Nehmen Sie an, ich wäre Katholik. Dann wäre die katholische Kirche ebenso berechtigt, mir von ihrem Standpunkt aus einen gesegneten Bestattungsplatz zu verwehren, wie ich es wäre, Selbstmord zu begehen, wenn die Ehe eine Prämisse meines Lebens gewesen wäre. Ich wäre ein Dummkopf, würde ich erwarten, daß die Welt mir meine Handlungen verzeiht, nur weil ich sie erklären kann.«

»Das ist ein Grund, warum ich mich nie für etwas entschuldige«, sagte Joe schließlich. »Weil ich nämlich kein Recht habe zu erwarten, daß du oder sonst jemand alles, was ich tue oder sage, akzeptieren kann – aber ich kann immer erklären, was ich tue oder sage. Es hat keinen Sinn, sich zu entschuldigen, weil letztendlich nichts verteidigt werden kann. Doch ein Mann kann stimmig handeln, er kann sich so verhalten, daß er seine Handlungen erklären kann, wenn er es will. Das ist mir wichtig. Weißt du, in den ersten Monaten unserer Ehe hat sich Rennie ständig vor Freunden, die zu Besuch kamen, entschuldigt, weil wir nicht viele Möbel im Haus hatten. Sie wußte ganz genau, daß wir nicht mehr Möbel haben wollten, selbst wenn wir sie uns hätten leisten können. Sie aber entschuldigte sich bei den anderen immer dafür, daß sie nicht ihre Meinung teilte. Einmal hörte sie gar nicht mehr auf damit, und sowie die Gäste gegangen waren, gab ich ihr einen Kinnhaken. Ich habe sie k.o. geschlagen. Als sie wieder zu sich kam, erklärte ich ihr ausführlich, warum ich sie geschlagen hatte. Sie weinte und entschuldigte sich bei mir, daß sie sich bei den anderen entschuldigt hatte. Da habe ich sie wieder geschlagen.«

Joes Worte hatten nichts Angeberisches an sich, drückten aber auch keinerlei Bedauern aus.

»Was soll es, Jake, je anspruchsvoller deine Moralvorstellungen werden, desto stärker mußt du sein, wenn du nicht untergehen willst. Und wenn du dich von objektiven Werten verabschiedest, dann mußt du wirklich die Muskeln spielen lassen und die Augen aufhalten, weil du dann auf dich allein gestellt bist. Das erfordert Energie, nicht bloß persönliche Energie, sondern kulturelle Energie, andernfalls bist du verloren. Energie macht den Unterschied aus zwischen amerikanischem Pragmatismus und französischem Existentialismus – wo sonst als in Amerika findest du einen so fröhlichen Nihilismus? Es war sicherlich brutal, Rennie zu schlagen, aber ich begriff diesen Augenblick als eine Art Krise. Jedenfalls hat sie sich danach nie wieder entschuldigt.«

»Aha«, sagte ich.

Es ist gut möglich, daß Joe einen so langen Vortrag gar nicht gehalten hat. Wahr ist aber, daß er im Verlauf des Abends im wesentlichen dies gesagt hat, und ich habe es hier der Bequemlichkeit halber in Form dieses ununterbrochenen Wortschwalls wiedergegeben, sowohl um die Art seiner Gedanken zu veranschaulichen als auch meinem Bild von dem Mann selbst ein oder zwei Striche hinzuzufügen. Ich hörte mir alles widerspruchslos an. Trotz der Tatsache, daß ich gewohnt war, einige dieser Meinungen gelegentlich selbst zu äußern (eher hoffnungsvoll als ehrlich), kamen mir, während er sprach, Argumente gegen fast alles, was er sagte, in den Sinn. Ich würde jedoch keineswegs behaupten, daß er meine Einwände nicht widerlegen könnte – wahrscheinlich hätte ich es selber tun können. Wie es gewöhnlich der Fall war, wenn ich mit einer wirklich intelligenten und stimmig dargelegten Position konfrontiert wurde, zögerte ich, ihr mehr als nur symbolische Zustimmung zu geben, da ich nicht in der Lage war, eine noch vernünftigere eigene Position anzubieten. In derlei Situationen bediente ich mich häufig der ›nicht-direktiven Technik‹, wie es in der Psychologie heißt. Ich sagte lediglich »Oh?« oder »Ah?« und ließ ihm seinen Willen.

Aber die Geschichte von Rennies erster Begegnung mit der Morganschen Philosophie interessierte mich, genau wie die unwiderstehliche Rhetorik, die Joe angewendet hatte, um ihr die Augen in Sachen Entschuldigungen zu öffnen. Die Geschichte zeigte deutlich, daß für Mr. Morgan Philosophieren kein Spiel war, daß er seine Schlußfolgerungen bis ins Kleingedruckte auslebte. Und Rennie wurde dadurch interessanter. Ich sollte vielleicht hinzufügen, daß diese kleine Anekdote mich zweifellos in entscheidender Weise für einen Vorschlag empfänglich machte, den Joe mir später unterbreiten sollte, nachdem Rennie sich zu uns auf den Rasen gesellt hatte.

»Reitest du gerne, Jake?« fragte Rennie beiläufig.

»Bin noch nie geritten, Rennie.«

»Mann, das macht Spaß, kann ich dir sagen. Das mußt du mal mit mir ausprobieren.«

Ich hob die Augenbrauen. »Ja, wahrscheinlich wäre es besser, es zuerst mit dir auszuprobieren, bevor ich es mit einem Pferd versuche.«

Rennie kicherte, warf den Kopf hin und her, und Joe lachte laut, aber nicht begeistert. Dann sah ich, wie sich seine bewölkte Stirn plötzlich aufhellte.

»Das ist eine gute Idee!« rief er. »Bring Jake doch das Reiten bei!« Er wandte sich zu mir. »Rennies Eltern haben Reitpferde auf ihrer Farm, ein Stück die Straße runter. Ich komme leider nur selten zum Reiten, und Rennie reitet nicht gern alleine aus. Da ich vor der Schule noch für meine Doktorarbeit recherchiere, bin ich fast den ganzen Tag beschäftigt. Laß dir doch von Rennie das Reiten beibringen. Auf die Weise kommt sie mehr an die frische Luft, und ihr beide könnt euch dabei unterhalten.«

Ich war peinlich berührt, sowohl von Joes gezwungener Begeisterung für sein Vorhaben als auch von seiner geschmacklosen Unterstellung, Rennie könnte es guttun, mit mir zu reden. Ich fand aber auch einen perversen Gefallen daran, zu sehen, wie Rennie sich wand. Offenbar war sie von ihrem Mann noch nicht so gut erzogen worden, daß sie nicht ab und an von seiner Naivität überrascht war, obwohl sie sehr darauf achtete, ihr Unbehagen vor Joe zu verbergen.

»Was hältst du davon?« wollte er von ihr wissen.

»Ich finde, das ist eine prächtige Idee, wenn Jake es wirklich lernen will«, sagte Rennie eilig.

»Und, willst du?« fragte Joe mich.

Ich zuckte die Achseln. »Ist mir eigentlich egal.«

»Nun, wenn es dir egal ist, und Rennie und ich es für eine gute Idee halten, dann machen wir es«, sagte Joe lachend. »Wir machen es, egal ob du es lernen willst oder nicht, weil du dich nicht ausdrücklich weigerst, genau wie bei der Sache mit dem Abendessen!«

Wir kicherten alle und wechselten das Thema, indem Joe mir fröhlich erklärte, meine Bemerkung am Telefon (daß ich zum Abendessen käme, egal ob ich es wollte oder nicht) sei eigentlich unverständlich gewesen.

»Rennie hätte es dir schon gesagt, wenn du dich nicht über sie lustig gemacht hättest, und sie dabei nicht so nervös gewesen wäre«, sagte er lächelnd. »Wenn man von der Vergangenheit spricht, so sind der einzige Maßstab für das, was ein Mann will, seine Handlungen: Was ein Mann tat, ist das, was er tun wollte.«

»Wie bitte?«

»Verstehst du nicht?« fragte Rennie, während sich Joe zurücklehnte und sich entspannte. »Es geht darum, daß du widersprüchliche Wünsche haben kannst – sagen wir, den Wunsch, nicht mit uns Abend zu essen, und den Wunsch, uns nicht zu kränken. Wenn du letztlich doch zu uns zum Essen kommst, dann deswegen, weil der zweite Wunsch stärker war als der erste. Im Prinzip würdest du es vorziehen, nicht mit uns zu essen, aber da man seine Prinzipien nie ganz verwirklichen kann, ißt du lieber mit uns, als uns zu beleidigen. Und das ist das, was du letztendlich tun wolltest. Du hättest nicht sagen sollen, daß du mit uns essen würdest, egal ob du willst oder nicht. Du hättest statt dessen sagen sollen, daß du mit uns essen wirst, wenn es dir Wünsche befriedigt, die stärker sind als der Wunsch, nicht mit uns zu essen.«

»Das ist, als würdest du neunundneunzig von hundert abziehen«, sagte Joe. »Das Ergebnis ist gerade noch positiv, aber es ist positiv. Das ist ein weiterer Grund dafür, daß es töricht ist, wenn sich jemand für etwas entschuldigt, was er getan hat, indem er behauptet, er habe es eigentlich gar nicht tun wollen. Was er tun wollte, ist letztendlich das, was er getan hat. Das muß man sich immer klarmachen, wenn man Geschichte studiert.«

Mir fiel auf, daß Rennie bei der Erwähnung dieses Themas leicht errötete.

»Mmm«, sagte ich vage zu Joe.

Rennies schwerfällige Kraft war etwas, das mich anzog

Rennies schwerfällige Kraft war etwas, das mich anzog während der Wochen, die diesem Abendessen mit Krabben, Reis, Bier und den Werten, mit denen die Morgans mich gefüttert hatten, folgten. Diese Schwerfälligkeit äußerte sich sowohl in ihren Bewegungen als auch beim Sprechen – Rennie stolperte oft und verhaspelte sich –, und ich war neugierig zu erfahren, ob dahinter Unbeholfenheit lag oder anmutslose Stärke.

So sah ich zumindest die Dinge, als wir mit meinen Reitstunden begannen. Ich empfand ein Gefühl der Überlegenheit, weil ich mich als Prüfer und sie als den Prüfling ansah, aber ich war nicht überheblich, und meine Neugier hatte auch etwas Mitfühlendes. Und ich konnte mich glücklich schätzen, die Überlegenheit zu empfinden, weil ich die ersten Unterrichtsstunden auf einem Pferderücken ansonsten nur schwer verkraftet hätte. Zuwider war mir nicht die Mühe, sondern die Peinlichkeit, etwas Neues zu lernen, die Lächerlichkeit des Anfängers, und ich kann mir nicht vorstellen, daß ich ohne meine Neugier und dieses besondere Überlegenheitsgefühl als Balsam für meinen Stolz jemals hätte Reiten lernen können (denn ich brachte nur ein äußerst laues Interesse fürs Reiten auf).

Rennie war eine exzellente Reiterin und eine höchst fähige Lehrerin. Wir ritten meistens morgens aus, ziemlich früh, und gelegentlich nach dem Abendessen. In der Regel ritten wir jeden Tag, außer bei sehr starkem Regen. Ich fuhr morgens zwischen halb acht und acht zu den Morgans, manchmal auch früher, und frühstückte mit ihnen. Dann begann Joe mit seiner täglichen Recherchierarbeit, und Rennie, die Jungs und ich fuhren die vier

Meilen hinaus zur Farm ihrer Eltern. Mrs. MacMahon, ihre Mutter, nahm die Kinder in ihre Obhut, und Rennie und ich gingen reiten. Ihr Pferd war ein temperamentvoller, fünf Jahre alter graubrauner Hengst mit einem Schultermaß von 1,20 Meter (ihre Beschreibung) namens Tom Brown, meines war eine sieben Jahre alte Fuchsstute mit einer weißen Blesse und einem Schultermaß von 1,30 Meter. Sie wurde Susie genannt, und sowohl Rennie als auch ihr Vater beschrieben sie als sanft, obwohl sie ziemlich lebhaft zu sein schien. Rennies Vater hielt die beiden Pferde zu seinem Vergnügen, hatte aber selten Gelegenheit, sie richtig zu bewegen, und war daher sehr erfreut über Joes Idee. Als er uns in unserer Reitkleidung kommen sah (Rennie hatte darauf bestanden, daß ich Reithosen und Reitstiefel kaufte), sagte er als erstes: »Na, Ren, wie ich sehe, hat Joe für dich einen Gefährten rekrutiert.«

»Das ist Jake Horner, Dad«, sagte Rennie lebhaft. »Ich werde ihm das Reiten beibringen.« Sie war sich bewußt, daß die Worte ihres Vaters mir etwas verraten hatten, das ich nicht unbedingt hören sollte (daß Joes Idee ihm nicht zufällig in den Sinn gekommen, sondern geplant gewesen war), und dies war ihr peinlich. Sie ging sofort zur Koppel, wo die beiden Pferde grasten, und ließ ihren Vater und mich allein, so daß wir uns die Hände geben und Nettigkeiten austauschen konnten, so gut es ging.

Es ist unnötig, daß ich mich über die Einzelheiten meines Unterrichts auslasse. Es ist uninteressant und hat wenig mit meinen Beobachtungen von Rennie zu tun. Meine Vorkenntnisse über Pferde reichten gerade so weit, daß ich wußte, daß man sie von der »nahen« bzw. linken Seite bestieg, und selbst dieses bißchen Pferdegarn war, wie sich herausstellte, keine unabänderliche Wahrheit. Ich wurde in die Geheimnisse des Aufzäumens eingeführt, lernte alles über Zügel und Trensen, gemäßigte und schnelle Gangart, alle Tricks und Kniffe. Ich machte sämtliche Anfängerfehler – suchte Halt an den Zügeln, klammerte mich mit den Beinen fest, ließ mich im Sattel hängen – und korrigierte sie. Daß ich anfangs große Angst vor meinem Tier hatte, ist nebensächlich, da ich unter keinen Umständen diese Angst vor Rennie zum Ausdruck gebracht hätte.

Sie selbst war eine »starke« Reiterin, sie hielt die Zügel gut in der Hand, und der verspielte Tom Brown war so sanft wie ein Schoßhündchen – aber die meisten ihrer kurzen Anweisungen zielten darauf ab, daß ich es vermied, Druck auf mein Pferd auszuüben.

»Hau ihr nicht die Hacken in die Seiten«, platzte es aus ihr heraus, als wir losritten. »Damit signalisierst du ihr, daß sie losgehen soll, und zugleich hältst du sie mit den Händen zurück.«

Stunde um Stunde übte ich, im Schritt zu reiten, im Trab und im leichten Galopp (beide Pferde hatten drei Gänge), ohne Sattel und ohne die Zügel zu halten. Ich lernte, wie man ein Pferd führt, das keine Lust hat zu folgen. Wie man voraussehen und verhindern kann, daß es scheut, bockt und durchgeht. Wie man es sattelt, zäumt und striegelt.

Susie, meine Stute, hatte die Angewohnheit, mich zu beißen, wenn ich ihren Sattelgurt enger zog.

»Gib ihr einen ordentlichen Schlag auf die Nase«, befahl Rennie, »und das nächste Mal hältst du mit dem linken Arm ihren Hals fest. Dann kann sie nicht den Kopf drehen.«

Tom Brown, ihr Hengst, bäumte sich nach Verlassen des Stalls gerne ein paarmal auf. Als er das wieder einmal machte, beobachtete ich zu meinem Entsetzen, daß Rennie sich an den Zügeln so weit zurücklehnte, daß Tom sein Gleichgewicht verlor und wiehernd auf den Rücken fiel. Eine Sekunde, bevor die fünfhundert Kilo Pferd auf dem Boden aufschlugen, sprang Rennie geschickt aus dem Sattel. Und bevor Tom wieder auf den Beinen war, packte sie seine Zügel und hatte ihn in nur wenigen Sekunden durch leises Zureden wieder beruhigt.

»Das macht er nicht wieder«, sagte sie mit einem Grinsen.

Aber als Susie einmal den gleichen Trick ausprobierte, sagte sie: »Das ist deine eigene Schuld. Sie weiß, daß du noch lernst. Es ist nicht nötig, sie zu Boden zu reißen. Sie wird sich schon benehmen, wenn du ein bißchen sicherer geworden bist.« Worüber ich sehr froh war, denn hätte Rennie mir gesagt, ich solle mit Susie zu Boden gehen, hätte mein Stolz mich sicherlich dazu gebracht, es zu versuchen. Ich ließ mich immer sehr schnell einschüchtern, und in der Regel war ich sogar äußerst ängstlich, doch kam dies dank meiner Eitelkeit nie zum Tragen.

Jedenfalls wurde ich ein leidlich guter Reiter und lernte sogar, mich auf dem Pferd wohl zu fühlen. Dafür begeistern konnte ich mich aber nicht. Der Sport war angenehm, aber nicht der Mühe wert, ihn zu erlernen. Rennie und ich absolvierten im Verlauf des Augusts eine gehörige Portion Landschaft. Gewöhnlich ritten wir für anderthalb Stunden aus, legten eine fünfzehn- bis zwanzigminütige Pause ein und ritten dann wieder zurück. Bis wir mit dem Absatteln, Striegeln und Füttern der Tiere fertig waren, war es schon früher Nachmittag. Wir holten die Jungs ab, fuhren nach Wicomico zurück und nahmen zusammen mit Joe ein spätes Mittagessen ein, bei dem er mit seinen vom vielen Lesen geröteten Augen Rennie oder mich nach meinen Fortschritten befragte.

Doch zurück zum Thema: Rennies schwerfällige Kraft. Auf dem Rücken eines Pferdes, wo es für jede Situation tradierte und sogar vernünftige Regeln für die Haltung des Reiters gibt, war es ein Vergnügen, im Schrittgang ihren eher kräftigen als schweren Körper vollkommen beherrscht im Sattel zu sehen, aufrecht und leicht, die vom Wind geröteten Wangen, ihre funkelnden braunen Augen und ihre kurzgeschnittenen blonden Haare, die in der Sonne leuchteten. In solchen Momenten bekam sie eine eigenartige Schönheit. Aber in anderen Situationen, für die es keine Regeln gab, konnte sie mit ihrem Körper nicht umgehen. Wenn sie ging, hatte sie ständig Schlagseite nach vorne. Wenn sie still stand, wußte sie nie, was sie mit ihren Armen machen sollte, und oft legte sie ihr ganzes Gewicht auf ein Bein und streckte das andere unbeholfen zur Seite. Während unserer kurzen Ruhepausen, in denen wir gewöhnlich auf dem Boden saßen und rauchten, fehlte ihr einfach jegliche Anmut, sie flezte sich hin und zappelte andauert herum. Das Wissen um ihre Unfähigkeit, mit ihrem Körper umzugehen, war dann letztendlich auch das, was sie veranlaßte, während unserer Ausritte offener und freier zu reden, als sie es sonst getan hätte, denn beide Morgans waren eher zurückhaltende Menschen, und Rennie neigte sogar dazu, recht wortkarg zu sein, wenn Joe dabei war. Doch an diesen Vormittagen im August redeten wir lange miteinander, und Rennies Art, sich zu unterhalten, hatte oft eine entsprechende Schwerfälligkeit. In diesem Punkt – wenn auch nicht bei allen – war Joes Programm erfolgreich.

Unsere Ausritte führten uns häufig zu einem kleinen Bach in einem Kiefernhain, etwa neun Meilen von der Farm entfernt. Dort konnten die Pferde an heißen Tagen trinken. Oft trugen wir Badesachen unter unserer Reitkleidung und schwammen eine Runde, bevor wir uns danach ganz anständig im Wald wieder anzogen. Das war recht angenehm: Der kleine saubere Bach war ziemlich abgeschieden und lag im Schatten der Kiefern, die den Boden mit einer weichen Schicht glatter brauner Nadeln bedeckten. Ich bemerkte einmal zu Rennie, es sei schade, daß Joe diesen Ort nicht mit uns zusammen genießen konnte.

»Es ist albern, so etwas zu sagen«, sagte sie aufgebracht.

»So wie jede Höflichkeit albern ist«, sagte ich lächelnd. »Er tut mir höflich leid, daß er sich da durch seine Bücher graben muß, während wir herumgaloppieren und im Wasser planschen.«

»Sag ihm das lieber nicht, er kann Mitleid nicht ausstehen.«

»Das ist doch auch albern, oder?« entgegnete ich sanft. »Joe ist wirklich urkomisch.«

»Wie meinst du das, Jake?« Wir ruhten uns gerade nach dem Schwimmen aus. Ich lag ausgestreckt unter einem Baum neben dem Wasser, kaute an einer grünen Kiefernnadel und spähte hinüber zu Susie und Tom Brown, die in der Nähe angebunden waren. Rennie hatte wie ein Sack Hafer am Baum gelehnt, doch jetzt setzte sie sich auf und starrte mich beunruhigt an. »Wie kommst du bloß darauf, Joe albern zu nennen, ausgerechnet Joe?«

»Meinst du damit, wie kann ausgerechnet ich Joe albern nennen, oder wie kann ich ausgerechnet Joe albern nennen?«

»Du weißt schon, was ich meine. Wie kannst du bloß Joe albern nennen? Großer Gott!«

»Oh«, erwiderte ich lachend. »Gibt es etwas Alberneres, als sich über Höflichkeit aufzuregen? Wenn er mir wirklich leid täte, dann wäre das meine Sache, nicht seine. Wenn ich sage, daß er mir leid tut, nur um höflich zu sein, gibt es keinen Grund, sich daran zu stören, da ja nichts dahintersteckt.«

»Aber es ist doch absurd, wenn nichts dahintersteckt, oder?«

»Sicher. Wie kommt ihr bloß darauf, daß man etwas ausrangieren muß, nur weil es absurd ist? Das ist nun wirklich albern. Und wo wir schon beim Thema sind – was könnte alberner sein als der Vorsatz, sinnvoll zu leben?«

Nun weiß ich sehr wohl, was Joe auf diese Bemerkungen geantwortet hätte: Ich bin der erste, der zugibt, daß sie unverständlich sind. Meine Absicht war jedoch nicht, ein Argument vorzubringen, sondern Rennies Reaktion zu sehen. Sie war entsetzt.

»Das kann doch nicht dein Ernst sein, Jake!«

»Und was kann alberner sein als diese fixe Idee von ihm, daß zwei Menschen auf diese Weise unter einem Dach zusammenleben können!«

Rennie stand auf. Ihr Gesichtsausdruck glich, mochte ich schätzen, dem der Athener an jenem Morgen, als sie entdeckten, daß Alkibiades jeden Marmorgott in der Stadt kastriert hatte. Sie war sprachlos.

»Setz dich«, sagte ich und lachte über ihre Bestürzung. »Es geht doch darum, daß die Position eines jeden albern sein kann, wenn man es unbedingt so sehen möchte, und je konsequenter sie ist, desto alberner wirkt sie. Aus Joes Sicht ist sie, angesichts seiner Ziele, was immer sie sein mögen, natürlich nicht albern. Aber ehrlich gesagt bin ich entsetzt, daß er erwartet, daß ihm jemand zustimmt.«

»Das tut er doch nicht!« rief Rennie. »Darum geht es doch gerade!«

»Und wieso hat er dich dann geschlagen, weil du dich entschuldigt hast? Oder nur zur Übung? Warum würdest du es nicht wagen, ihm zu sagen, daß er dir leid tut, selbst wenn es so wäre?«

Ich sagte diese Dinge, ohne wirklich böswillig sein zu wollen, nur um sie ein bißchen zu necken, doch Rennie brach zu meiner großen Überraschung in Tränen aus.

»Aber nicht doch!« sagte ich sanft. »Ich wollte nicht deine Gefühle verletzen, Rennie.« Ich ergriff ihren Arm, aber sie zuckte zurück, als hätte auch ich sie geschlagen.

»Ich habe doch gesagt, daß es mir leid tut.«

»Jake, hör auf!« rief sie, und nun stellte ich fest, daß ihr Kopfschütteln mit zugekniffenen Augen nicht nur eingesetzt wurde, um Ausgelassenheit auszudrücken, sondern auch Schmerz, und das auf recht wirkungsvolle Weise. Als sie sich wieder gefangen hatte, sagte sie: »Du findest unsere Ehe reichlich seltsam, oder?«

»Das Verrückteste, was mir jemals untergekommen ist«, gab ich fröhlich zu. »Aber das soll keine Kritik sein.«

»Aber du hältst mich für eine vollkommene Null?«

Nun. Irgend etwas in mir sprach sehr stark auf diese nicht besonders bewegende Frage von Rennie an.

»Ich weiß nicht, Rennie. Was glaubst du?«

Anstatt zu antworten begann Rennie mit dem, was sich schon bald als die Geschichte ihrer Beziehung mit Joe entpuppte. Ihr ohnehin schon kantiges Gesicht war rot und aufgedunsen vom Weinen, und in einer kritischeren Stimmung hätte ich ihren Anblick als eher unerfreulich empfunden, aber zufälligerweise war ich von ihrem Zusammenbruch wirklich beeindruckt, und die merkwürdige Sympathie, die ich für sie empfand, seit ich von ihrem K.o. erfahren hatte – eine Sympathie, die wenig mit abstraktem Mitleid für Frauen zu tun hat –, machte sich jetzt bei mir deutlich bemerkbar. Diese Sympathie beobachtete ich unbeteiligt und recht amüsiert mit dem anderen Teil meines Ichs, demselben, der beobachtet hatte, wie ich von Rennies tränenüberströmtem, verzweifeltem Gesicht nicht unangenehm berührt war. Hier nun das, was sie mir sagte, redigiert und zusammengefaßt:

»Weißt du, vom Tag meiner Geburt an bis zu dem Tag, als ich Joe begegnet bin, war mein Leben in Nebel gehüllt«, sagte sie. »Ich war eigentlich beliebt, aber ich schwöre dir, es war genau so, als hätte ich die Schule und das College einfach verschlafen. Ich habe mich für nichts interessiert, ich habe nie über was nachgedacht. Ich hatte nicht mal besondere Lust, irgendwas zu tun – mich selbst habe ich auch nicht besonders gemocht. Ich habe einfach die ganze Zeit vor mich hingeträumt. Wenn ich überhaupt über mich nachgedacht habe, dann habe ich wohl von meinem Potential gezehrt, weil ich nie unzufrieden mit mir selbst war.«

»Klingt wundervoll«, sagte ich, aber nicht aufrichtig, weil es eigentlich banal klang. Es interessierte mich nur, weil es gut zu dem ungezähmten Tier paßte, das ich manchmal in Rennie zu entdecken meinte.

»Das solltest du nicht sagen«, sagte Rennie. »Es war gar nichts, weder wundervoll noch sonst etwas. Als ich mit dem College fertig war, ging ich nach New York, um Arbeit zu suchen, einfach nur, weil meine Zimmergenossin dort einen Job hatte und wollte, daß ich mitkomme. Dort habe ich Joe kennengelernt – er machte gerade seinen Abschluß an der Columbia University. Wir sind eine Weile miteinander ausgegangen, ziemlich sporadisch. Ich war nicht sonderlich an ihm interessiert, und ich glaube, er hat auch nicht besonders viel in mir gesehen. Eines Abends dann hat er mich angegrinst und mir gesagt, daß er nicht mehr mit mir ausgehen würde. Ich fragte ihn weshalb, und er sagte: ›Denk nicht, daß ich dir drohen will, aber ich sehe einfach keinen Sinn mehr darin.‹ Daraufhin habe ich gesagt: ›Wieso, weil ich nicht mit dir schlafe?‹ und er sagte: ›Wenn es darum ginge, hätte ich mir gleich eine Puertorikanerin genommen, anstatt meine Zeit mit dir zu verschwenden.‹«

»Guter Spruch«, bemerkte ich.

»Er sagte, er würde einfach kein Bedürfnis nach weiblicher Gesellschaft haben. Für ihn bedeute Partnerschaft einen beiderseitigen Austausch auf allen Ebenen, Sex bedeute Sex, und ich würde ihm weder das eine noch das andere bieten. Du mußt mir glauben, daß er mir nicht bloß einen leeren Spruch vorgesetzt hat. Er hat es wirklich gemeint. Ich könnte wahrscheinlich wunderbar sein, sagte er, aber so, wie ich war, sei ich verdammt oberflächlich, und er erwarte nicht, daß ich mich nur seinetwegen ändere. Er könne mir im Gegenzug nichts anbieten, was mit meinen Werten übereinstimme, und so, wie ich war, sei er nicht an mir interessiert.«

»Hast du dich ihm dann an die Brust geworfen?«

»Nein. Ich war verletzt, und dann habe ich ihm gesagt, daß auch er nicht so eine heiße Nummer sei.«

»Gut!«

»Es ist albern von dir, das zu sagen, Jake.«

»Ich ziehe es zurück.«

»Siehst du denn nicht, daß du gerade in diesem Moment all die Dinge tust, die Joe nie tun würde? Diese sinnlosen Bemerkungen, dieses Gehänsel. Joe hat daraufhin einfach mit den

Schultern gezuckt, ist aufgestanden und hat mich auf der Bank sitzen lassen – Höflichkeit war ihm egal.«

»Auf der Bank?«

»Das habe ich vergessen zu erzählen. An dem Abend, an dem all das passiert ist, haben meine Zimmergenossin und ich aus irgendeinem Grund eine Party veranstaltet, und alle unsere New Yorker Freunde waren da. Wir haben getrunken und viel Spaß miteinander gehabt. Ich kann mich nicht mal erinnern, was genau wir gemacht haben. Als der Abend etwa zur Hälfte vorüber war, hat Joe gesagt, er wolle einen Spaziergang machen. Ich hatte keine besondere Lust, die Party zu verlassen, ging aber trotzdem mit. Wir gingen eine Weile im Riverside Park spazieren, und nachdem wir uns auf eine Bank gesetzt hatten, dachte ich, er würde mir jetzt an die Wäsche gehen. Darin hatte er sich jedoch nie besonders hervorgetan, was mich irgendwie überraschte. Aber dann sagte er, was er mir sagen wollte, und ist einfach weggegangen. Da habe ich zum ersten Mal begriffen, was ich für eine Versagerin war!

Ich ging zurück zur Party und betrank mich so gründlich ich konnte, und je betrunkener ich wurde, desto gräßlicher kamen mir all die anderen vor. Ich entdeckte plötzlich, daß ich vorher eigentlich nie jemandem richtig zugehört hatte, und jetzt, als ich sie zum ersten Mal hörte, war ich zunehmend erstaunt. Sie haben nämlich nur dummes Zeug geredet. Meine Zimmergenossin war am allerschlimmsten. Ich hatte sie vorher für ein ziemlich kluges Mädchen gehalten, aber jetzt, als ich ihr zuhörte, redete sie nichts als Unsinn.

Als ich endlich betrunken war, versuchte schließlich meine Zimmergenossin mich dazu zu bringen, mit einem Typen ins Bett zu gehen. Alle anderen waren gegangen bis auf diese beiden Burschen, der Freund meiner Zimmergenossin und ein anderer Typ. Die beiden hatten es sich in den Kopf gesetzt, mit uns zu schlafen. Meine Zimmergenossin sagte, sie würde es machen, wenn ich es machen würde. Ich war empört, nicht wegen dem, was sie tun wollte, sondern weil sie zu blöd war, eine klare Entscheidung zu treffen. Aber nachdem mir Joe die Augen geöffnet hatte, fühlte ich mich derart nutzlos, daß es mir egal war, was mit mir geschah.

Es war wirklich urkomisch, Jake. Ich war Jungfrau, was mir aber nie etwas ausgemacht hatte. Dieser Typ war nicht übel, ein schlanker, ziemlich normal aussehender Junge, der irgendwo in einem Büro arbeitete. Er war so voll, daß er an mir herumgrabschte wie ein richtiger Macho.

Meine Zimmergenossin und ihr Freund waren schon im Schlafzimmer, und so half ich dem jungen Herrn gleich im Wohnzimmer, die Hosen auszuziehen. Er hatte eine Heidenangst vor mir! Er wollte lieber das Licht ausmachen, das Radio anstellen und mich im Dunkeln langsam ausziehen, bevor es ernst wurde – ich sagte zu ihm, er sei ein Schlappschwanz, zog ihn auf den Teppich runter und biß ihn, bis er blutete. Weißt du, was er getan hat? Er hat bloß dagelegen und gebrüllt!«

»Das kann man ihm nicht übelnehmen!« entfuhr es mir.

»Also, ich wußte, wenn er nicht schnell irgendwas unternahm, wäre es zu spät, weil ich mich selbst mit jeder Sekunde mehr haßte. Aber der arme Kerl ist einfach auf dem Boden ohnmächtig geworden. Ich dachte, es wäre lustig, mich auf ihn zu hocken, so wie er da lag, und ihn künstlich zu beatmen ...«

»Mein Gott!«

»Vergiß nicht, auch ich war betrunken. Jedenfalls habe ich es nicht geschafft und mich zu allem Überfluß dann auch noch übergeben.«

Ich schüttelte den Kopf.

»Dann war ich dermaßen angewidert, daß ich einfach weggegangen bin, hinüber zu Joe – ich wohnte an der 110. Straße, und er an der 113., gleich am Broadway. Nach diesem anderen Typen war es mir eigentlich egal, was er mit mir tun würde.«

»Ich werde dich nicht fragen, was er getan hat.«

»Ich sage dir, was er getan hat. Er hat nur einen Blick auf mich geworfen und mich unter die Dusche gestellt, vollgekotzt wie ich war. Er hat das kalte Wasser aufgedreht und mich da sitzenlassen, während er etwas Suppe vorbereitet hat. Dann hat er mir einen Pyjama angezogen und etwas zum Überziehen gegeben, und ich habe die Suppe gegessen. Das war es. Ich habe sogar die Nacht mit ihm verbracht ...«

»Rennie, das mußt du mir nicht alles erzählen.«

Rennie sah mich überrascht an.

»Nein, ich meine, er hat nicht mit mir geschlafen ... willst du es denn nicht hören?«

»Klar will ich, wenn du es mir erzählen willst.«

»Ich will es dir erzählen. Ich habe diese ganze Geschichte noch nie jemandem erzählt, und Joe und ich haben danach nicht ein einziges Mal darüber gesprochen. Aber zu mir hat noch nie jemand gesagt, daß unsere Ehe albern wäre, und deshalb ist es mir wichtig, dir davon zu erzählen.«

»Ich bewundere Joes Zurückhaltung«, sagte ich unbehaglich.

»Jake, in gewisser Weise ist er wirklich ein Pfadfinder, aber er hatte auch einen anderen Grund. Als ich wieder nüchtern war, sagte er zu mir, er habe es nicht nötig gehabt, meine Hilflosigkeit auszunutzen und mich zu mißbrauchen. Er sagte, er würde gerne mit mir schlafen, aber bei allem, was wir zusammen machen, müßten wir uns einig sein, die gleiche Sichtweise und die gleichen Ziele haben, keiner dürfe dem anderen etwas durchgehen lassen, sonst sei er einfach nicht interessiert. Aber er hätte gerne eine mehr oder weniger dauerhafte Beziehung.

›Soll das heißen, du willst mich heiraten?‹ habe ich ihn gefragt. Und er sagte: ›Die Ehe an sich ist mir egal, Rennie. Ich heirate lieber, weil ich nicht den ganzen Mist mitmachen will, der normalerweise bei einem unehelichen Verhältnis entsteht, aber du mußt verstehen, was ich mit einer mehr oder weniger dauerhaften Beziehung meine.‹ Und zwar meinte er, daß wir zusammenbleiben sollten, solange jeder von uns bei dem anderen alles respektieren kann, absolut alles. Unsere Aufgabe bestünde vornehmlich darin, für diesen Respekt zu arbeiten. Es lag ihm nicht sonderlich viel daran, eine Ehefrau oder eine Geliebte zu haben, aber für diese Sache interessierte er sich brennend.

Weißt du, was wir getan haben? Wir haben zwei Tage und zwei Nächte lang beinahe ununterbrochen darüber geredet, und während dieser ganzen Zeit hat er mich kein einziges Mal angefaßt und hat sich auch von mir nicht anfassen lassen. Ich ging nicht zur Arbeit, und er ging nicht zu seinen Vorlesungen, weil wir beiden wußten, daß das hier wichtiger war als alles, was wir jemals getan hatten. Er hat mir seine Weltanschauung erklärt und mir mehr Fragen gestellt, als mir jemals zuvor gestellt worden waren. ›Die Welt ist voll mit Unsinn, und vollkommen sinnlos‹, sagte er. ›Es gibt nur wenig Dinge, die mir wirklich wichtig sind, und dies hier ist eines davon.‹ Wir haben vereinbart, bei jedem Thema, egal wie unwichtig oder scheinbar banal es ist, unsere Gedanken vollkommen leidenschaftslos zu vergleichen und sie so erschöpfend wie möglich zu analysieren, wenigstens während der ersten paar Jahre. Er warnte mich, daß seine Gedanken vernünftiger klingen würden als meine, bis ich mir angewöhnt hatte, mich klar und deutlich auszudrücken. Bis dahin würden wir einfach versuchen, meine Gedanken zu vergessen … Er wollte, daß ich mich wieder an der Universität einschreibe und viele Dinge lerne, nicht weil er meinte, daß Wissen so überaus wichtig sei, sondern weil er eine akademische Karriere vor sich hatte, und wenn ich weiterhin nichts über sein Fach wisse, würden wir uns immer weiter voneinander entfernen. Es sollte auf keinen Fall so etwas geben wie meine Interessen und seine Interessen. Was einen von uns interessierte, das sollte auch der andere ernst nehmen, und unsere Beziehung wäre wichtiger als Karriere, Ehrgeiz oder sonst irgendwas. Er sagte, er erwarte von mir, daß ich mich selbst und ihn ebenso hart fordere, wie er sich selbst fordert und mich fordern würde, und daß die Anforderungen für beide immer die gleichen sein müßten.«

»Du meine Güte!«

»Verstehst du, was ich meine? Joe hatte keine Freunde, weil er von einem Freund verlangen würde, daß er immer scharfsinnig war und sich klar ausdrückte. Und so habe auch ich meine ganzen Freunde abgestoßen, weil man ihnen alles mögliche durchgehen lassen mußte, man konnte sie einfach nicht auf die gleiche Weise ernst nehmen. Ich mußte mein ganzes Denken ändern, nicht nur was meine Eltern anging, sondern auch meine Kindheit. Ich hatte immer gedacht, es sei eine glückliche Kindheit gewesen, aber jetzt war sie für mich bloß ein Riesenstück Watte. Ich warf alle Meinungen über Bord, die ich besaß, weil ich sie nicht begründen konnte. Ich glaube, ich habe mich vollständig geleert, Jake, damit ich wieder von vorne anfangen konnte. Und trotzdem glaube ich, daß ich eigentlich nie so sein werde, wie Joe mich haben will – ich werde immer unsicher sein, und er wird seine Positionen immer besser darlegen können als ich meine. Aber ich kann nicht mehr tun, als was ich getan habe. Wie Joe sagt, mehr ist nicht drin.«

Ich schüttelte den Kopf. »Das klingt traurig, Rennie.«

»Das ist es aber nicht!« protestierte sie. »Joe ist wunderbar. Selbst wenn ich könnte, würde ich nicht zurückgehen. Vergiß nicht, daß ich aus freien Stücken mit ihm zusammen bin. Ich könnte jederzeit gehen, und er würde für die Kinder und für mich aufkommen.«

Ich hatte das Gefühl, daß ihre Entscheidungsfreiheit ebenso groß war wie meine, wenn ich im Fortschritts- und Beratungsraum meine Sitzposition wählte.

»Joe ist bemerkenswert«, stimmte ich zu, »wenn man auf so etwas steht.«

»Jake, er ist wunderbar!« wiederholte Rennie. »Ich bin noch

nie jemand begegnet, der auch nur annähernd so ist wie Joe, das schwöre ich dir. Er denkt so geradlinig über alles. Manchmal glaube ich, daß es nichts gibt, das seiner Geistesschärfe würdig ist. Das mag lächerlich klingen, Jake, aber ich denke an Joe, wie ich an Gott denke. Selbst wenn er Fehler macht, sind seine Gründe für das, was er gemacht hat, klarer als die von irgend jemand sonst.«

»Er ist intolerant«, meinte ich.

»Das ist Gott auch! Aber weißt du, warum Joe intolerant ist? Er ist nur intolerant gegenüber der Dummheit von Menschen, die ihm etwas bedeuten! Jake, ich bin jetzt besser dran als vorher. Vorher war ich gar nichts. Was habe ich verloren?«

Ich grinste. »Wahrscheinlich sollte ich jetzt irgend etwas über deine Individualität sagen. In Augenblicken wie diesem wird von einem erwartet, daß man über Individualität spricht.«

»Joe und ich haben darüber gesprochen, Jake. Mein Gott, bitte wirf ihm nicht vor, er sei naiv! Er sagt, der schwierigste und wichtigste Punkt wäre, sämtliche möglichen Alternativen zur eigenen Position zu kennen.«

»Was hat er gesagt?«

»Angenommen, die Persönlichkeit eines jeden Menschen sei wirklich einzigartig. Folgt daraus, daß etwas wertvoll ist, weil es einzigartig ist? Du behauptest, es sei besser, eine echte Rennie MacMahon zu sein als eine Joe-Morgan-Imitation, aber das ist nicht selbstverständlich, Jake, ganz und gar nicht. Das ist romantisch. Ich bin lieber ein lausiger Joe Morgan als eine erstklassige Rennie MacMahon. Zum Teufel mit meinem Stolz. Dieser Unsinn mit der einzigartigen Persönlichkeit eines jeden ist auch so etwas, das nichts Absolutes ist.«

»Wenn ich dir aus dem Evangelium zitieren darf, Rennie: Daraus, daß ein Ding keinen absoluten Wert hat, folgt nicht zwangsläufig, daß es überhaupt keinen Wert hat.«

»Hör auf damit, Jake!« Rennie regte sich wieder auf.

»Wieso? Du könntest genausogut die Meinung vertreten, daß, obwohl Rennie MacMahon an sich keinen Wert hat, es nur sie gibt und sonst nichts. Ich möchte dich etwas fragen, Rennie: Warum, glaubst du, interessiert sich Joe für mich? Er muß doch wissen, daß ich keine seiner Ansichten teilen würde. Ich lasse jedem etwas durchgehen, am meisten mir selbst. Und was laß ich Joe nicht alles durchgehen! Und das läßt er wiederum durchgehen. Wieso war er so erpicht darauf, daß wir miteinander reden? Hat er denn nicht gewußt, daß ich dir sagen würde, ich fände diese ganze Geschichte entweder komisch oder entsetzlich, je nach meiner Stimmung?«

»Jake, du hast wahrscheinlich noch nicht erlebt, wie stark Joe ist. Das ist das beste an ihm: seine Stärke. Er ist so stark, daß er auf mich verzichten würde, wenn irgend jemand mich überzeugen könnte, daß ich einen Fehler mache.«

»Ich kann in dieser vorausgeplanten Sache mit den Reitstunden keine Stärke erkennen. Jeder würde doch auf den Gedanken kommen, daß er mich mit dir verkuppeln will.«

Rennie zuckte nicht einmal. »Er ist so stark, Jake, daß er es sich leisten kann, manchmal schwach zu wirken. Niemand ist so stark wie Joe.«

»Ein wahrer Pfadfinderführer«, sagte ich fröhlich.

»Er ist sogar so stark«, sagte Rennie, »daß er es sich leisten kann, manchmal eine Karikatur seiner selbst zu sein, ohne daß es ihm irgend etwas ausmacht. Es gibt nicht viele, die so sind.«

»Soll ich also den Advocatus Diaboli spielen? Das würde mir sicher liegen.«

Jetzt wurde ihr unbehaglich. »Ich weiß nicht. Wahrscheinlich wirst du jetzt beleidigt sein, Jake, aber ich verstehe nicht, was Joe in dir sieht. Er hat sich noch nie für jemand derart interessiert. Wir haben nie Freunde gehabt und auch keine gewollt, aber nach deinem Vorstellungsgespräch hat er gesagt, er würde sich für dich interessieren, und nach euren ersten Gesprächen war er ziemlich angetan. Er hat mir gesagt, es würde mir guttun, einen erstklassigen Geist kennenzulernen, der sich von seinem völlig unterscheidet. Aber da muß noch mehr dahintergesteckt haben.«

»Ich bin geschmeichelt«, sagte ich, und zu meiner leichten Verärgerung war ich es wirklich. »Du denkst, es muß noch mehr dahintergesteckt haben, weil du nichts Erstklassiges an mir erkennen kannst?«

»Das ist jetzt nicht wichtig. Mich erschreckt manchmal nur, daß du in vielerlei Hinsicht gar nicht so anders bist als Joe. Ich habe sogar schon dieselben Sprüche von euch beiden gehört, nur zu verschiedenen Zeitpunkten. Viele der Prämissen, von denen ihr ausgeht, sind die gleichen.« Im Verlauf ihrer Ausführungen war Rennie immer nervöser geworden. Jetzt schüttelte sie sich regelrecht. »Jake, ich mag dich nicht!«

Das beruhigte mich: Mein eigenes Unbehagen verschwand mit dieser Bemerkung, und meine Stimmung wandelte sich wie durch Zauberhand. Ich war jetzt ein starker, ruhiger, nur bedingt finsterer Jacob Horner, ganz anders als der höhnische Angeber, der sich den ersten Teil von Rennies Geschichte angehört hatte. Ich lächelte Rennie an.

»Ich wünschte, Joe hätte sich das hier nicht ausgedacht«, sagte sie. »Es geht mir alles gegen den Strich. Ich will dir gegenüber nicht ungerecht sein, Jake, aber ich glaube, vor einem Monat, bevor wir uns kennengelernt haben, war ich glücklicher.«

»Erzähl das Joe.«

Ein heftiges Kopfschütteln mit zusammengekniffenen Augen, überhaupt nicht ausgelassen.

»Joe denkt, ich bin weiter, als ich tatsächlich bin«, sagte sie kurz angebunden. »Ich habe jetzt schon ein schlechtes Gewissen, daß ich dir so viel erzähle. Das war schwach, beinahe so, als hätte ich ihn hintergangen.«

»Ich werde ihm erzählen, daß wir darüber geredet haben«, sagte ich.

Rennie atmete unruhig und schüttelte den Kopf.

»Verstehst du denn nicht? Ich kann dir nicht verbieten, es ihm zu sagen, aber wenn du es tätest, wäre es aus mit mir. Ich würde das nie wiedergutmachen können.«

Das konnte ich mühelos sehen. Es war ein kleiner Bazillus bei Rennie MacMahon, der für die Indiskretionen zuständig war.

»Du mußt doch gesehen haben, daß manche Leute den gesamten Morgan-Plan für merkwürdig halten.«

»Natürlich habe ich das. Aber das waren bloß ›manche Leute‹. Was mir Angst einjagt, ist, daß irgend jemand Joes sämtliche Prämissen – unsere Prämissen – akzeptiert, sie versteht und akzeptiert und uns dann auslacht.«

»Vielleicht ist es das, worauf Joe aus ist.«

»Möglich, aber wenn dem so ist, dann hat er mich überschätzt! Ich werde nicht damit fertig. Er hingegen kann es vertragen, ohne sich Sorgen zu machen – du erinnerst dich, als er über die körperliche Effizienz der Kinder geredet hat und du vorgeschlagen hast, daß sie sich gegenseitig die Schlafanzüge zuknöpfen? Das habe ich damit gemeint, als ich gesagt habe, daß er stark genug ist, sich zu einer Karikatur seiner selbst zu machen – all die Sachen, über die du dich lustig gemacht hast. Als du das vorgeschlagen hast, hat mir das Angst eingejagt, richtige Angst. Ich wußte nicht, was er tun würde. Mein Gott, Jake, er kann wirklich gewalttätig werden! Aber er hat bloß gelacht und ließ die Kinder machen, was du gesagt hast.«

»Du hast ja eine Riesenangst vor ihm, Rennie. Ist es wegen damals, als er dich geschlagen hat?«

Jedesmal wenn ich es erwähnte, fing Rennie an zu weinen. Jener Schlag war schwerer gewesen, als Gott sich vorstellen konnte.

»Ich bin nicht so stark, Jake!« rief sie. »Es ist meine Schuld, aber ich bin nicht stark genug für ihn.«

Und ich sagte: »Ich gehe davon aus, daß Gott Junggeselle ist.«

Wie Joes frühere Auslassung über Werte, wurde mir diese Geschichte über die häuslichen Probleme der Morgans nicht ganz so handlich in einem Stück geliefert, wie ich sie hier präsentiert habe. Was nun geschah, nachdem das alles angefangen hatte, war, daß sich der Charakter unserer täglichen Ausritte zu verändern begann. Wir ritten jetzt gewöhnlich wortlos und mit amüsanter Zielstrebigkeit direkt zu dem kleinen Bach im Kiefernhain, um uns zu unterhalten. Dort verbrachten wir nun fast eine Stunde anstatt nur zwanzig Minuten. Es war interessant festzustellen, daß Rennie das Thema nie während des Reitens anschnitt – im Gegenteil, sie bestieg Tom Brown allmorgendlich mit offenbarer Lustlosigkeit. Aber wir ritten stets zu dem Hain – die Pferde wären zweifellos auch ohne unser Zutun dorthin gelaufen, und ich gebe gerne zu, daß Susie und ich mehr als einmal die Initiative ergriffen und diesen Weg einschlugen.

Wenn wir wieder zu Hause bei den Morgans waren, sagte Rennie kein Wort mehr, es sei denn, Joe sprach sie direkt auf unseren Vormittag an. In der Regel log Rennie ihn unerbittlich an, wenn er sie fragte, worüber wir gesprochen hatten. Unerbittlich, grimmig und schwerfällig: Es war kein schöner Anblick. Joe hörte aufmerksam und unbeteiligt zu und lächelte manchmal. Wahrscheinlich wußte er, daß sie log, obwohl es für jemanden, der sich der Wahrheit bewußt ist, schwierig ist, ihre Verschleierung zu durchschauen. Falls er es wußte, störte es ihn nicht. Er war in der Tat sehr stark.

Wir beide kamen immer besser miteinander aus. Er stritt mit mir über Politik, Geschichte, Musik, Integrität, Logik – einfach über alles. Wir spielten Tennis und Gin Rommé miteinander, und ich fand ein paar unschöne Infinitivkonstruktionen in seiner Dissertationsschrift – eine seltsame, brillante Untersuchung über die rettenden Rollen von Unschuld und Energie in der politischen und ökonomischen Geschichte Amerikas. Meine

Haltung gegenüber Joe, Rennie und dem Rest des Universums wechselte so oft wie Laokoons Lächeln: An manchen Tagen redete ich wie ein alter Linker, an anderen bekundete ich Entsetzen hinsichtlich der Vorstellung, irgend etwas zu reformieren. An manchen Tagen war ich Asket, an anderen Rabulist. An manchen äußerst rational, an anderen das völlige Gegenteil. Jedesmal verteidigte ich mich vehement (außer an meinen unkommunikativen Tagen), und Joe lachte und nahm mich auseinander. Es war, so fand ich, eine recht angenehme Art und Weise, die Nachmittage zu verbringen, doch im Verlauf des August wurde Rennie immer trübsinniger. Im Kiefernhain zitterte sie, redete und weinte.

Sie war gefangen.

Was mich betraf, war ich mir noch unschlüssig, ob das, was ich durch ihre ungewöhnliche Selbstverleugnung erfahren hatte, Ausdruck einer großen Schwäche oder einer außergewöhnlichen Stärke war. Es gibt keine Möglichkeit, solche Dinge einzuschätzen, wenn sie derart konsequent ausgeführt werden. Doch fand ich sie, so scheint mir, viel anziehender als zuvor, wenn auch nicht in letzter Konsequenz, und der beobachtende Teil von mir glaubte jetzt, den angezogenen Teil ziemlich gut zu verstehen (viele, viele andere »Teile« blieben auf die eine oder andere Weise vollkommen unberührt): Ich glaube, Rennies Anziehungskraft lag vor allem darin, daß sie von allen Frauen, die ich kannte (wenn nicht von allen Menschen), die einzige war, die so tief in sich hineingeschaut und nichts gefunden hatte. Und wenn das der Fall ist, wird die Frage von Integrität bedeutungslos.

Am 31. August 1953 schien sich ihre Haltung geändert zu haben. Es hatte bis zum frühen Nachmittag geregnet, und so verlegten wir unseren Ritt auf den Nachmittag, während Joe bei seinem Pfadfindertreffen in Wicomico war. An diesem Abend hielt sie Tom Brown im Schrittempo – ritt ihn beinahe ängstlich, ohne Kraft oder Stil, wie ich fand, und plauderte während des

Ausritts träge über belanglose Dinge. Doch im Kiefernhain war sie ruhig.

»Es ist alles in Ordnung, Jake.« Sie lächelte. Es war kein warmes Lächeln.

»Was ist in Ordnung?«

»Es tut mir immer noch leid, daß ich so übertrieben habe, aber das ist jetzt vorbei.«

»Ach?«

»Weißt du, eine Zeitlang hatte ich wirklich Angst vor dir. Manchmal hatte ich den Eindruck, ich kann mir nicht eingestehen, daß Joe stärker ist als du. Immer wenn er mit seinen Argumenten gerade so weit war, dich zu überzeugen, warst du schon nicht mehr da, und – noch schlimmer – selbst wenn er deine Argumente widerlegte, hatte ich den Eindruck, daß er dich nicht wirklich treffen konnte, weil in keinem deiner Argumente viel von dir zu finden war.«

»Du bist aber scharfsinnig«, sagte ich lachend.

»Genau, das ist es«, sagte sie. »Du hast immer nur gelacht, wenn er deinen Argumenten die Krücken weggeschlagen hat. Und in letzter Zeit begann ich, mich zu fragen, was du bist, wenn diese Meinungen nicht du sind?«

»Schlechter Satzbau.«

Rennie ignorierte mich. »Weißt du, was ich inzwischen glaube, Jake? Ich glaube, du existierst gar nicht. Es gibt zu viele von dir, und das sind mehr als bloße Masken, die du annimmst. Wir haben alle Masken, aber du bist durch und durch anders, jedesmal. Du schließt dich selbst aus. Du bist eher wie jemand in einem Traum. Du bist nicht stark, und du bist nicht schwach. Du bist nichts.«

Ich hielt es für angemessen zu schweigen.

»Es sind zwei Dinge passiert, Jake«, sagte Rennie kühl. »Das eine ist, daß ich wieder schwanger bin – ich bin mir ziemlich sicher –, meine Periode ist eine Woche überfällig, und ich bin eigentlich immer pünktlich. Zum anderen habe ich beschlossen, nicht mehr über dich nachzudenken oder mit dir zu tun zu haben, weil du nicht existierst.«

»Irgendwann letzte Woche«, fuhr sie fort, »habe ich geträumt, daß Joe sich mit dem Teufel angefreundet hatte und sich damit vergnügte, mit ihm zu streiten und Tennis zu spielen, um seine eigene Stärke zu ermessen. Du darfst nicht lachen.«

»Ich lache doch nicht.«

»Ich dachte, Joe hatte den Teufel eingeladen, um auch mich zu testen – wahrscheinlich weil du damals etwas von einem Advocatus Diaboli gesagt hast. Aber dieser Teufel hat mir angst gemacht, weil ich noch nicht so stark bin. Und was für Joe ein Spiel war, war für mich ein schrecklicher Kampf.« Hier stockte Rennie ein wenig. »Als Joe dann sah, wie es war, sagte er mir, daß der Teufel nicht echt sei, daß er den Teufel durch seine eigene Kraft habe erscheinen lassen, genau so wie Gott es tun könnte. Dann hat er mich geschwängert, damit ich begriff, daß er derjenige war, der echt war, und ich keine Angst mehr haben müßte und …«

(Diese hübsche Geschichte hatte Rennie in ruhigem Tonfall begonnen, aber während des Erzählens wurde sie immer erregter – sie hatte sie sich offensichtlich zurechtgelegt, um den Schmerz ihrer Lügen zu lindern –, bis sie schließlich die Beherrschung verlor und in Tränen ausbrach.)

»… und damit ich genauso stark werden würde wie er, und stärker als jemand, der nicht einmal existiert!«

Aber sie war es nicht. Ich streichelte ihr Haar. Ihr klapperten sogar die Zähne.

»O Gott, wenn doch Joe jetzt hier wäre!« rief sie.

»Du weißt, was er sagen würde, Rennie. Weinen ist eines der Dinge, die nichts damit zu tun haben – du weichst bloß der Frage aus. Diese Geschichte mit dem Teufel ist zu einfach. Sie erlaubt es dir, mich unter Vorspiegelung falscher Tatsachen loszuwerden.«

»Du existierst nicht, nicht so wie Joe! Er ist heute derselbe Mann, der er gestern war. Er ist Realität! Das ist der Unterschied.«

Sie saß auf dem Boden, den Kopf auf den Knien, und ich strich ihr immer noch übers Haar.

»Aber ich nicht«, sagte ich.

»Nein!«

»Und du?«

Statt einer Antwort schüttelte sie nur heftig mit dem Kopf.

»Ich weiß nicht. Ich denke, Joe ist stark genug, um auf mich aufzupassen. Es ist mir egal.«

Das war absurd, und wir wußten es beide. Ich beschränkte mich darauf, ihr weiter übers Haar zu streichen, was sie jedoch erschauern ließ. So saßen wir etwa fünf Minuten lang, ohne ein Wort zu sagen. Dann stand Rennie auf.

»Ich hoffe inständig, daß du weißt, was du uns antust, Jake«, sagte sie.

Ich antwortete nicht.

»Joe ist real genug, um mit dir fertig zu werden«, sagte sie. »Er ist real genug für uns beide.«

»Nichts plus eins ist eins«, sagte ich freundlich.

Rennie war verblüfft und rieb sich nervös über den Bauch. »Stimmt«, sagte sie.

Aber kurz darauf geschah etwas äußerst Merkwürdiges. Wir brachten die Pferde zum Stall zurück und fuhren nach Hause, wobei keiner von uns beiden ein überflüssiges Wort sagte. Es war, als befanden sich viele Dinge in einer delikaten Schwebe – das geschwinde Hereinbrechen der Abenddämmerung über einen vollkommen leeren Sommerhimmel, mit einem geräuschlosen Eilen, als würde der Planet selbst in die Tiefe stürzen, trug zweifellos dazu bei –, und man fühlte sich zum Schweigen verpflichtet, denn ein einziges Wort könnte den Kosmos aus der

Bahn werfen. Als wir vor der Wohnung der Morgans hielten, war es dunkel, und ich begleitete Rennie über das tiefe Gras des Rasens.

»Joe ist zu Hause«, sagte ich, als ich das Licht hinter den geschlossenen Jalousien des Wohnzimmers sah. Ich hörte Rennie neben mir schniefen, und mir wurde klar, daß sie wieder geweint hatte.

»Besser wir warten einen Moment, bevor wir reingehen, meinst du nicht?«

Rennie antwortete nicht, aber sie hielt an, und wir blieben einfach still vor der Haustür stehen. Ich verspürte keinerlei Bedürfnis, sie zu berühren. Ich wippte müßig auf den Schuhabsätzen, und summte leise *Pepsi Cola ist doch toll* vor mich hin. Ich stellte fest, daß die Jalousien zwar geschlossen, aber nicht vollkommen heruntergelassen waren. Ein Lichtbalken fiel durch einen drei Zentimeter hohen Spalt über dem Fensterbrett auf den Rasen.

»Willst du lauschen?« raunte ich Rennie spontan zu. »Komm, es ist toll, Tiere in freier Wildbahn zu beobachten!«

Rennie sah schockiert aus. »Warum?«

»Belauschst du etwa nie Leute, wenn sie allein sind? Das ist wunderbar! Komm, sei eine Spannerin! Das ist das Gemeinste, was du jemandem antun kannst.«

»Du widerst mich an, Jake!« zischte Rennie. »Er liest doch bloß! Du kennst Joe doch überhaupt nicht.«

»Was soll das denn heißen?«

»Reale Menschen sind nicht anders, wenn sie allein sind. Sie sind keine Masken. Das, was du von ihnen siehst, ist echt.«

»Unsinn. Niemand ist echt. Laß uns nachsehen.«

»Nein.«

»Dann geh ich eben allein.« Ich schlich zu dem Fenster, beugte mich herab und spähte ins Wohnzimmer hinein. Sofort winkte ich Rennie heran.

»Was ist los?« flüsterte sie.

»Komm mal her!« Ein Spanner sollte kichern. Ich kicherte.

Widerstrebend gesellte sie sich zu mir und spähte ebenfalls hinein.

Es ist tatsächlich die größtmögliche Ungerechtigkeit, einen Menschen zu beobachten, der sich unbeobachtet wähnt. Joe Morgan, zurück von seinem Pfadfindertreffen, hatte offenbar vorgehabt zu lesen, denn auf dem Schreibtisch sowie auf dem Boden neben dem Bücherregal lagen aufgeschlagene Bücher. Aber Joe las nicht. Er stand genau in der Mitte des kargen Zimmers, trug noch seine Uniform und führte schneidig militärische Befehle aus. Kehrt! Rechtsum! Achtung! Stillgestanden! Er salutierte zackig, die Wangen gebläht, mit heraushängender Zunge, und begann anschließend, im Zimmer herumzuhüpfen – er drehte sich, vollführte Pirouetten, verneigte sich, sprang auf und nieder und trat um sich. Ich sah zu, gebannt von seiner Darbietung, denn ich kann nicht behaupten, daß ich ihn in meinen sonderbarsten Augenblicken (und ein Junggeselle hat sonderbare Augenblicke) übertroffen hätte. Rennie zitterte von Kopf bis Fuß.

Ah! Als er an einem kleinen Spiegel an der Wand vorbeikam, sah Joe sich selbst. Was? Was? Na, du! Er trat näher, verbeugte sich vor sich selbst und schob sein Gesicht dicht vor das Glas. Mr. Morgan, ja? Wie geht es, Mr. Morgan? Bla blu bla. Ooooh blubbel schlurp. Er schnitt sich selbst Grimassen, verdrehte die Augen, gaumbelte mit seinem Mund herum, blummelte die Wangen auf. Mobbel Brobbel. Wiggel waggel woggel! Schlacki schlacki schlock.

Er schob sich seine Brille auf die Nase zurück. Hatte er irgendein Geräusch gehört? Nein. Er ging zum Schreibtisch und setzte dem Anschein nach seine Lektüre fort, den Rücken uns zugewandt. Die Vorstellung war also vorbei. Ah, noch einen Moment ... Er wandte sich etwas zur Seite, und wir konnten es sehen: Joe hielt die Zunge konzentriert zwischen den Lippen und masturbierte, wobei er gleichzeitig in der Nase bohrte. Ich glaubte auch, daß er ein fröhliches Liedchen zum Rhythmus seiner Arbeit summte.

Rennie schloß die Augen und preßte die Stirn gegen den Fenstersims. Ich stellte mich neben sie, außerhalb des Lichts, das aus dem hellen Wohnzimmer kam, und strich ihr wieder über das Haar, wobei ich ihr leise jene wortlose Sprache ins Ohr flüsterte, die sie mir beigebracht hatte, um die Pferde zu beruhigen.

Im September war es Zeit, wieder den Doktor aufzusuchen

Im September war es Zeit, wieder den Doktor aufzusuchen. In der ersten Woche des Monats fuhr ich also eines Morgens hinaus zur Remobilisierungsfarm. Weil das Wetter schön war, saßen einige der anderen Patienten des Doktors, alles recht alte Männer und Frauen, draußen auf der Veranda in ihren Rollstühlen oder in uralten Korbstühlen und schnappten frische Luft. Wie üblich begrüßten sie mich mit ziemlich argwöhnischen Blicken. Besucher, besonders solche meines Alters, waren selten auf der Farm und wurden deshalb nicht sonderlich herzlich begrüßt. Ohne ihre abweisenden Blicke zu beachten, ging ich hinein, um Mrs. Dockey, der Empfangsdame und Krankenschwester, meine Aufwartung zu machen. Sie unterhielt sich gerade mit dem Doktor.

»Guten Tag, Horner«, sagte er strahlend.

»Guten Morgen, Sir. Guten Morgen, Mrs. Dockey.«

Die große, maskuline Frau nickte, wie es ihre Art war, ohne ein Wort zu sagen, und der Doktor befahl mir, ich solle im Fortschritts- und Beratungsraum warten, der zusammen mit dem Speiseraum, der Küche, dem Empfangsraum, den Toiletten und dem Behandlungszimmer im Parterre des alten Fachwerkhauses lag. Im oberen Stock waren die Wände zwischen den einstigen Schlafzimmern entfernt worden, um zwei Schlafsäle zu bilden, einen für die Männer und einen für die Frauen. Auch der Doktor hatte oben sein eigenes kleines Schlafzimmer, und es gab zwei Waschräume. Ich wußte damals nicht, wo Mrs. Dockey schlief, wenn sie überhaupt auf der Farm übernachtete. Sie war eine äußerst schweigsame Frau.

Ich hatte den Doktor zufällig am Morgen des 17. März 1951 kennengelernt, und zwar an einem Ort, den man gemeinhin für die Eingangshalle der Pennsylvania Railroad Station in Baltimore hält. Es war zufällig der Tag nach meinem achtundzwanzigsten Geburtstag, und ich saß auf einer der Bänke im Bahnhof, meinen Koffer neben mir. Ich befand mich in einem ungewöhnlichen Zustand: Ich konnte mich nicht bewegen. Am Vortag hatte ich mein Zimmer im Wohnheim, das der Universität gehört, verlassen. Ich logierte dort seit September des Vorjahres, als ich mich, ein wenig halbherzig, an der Universität eingeschrieben hatte, an der ich im folgenden Juni meinen Abschluß machen sollte.

Doch am 16. März, an meinem Geburtstag, nachdem ich meine mündliche Prüfung bestanden, jedoch meine Abschlußarbeit noch nicht begonnen hatte, packte ich meine Koffer und verließ das Wohnheim, um irgendwohin zu reisen. Weil ich gelernt habe, nicht allzu sehr an Ursachen interessiert zu sein, schreibe ich diesen Schritt einer einfachen Geburtstagsniedergeschlagenheit zu, ein Phänomen, das genügend Menschen hinreichend bekannt ist, so daß ich es nicht weiter erklären muß. Meine Geburtstagsniedergeschlagenheit hatte mich daran erinnert, daß ich keinen mich selbst überzeugenden Grund hatte, auch nur einen Moment länger jene Dinge zu tun, die ich zufällig seit sieben Uhr abends am 16. März 1951 getan hatte. Ich hatte dreißig Dollar und etwas Kleingeld in der Tasche: Als mein Koffer gefüllt war, hielt ich ein Taxi an, fuhr zur Pennsylvania Station und stellte mich in die Schlange vor dem Schalter.

»Ja bitte?« sagte der Kartenverkäufer, als ich an der Reihe war.

»Es wird Ihnen sicher theatralisch vorkommen«, sagte ich verlegen, »aber ich besitze etwa dreißig Dollar, um eine Reise zu machen. Könnten Sie mir einige Orte nennen, wohin ich für etwa zwanzig Dollar fahren kann?«

Der Mann zeigte sich über meine Anfrage keineswegs überrascht. Er sah mich verständnisvoll, wenn auch ohne Mitleid an und schaute dann in seiner Fahrpreisliste nach.

»Sie können nach Cincinnati, Ohio, fahren«, sagte er. »Sie können nach Crestline, Ohio, fahren. Und Sie können nach Dayton, Ohio, fahren. Oder nach Lima, Ohio. Das ist ein netter Ort. Ein paar Verwandte von meiner Frau wohnen in Lima, Ohio. Wollen Sie dorthin fahren?«

»Cincinnati, Ohio«, wiederholte ich, wenig überzeugt. »Crestline, Ohio, Dayton, Ohio, und Lima, Ohio. Vielen Dank. Ich überleg es mir und komme später noch einmal vorbei.«

Also verließ ich den Schalter wieder und setzte mich auf eine der Bänke in der Mitte der Eingangshalle, um eine Entscheidung zu treffen. Und dort war es, wo mir die Beweggründe ausgingen, so wie einem Auto das Benzin ausgeht. Es gab keinen Grund, nach Cincinnati, Ohio, zu fahren. Es gab keinen Grund, nach Crestline, Ohio, zu fahren. Oder nach Dayton, Ohio. Oder nach Lima, Ohio. Es gab auch keinen Grund, ins Wohnheim zurückzugehen oder überhaupt irgendwohin. Es gab keinen Grund, irgend etwas zu tun. Meine Augen waren, wie Winckelmann fälschlich über die Augen griechischer Statuen bemerkte, blind, starrten in die Ewigkeit, waren auf Endgültigkeit gerichtet, und wenn dies der Fall ist, gibt es keinen Grund, irgend etwas zu tun – nicht einmal die Augen zu drehen. Vielleicht bewegen sich die Statuen deshalb nicht. Ein Leiden namens *Kosmopsis*, die kosmische Sichtweise, hatte mich befallen. Wenn man daran erkrankt, erstarrt man wie ein Riesenfrosch, wenn ihn die Taschenlampe eines Jägers blendet (nur daß es bei Kosmopsis keinen Jäger gibt, und keine schützende Hand – es gibt nur das Licht).

Kurzsichtige Tiere eilten überall um mich herum durch Türen, die hinunter zu den Gleisen führten, Züge kamen und fuhren ab. Frauen, Kinder, Geschäftsleute, Soldaten und Gepäckträger eilten durch die Eingangshalle, doch ich blieb unbeweglich auf der Bank sitzen. Nach einer Weile entschwanden Cincinnati, Crestline, Dayton und Lima aus meinem Kopf und wurden durch das mit stiller Orakelhaftigkeit intonierte Testbild meines Bewußtseins ersetzt, *Pepsi-Cola ist doch toll,* doch auch dieses verflüchtigte sich, und nichts erschien an seiner Stelle.

Wenn man wie ein Landstreicher aussieht, ist es schwierig, die ganze Nacht lang eine Bank zu besetzen, selbst in einer belebten Bahnhofshalle. Aber wenn man einigermaßen anständig gekleidet ist, einen Koffer neben sich stehen hat und gerade sitzt, werden Polizisten und Bahnbeamte einen nicht belästigen. Als am nächsten Morgen die Sonne durch die schmierigen Bahnhofsfenster fiel, saß ich immer noch an derselben Stelle, in derselben Position, und es lag in der Natur der Sache, daß ich auf unbestimmte Zeit so dagesessen hätte, wenn nicht gegen neun Uhr ein kleiner, eleganter Mann um die Fünfzig vor mir stehengeblieben wäre und mir direkt in die Augen gesehen hätte. Es war ein kahlköpfiger Neger, der einen graumelierten Schnurrbart trug und einen adretten Tweedanzug. Die Tatsache, daß sich, als er vor mir stand, nicht einmal meine Pupillen bewegten, beschreibt meinen Zustand, denn für gewöhnlich ist es mir so gut wie unmöglich, den Blicken eines Fremden standzuhalten.

»Haben Sie nicht schon gestern abend hier gesessen?« fragte er mich scharf. Ich antwortete nicht. Er trat dichter heran, beugte sein Gesicht zu meinem herab und bewegte seinen erhobenen Finger etwa fünf Zentimeter vor meinen Augen hin und her. Doch mein Blick folgte nicht. Er trat zurück und musterte mich kritisch, dann schnipste er plötzlich mit den Fingern kurz vor meiner Nasenspitze. Ich mußte unwillkürlich blinzeln, wich aber mit dem Kopf nicht zurück.

»Ah«, sagte er und musterte mich wieder. »Passiert Ihnen das öfters, junger Mann?«

Vielleicht wegen seiner forschen, selbstsicheren Stimme stieg das *Nein* wie ein Rülpser in mir auf. Und da ich meinen Mund hielt (weil es letztlich überhaupt keinen Grund gab, seine Frage zu beantworten), begriff ich, daß ich von jenem Augenblick an etwas künstlich verlängerte, was eine echte physische Immobilität gewesen war. Überhaupt nicht zu wählen ist undenkbar: Als die Situation entstand, hatte ich mich einfach dafür entschieden, nicht zu handeln, da ich mich ausruhte. Doch jetzt war es schwieriger, meinen Mund zu halten, als etwas herauszukrächzen, das meinen Mund erfüllte, und so sagte ich nach einer Pause: »Nein.«

Nun war natürlich der Bann gebrochen. Ich war verlegen und erhob mich mit steifen Gliedern von der Bank, um zu gehen.

»Wo werden Sie hingehen?« fragte er mit einem Lächeln.

»Was?« Ich runzelte die Stirn. »Wahrscheinlich einen Bus nach Hause nehmen. Bis bald.«

»Warten Sie.« Seine Stimme war sanft, aber bestimmt. Ich blieb stehen. »Wollen Sie nicht einen Kaffee mit mir trinken? Ich bin Arzt, und es würde mich interessieren, mit Ihnen über Ihren Fall zu reden.«

»Ich bin kein Fall«, sagte ich verlegen. »Ich habe da nur für ein paar Minuten gesessen.«

»Nein. Ich habe Sie hier schon gestern abend sitzen sehen, als ich aus New York kam«, sagte der Doktor. »Sie haben genau in der gleichen Stellung gesessen. Sie waren gelähmt, oder?«

Ich lachte kurz. »Wenn Sie es so nennen wollen, aber mir fehlt nichts. Ich weiß nicht, was über mich kam.«

»Natürlich wissen Sie das nicht, aber ich weiß es. Mein Gebiet ist jegliche Art von physischer Immobilität. Sie haben Glück, daß ich heute morgen hier vorbeigekommen bin.«

»Aber Sie verstehen nicht ...«

»Ich habe Sie doch erlöst?« sagte er fröhlich. »Hier.« Er holte ein Fünfzig-Cent-Stück aus seiner Tasche und gab es mir – ich nahm es, bevor ich begriff, was er tat. »Ich darf nicht in den Warteraum. Also holen Sie uns zwei Becher Kaffee, und wir setzen uns hier einen Moment hin und überlegen, was wir tun können.«

»Nein, hören Sie, ich …«

»Wieso denn nicht?« lachte er. »Na gehen Sie schon. Ich warte hier.«

Ja, wieso eigentlich nicht?

»Ich habe selbst Geld«, protestierte ich halbherzig und hielt ihm sein Fünfzig-Cent-Stück hin, aber er winkte ab und zündete sich eine Zigarre an.

»Jetzt machen Sie schon«, befahl er mit ruhiger Stimme um die Zigarre herum. »Beeilen Sie sich, sonst bleiben Sie vielleicht wieder stecken. Denken Sie an nichts außer an den Kaffee, den Sie holen sollen.«

»In Ordnung.« Ich wandte mich um und ging würdevoll zu dem Warteraum gleich neben der Eingangshalle.

»Schneller!« rief der Doktor lachend hinter mir her. Ich errötete und beschleunigte unwillkürlich meine Schritte.

Während ich auf den Kaffee wartete, versuchte ich jene Neugier über meine Invalidität und meinen Retter zu empfinden, die ich eigentlich hätte spüren sollen, aber ich war geistig und körperlich zu erschöpft, um mich über irgend etwas zu wundern. Ich will damit nicht behaupten, daß mein Zustand unangenehm gewesen sei – er war in seinem fortgeschrittenen Stadium vollkommen betäubend und am Anfang sogar recht angenehm –, aber er war ermüdend, und man verspürte denselben Widerwillen, ihn abzuschütteln, wie wenn man endlich aufstehen muß, nachdem man rund um die Uhr geschlafen hat. In der Tat, wie der Doktor mich gewarnt hatte, wäre es äußerst leicht gewesen, am Kaffeeausschank wieder in Immobilität zu verfallen: Ich spürte schon, wie mein Geist zu erstarren begann, und nur das gebieterische »Dreißig Cent bitte« rüttelte mich wieder auf –

zum Glück, denn der Doktor hätte den Warteraum für Weiße nicht betreten dürfen, um mir zu helfen. Ich bezahlte und trug die Pappbecher mit dem Kaffee zur Bank zurück.

»Gut«, sagte der Doktor. »Setzen Sie sich.«

Ich stand unmittelbar vor ihm und zögerte.

»Hier!« lachte er. »Auf diese Seite! Sie sind wie ein Esel, der zwischen zwei Heuhaufen steht!«

Ich setzte mich auf den angewiesenen Platz und wir schlürften unseren Kaffee. Ich erwartete eigentlich Fragen zu meiner Person, doch der Doktor ignorierte mich.

»Danke für den Kaffee«, sagte ich unsicher. Er sah mich für einen Moment unbeteiligt an, als wäre ich ein stummer Papagei, der plötzlich irgendeinen Unsinn herausgekrächzt hatte, und richtete dann seine Aufmerksamkeit wieder auf die Menge im Bahnhof.

»Ich muß noch ein paar Anrufe machen, bevor wir den Bus nehmen«, verkündete er, ohne mich anzusehen. »Es dauert nicht lange.«

»Was soll das heißen, den Bus nehmen?«

Sie werden auf die Farm mitkommen müssen – meine Remobilisierungsfarm in der Nähe von Wicomico –, nur für ein oder zwei Tage zur Observation«, erklärte er kühl. »Sie haben doch nichts anderes vor, oder?«

»Na ja, ich schätze, ich sollte zur Universität zurück. Ich bin Student.«

»Oho«, kicherte er. »Das schlagen Sie sich mal lieber aus dem Kopf. Sie können in ein paar Tagen zurück, wenn Sie wollen.«

»Hören Sie, ich glaube, Sie haben ein falsches Bild von dem, was mit mir los war. Ich bin kein Paralytiker. Die Sache ist eigentlich ziemlich albern. Ich erkläre es Ihnen, wenn Sie wollen.«

»Nein, nicht nötig. Nehmen Sie es mir nicht übel, aber die Dinge, die Sie für wichtig halten, sind wahrscheinlich überhaupt nicht relevant. Ich bin nie sonderlich neugierig auf die Lebensgeschichten meiner Patienten. Am liebsten höre ich mir sie überhaupt nicht an – sie machen alles nur noch komplizierter. Es spielt doch keine große Rolle, was die Ursache war, oder?« Er grinste. »In dieser Hinsicht ist meine Farm wie ein Kloster – ich mache mir nie Gedanken darüber, warum meine Patienten eigentlich zu mir kommen. Vergessen Sie also die Ursachen, ich bin kein Psychoanalytiker.«

»Aber das meine ich ja gerade, Sir«, erklärte ich mit einem unbehaglichen Lachen. »Mir fehlt körperlich nichts.«

»Außer, daß Sie sich nicht bewegen konnten«, sagte der Doktor. »Wie heißen Sie?«

»Jacob Horner. Ich bin Student an der Johns Hopkins …«

»Ah, ah«, warnte er. »Keine Biographie, Jacob Horner.« Er trank seinen Kaffee aus und stand auf. »Kommen Sie, wir nehmen ein Taxi. Nehmen Sie Ihren Koffer mit.«

»Nun warten Sie mal!«

Ich suchte nach Worten, um zu protestieren. Die ganze Geschichte war absurd.

»Nun – das hier ist absurd.«

»So?«

Ich zögerte, blinzelte, befeuchtete meine Lippen.

»Denken Sie nach, denken Sie nach!« sagte der Doktor barsch.

Meine Gedanken rasten wie ein Automotor, wenn die Kupplung losgelassen wird. Mir kam keine Antwort.

»Na ja, ich … sind Sie sicher, daß das in Ordnung ist?« Ich verstand nicht, was meine Frage bedeuten sollte.

Der Doktor stieß einen kurzen, spöttischen Laut aus (eine Art »Haff!«) und wandte sich ab. Ich schüttelte den Kopf – mir wurde in diesem Moment bewußt, daß ich mich selbst mit Befremden beobachtete –, nahm meinen Koffer und ging hinter ihm hinaus zu den wartenden Taxis.

So begann meine *alliance* mit dem Doktor. Wir hielten zuerst in einem Geschäft in der North Howard Street, wo er zwei Rollstühle bestellte, drei Paar Krücken und andere Geräte für die Farm, dann in einem Laden für pharmazeutische Bedarfsartikel in der South Paca Street, wo er eine Art Bestellung aufgab. Dann fuhren wir zum Busbahnhof an der Howard Street Ecke Redford und nahmen den Red-Star-Bus zum Eastern Shore. Der Kombi des Doktors stand am Busbahnhof in Wicomico. Wir fuhren zu der kleinen Siedlung Vineland, etwa drei Meilen südlich von Wicomico, bogen in eine Nebenstraße ein und fuhren schließlich ein langes, gewundenes unasphaltiertes Sträßchen entlang zur Remobilisierungsfarm, einem betagten, doch sauber gestrichenen weißen Holzhaus, das in einem Eichenhain auf einem Hügel stand, an dessen Fuß ein Bach floß. Die Patienten auf der Veranda, senile Männer und Frauen, begrüßten den Doktor mit quengeliger Begeisterung, und er erwiderte ihren Gruß. Mich betrachteten sie mit offenem Mißtrauen, wenn nicht Feindseligkeit, doch der Doktor gab keine Erklärungen über meine Anwesenheit ab – ich hätte selber meine Mühe gehabt, sie zu erklären.

Drinnen wurde ich der muskulösen Mrs. Dockey vorgestellt und dann zu meiner ersten Sitzung in den Fortschritts- und Beratungsraum geführt. In diesem Raum, der zwar sehr karg eingerichtet war, aber nicht wirklich klinisch aussah – es war einfach ein leeres weißes Zimmer in einem Farmhaus –, wartete ich etwa zehn Minuten, bis der Doktor eintrat und sehr dicht vor mir Platz nahm. Er hatte sich einen weißen Arztkittel übergezogen und wirkte ganz und gar offiziell und kompetent.

»Ein paar Dinge möchte ich sofort klarstellen, Jacob«, sagte er, wobei er sich, die Hände auf die Knie gestützt, vorlehnte und zwischen den Sätzen seine Zigarre im Mund herumschob. »Wie Sie sehen, ist die Farm für die Behandlung von Paralytikern ausgerichtet. Die meisten meiner Patienten sind alte Menschen, aber

Sie dürfen daraus nicht schließen, daß dies ein Altenpflegeheim ist. Das ist es nicht. Als wir ankamen, ist Ihnen vielleicht aufgefallen, daß meine Patienten mich mögen. Es ist in der Vergangenheit öfters vorgekommen, daß ich aus dem einen oder anderen Grund es für nötig gehalten habe, den Standort der Farm zu verlegen. Einmal waren wir außerhalb von Troy, New York, ein anderes Mal in der Nähe von Fond du Lac, Wisconsin, ein weiteres Mal in der Nähe von Biloxi, Mississippi. Und wir haben auch schon andere Orte gesehen. Beinahe alle Patienten, die ich jetzt auf der Farm habe, sind mindestens schon seit Fond du Lac bei mir, und wenn ich morgen nach Helena, Montana, umziehen müßte oder nach Far Rockaway, würden die meisten mit mir gehen, und das nicht, weil sie nicht wissen, wo sie hinsollen. Aber glauben Sie nicht, daß ich die gleiche Zuneigung für sie empfinde. Sie sind nur mehr oder weniger interessante Probleme von Immobilität, für die Therapien auszuarbeiten ich befriedigend finde. Ich erzähle Ihnen das, aber nicht denen, weil Ihr Problem so gelagert ist, daß diese Informationen harmlos sind. Und im übrigen können Sie gar nicht wissen, ob irgend etwas, was ich gesagt habe oder sagen werde, der Wahrheit entspricht oder bloß Teil meiner Therapie für Sie ist. Sie können nicht einmal wissen, ob Ihre Zweifel in dieser Sache ehrlich begründete Zweifel sind oder bloß Teil Ihrer Behandlung: Zugang zur Wahrheit, Jacob, selbst der Glaube, daß es so etwas gibt, ist therapeutisch oder antitherapeutisch, je nach dem jeweiligen Problem. Die Realität Ihres Problems ist das einzige, dessen Sie sich sicher sein können.«

»Ja, Sir.«

»Wieso sagen Sie das?« fragte der Doktor.

»Ich sage was?«

»›Ja, Sir.‹ Warum sagen Sie ›Ja, Sir.‹?«

»Oh, ich habe nur zur Kenntnis genommen, was Sie vorher gesagt haben.«

»Zur Kenntnis genommen, was ich gesagt habe, oder bloß die Tatsache, daß ich es gesagt habe?«

»Nun ja.« Ich zögerte verwirrt. »Ich weiß nicht, Sir.«

»Sie wissen nicht, ob Sie sagen sollen, daß Sie den Wahrheitsgehalt meiner Bemerkungen zur Kenntnis genommen haben, wenn Sie es eigentlich nicht getan haben, oder ob Sie sagen sollen, daß Sie einfach zur Kenntnis genommen haben, daß ich etwas gesagt habe, mit dem Risiko, mich durch die daraus resultierende Folgerung zu beleidigen, daß Sie mit nichts davon einverstanden sind, oder?«

»Oh, mit einigem bin ich einverstanden«, versicherte ich.

»Mit was sind Sie einverstanden? Mit welchen Bemerkungen?«

»Ich weiß nicht. Ich schätze ...« Ich suchte in meiner Erinnerung hastig nach etwas, was er gerade gesagt hatte. Er sah eine Weile mit kaltem Blick zu, wie ich mich mühte, und fuhr dann fort, als hätte ich ihn gar nicht unterbrochen.

»Agapotherapie – Hingabetherapie – ist oft bei älteren Patienten nützlich«, sagte er. »Eines der Dinge, die helfen, ihre Mobilität wiederherzustellen, ist Hingabe an irgendeine Person, einen Doktor oder eine andere Art von Seelenverwalter. Es verhindert, daß Sie in einen Loyalitätskonflikt geraten. Aus dem Grund verlege ich die Farm gelegentlich, selbst wenn andere Umstände es nicht als wünschenswert erscheinen lassen. Es tut ihnen gut, die Entscheidung zu treffen, mir zu folgen. Agapotherapie ist nur eine von vielen Therapien, die bei den Patienten angewendet werden, einige sind konsekutiv, andere simultan. Keine zwei Patienten haben den gleichen Therapieplan, weil keine zwei Menschen auf die gleiche Art gelähmt sind. Die Autoren medizinischer Fachbücher«, fügte er mit einiger Verachtung hinzu, »können, wie jeder andere auch, Verallgemeinerungen nur erreichen, indem sie genügend Einzelfälle ignorieren. Sie sprechen von Lähmung und von der Behandlung von Gelähmten, so als würde man zuerst das Fachbuch lesen und dann den Regeln folgen, wie man richtig gelähmt wird. Paralyse als solche gibt es nicht, Jacob. Es gibt nur einen gelähmten Jacob Horner. Und ich behandle Paralyse auch nicht: Ich plane Therapien, um Herrn Jedermann oder Jacob Horner wieder in Bewegung zu setzen, je nachdem. Deswegen ignoriere ich Sie, wenn Sie mir sagen, Sie seien nicht so gelähmt wie die Leute da draußen auf der Veranda. Ich behandle nicht Ihre Lähmung, sondern sie als den Gelähmten. Und sagen Sie bitte nicht: ›Ja, Sir.‹«

Der Drang zu bestätigen ist beinahe unwiderstehlich, aber ich schaffte es, still sitzen zu bleiben und nicht einmal zu nicken.

»Ich glaube, bei Ihnen sind mehrere Sachen nicht in Ordnung. Ich nehme an, Sie wissen nicht, wie viele Plätze das Stadion von Cleveland faßt?«

»Wie bitte?«

Der Doktor lächelte nicht. »Sie deuten ohne Grund an, meine Frage sei absurd, obwohl Sie nicht wissen können, ob sie es ist oder nicht. Sie haben mich offenkundig gehört und verstanden. Wahrscheinlich möchten Sie den Moment hinauszögern, wo ich erfahre, daß Sie nicht wissen, wie viele Plätze das Stadion von Cleveland faßt, da Ihre Eitelkeit verletzt wäre, wenn die Frage nicht absurd wäre – und selbst wenn sie es wäre. Es ist egal, ob sie es ist oder nicht, Jacob Horner. Es ist eine Frage, die Ihnen von Ihrem Arzt gestellt wird. Also, gibt es irgendeinen triftigen Grund, warum das Stadion von Cleveland nicht 75 488 Personen fassen sollte?«

»Mir fällt keiner ein«, erwiderte ich mit einem Grinsen.

»Tun Sie nicht so amüsiert. Natürlich gibt es keinen. Gibt es irgendeinen Grund, warum es nicht 88 475 Personen fassen sollte?«

»Nein, Sir.«

»In der Tat. Also kann man vernünftigerweise sagen, daß es jede mögliche Zahl von Plätzen fassen könnte. Mit Logik werden Sie meine Frage nie beantworten können. Sie können sie nur mit *Weltwissen* beantworten. Es gibt überhaupt keinen triftigen Grund, warum das Stadion von Cleveland genau 77 700 Plätze fassen sollte, aber zufälligerweise tut es das. Es gibt langfristig keinen Grund, warum Italien nicht die Form einer Wurst haben sollte anstatt die eines Stiefels, aber das ist eben nicht der Fall. *Die Welt ist alles, was der Fall ist.* Und was der Fall ist, ist keine Frage der Logik. Wenn Sie nicht einfach wissen, wie viele Menschen im Stadion von Cleveland Platz haben, dann haben Sie keinen wirklichen Grund, eine Zahl der anderen vorzuziehen, vorausgesetzt, daß Sie überhaupt die Wahl haben – verstehen Sie? Aber wenn Sie über etwas *Weltwissen* verfügen, dann können Sie ›77 700‹ sagen, einfach so. Eine Wahl kommt dabei nicht vor.«

»Aber«, erwiderte ich, »man müßte immer noch entscheiden, ob man die Frage beantwortet oder nicht. Oder ob man sie auch richtig beantwortet, selbst wenn man die richtige Antwort weiß.«

Der ruhige, starre Blick des Doktors sagte mir, daß meine Frage dumm war, obwohl ich sie durchaus berechtigt fand.

»Eins der Dinge, die Sie tun müssen«, sagte er trocken, »ist, sich ein Exemplar des *Weltalmanachs* von 1951 zu kaufen und ihn sorgfältig zu studieren. Das ist als Übung gedacht, und Sie werden ihr gewissenhaft nachkommen, vielleicht einige Jahre lang. Informationstherapie ist eine von mehreren Therapien, mit der wir auf der Stelle beginnen müssen.«

Ich schüttelte den Kopf und kicherte freundlich. »Lernen alle Ihre Patienten den *Weltalmanach* auswendig, Doktor?«

Ich hätte ebensogut gar nichts sagen können.

»Mrs. Dockey wird Sie zu Ihrem Bett bringen«, sagte der Doktor und erhob sich. »Wir reden später weiter.« An der Tür blieb er stehen und fügte hinzu: »Unter Umständen wird der eine oder andere ältere Mann oben im Schlafsaal einen Annäherungsversuch machen. Sie unterziehen sich einer Sexualtherapie, und ich finde es nützlich und passend, ihnen homosexuelle Affären nahezulegen anstatt heterosexuelle. Aber ich glaube, Sie sollten nicht auf ihre Avancen eingehen, es sei denn, Sie sind derlei gewöhnt. Sie sollten Ihr Leben so unkompliziert halten wie möglich, zumindest für eine Weile. Weisen Sie sie sanft ab, und sie werden sich wieder einander zuwenden.«

Es gab wenig, was ich dazu sagen konnte. Nach einer Weile brachte mich Mrs. Dockey zu meinem Bett im Männerschlafsaal. Ich wurde meinen Zimmergenossen nicht vorgestellt, noch stellte ich mich selbst vor. Tatsächlich (obwohl ich sie inzwischen besser kenne) gab es während der drei Tage, die ich auf der Farm verbrachte, kaum einen Wortwechsel, geschweige denn homosexuelle Avancen. Als ich wieder abreiste, waren sie alle ausnahmslos froh, mich gehen zu sehen.

Der Doktor hielt täglich zwei oder drei einstündige Sitzungen mit mir ab. Er fragte mich so gut wie nichts über mich selbst. Die Gespräche bestanden hauptsächlich aus Tiraden gegen die Ärzteschaft, die in Sachen Paralyse äußerst beschränkt war, und aus Unterstellungen, daß mein Zustand die Folge eines mangelhaften Charakters und fehlender Intelligenz sei.

»Sie behaupten, in vielen Situationen nicht wählen zu können«, sagte er einmal. »Nun, ich behaupte, daß diese Unfähigkeit theoretisch nur in Situationen vorkommen kann, in denen es niemanden gibt, der eine Entscheidung trifft. Setzt man eine solche Person voraus, ist dies undenkbar. Da nun in Ihrem Fall eine Unfähigkeit konstatiert wurde, liegt der Fehler nicht in der Situation, sondern in der Tatsache, daß es niemanden gab, der eine Entscheidung trifft. Wählen ist Existenz: Wenn Sie nicht wählen, existieren Sie nicht. Also, alles, was wir tun, muß auf Entscheidung und Handeln ausgerichtet sein. Es spielt keine Rolle, ob dieses Handeln mehr oder weniger vernünftig ist als Nichthandeln, der Punkt ist der, daß es das Gegenteil ist.«

»Aber wieso sollte das jemand vorziehen?« fragte ich.

»Es gibt keinen Grund, weshalb Sie es vorziehen sollten«, sagte er, »und auch keinen, weshalb Sie es nicht tun sollten. Man ist Patient, weil man sich für einen Zustand entscheidet, in den einen nur die Therapie versetzen kann, nicht weil irgendein bestimmter Zustand für sich genommen besser ist als irgendein anderer. Alle meine Therapien werden für eine Weile darauf ausgerichtet sein, Sie Ihrer Existenz bewußt zu machen. Es spielt keine Rolle, ob Sie konstruktiv oder auch nur konsequent handeln, solange Sie überhaupt handeln. Es spielt in dem Fall keine Rolle, ob Sie einen bewundernswerten Charakter haben oder nicht, solange Sie glauben, daß Sie einen haben.«

»Ich verstehe nicht, warum Sie überhaupt jemand behandeln wollen, Doktor«, sagte ich.

»Das ist meine Sache, nicht Ihre.«

Und so nahm die Sache ihren Lauf. Mir wurde, direkt oder indirekt, alles vorgeworfen, von intellektueller Unehrlichkeit und Eitelkeit bis zur Nichtexistenz. Wenn ich protestierte, erklärte der Doktor, meine Proteste seien ein Indiz dafür, daß ich seine Behauptungen für die Wahrheit hielt. Und wenn ich bloß bedrückt zuhörte, bemerkte er, meine Bedrücktheit verrate, daß ich an die Wahrheit seiner Behauptungen glaube.

»Also gut«, sagte ich schließlich und gab auf. »Alles, was Sie sagen, ist wahr. Alles ist wahr.«

Der Doktor hörte ruhig zu. »Sie haben keine Ahnung, wovon Sie reden«, sagte er. »Die Wahrheit, die Sie sich vorstellen, gibt es nicht.«

Diese scheinbar sinnlosen Gespräche bildeten nicht meine einzige Aktivität auf der Farm. Vor jeder Mahlzeit waren die anderen Patienten und ich angehalten, unter der Leitung von Mrs. Dockey diverse gymnastische Übungen auszuführen. Für die älteren Patienten waren sie gewöhnlich sehr einfach – lediglich ein Kopfnicken oder ein Beugen der Arme –, obwohl einige wirklich erstaunliche Kunststücke zustande brachten: Ein Herr in den Siebzigern war ein exzellenter Seilkletterer, und zwei ältere Damen schlugen behende Purzelbäume. Mrs. Dockey verordnete jedem unterschiedliche Aktivitäten. Meine spezielle Aufgabe bestand darin, ständig irgendeine sichtbare Bewegung beizubehalten. Wenn ich sonst nichts tat, mußte ich wenigstens mit einem Finger wackeln oder mit einem Fuß auftreten, etwa während der Mahlzeiten, wo umfangreichere Bewegungen das Essen erschwert hätten. Und mir wurde gesagt, ich solle die ganze Nacht lang in meinem Bett hin- und herrollen, was zufälligerweise keine unangemessene Bitte war, weil ich das sowieso gewohnheitsmäßig tat, sogar im Schlaf – eine Gewohnheit, die sich aus der Kindheit herübergerettet hatte.

»Bewegung! Bewegung!« sagte der Doktor, beinahe exaltiert. »Sie müssen sich der Bewegung ständig bewußt sein!«

Es gab spezielle Diäten und für viele Patienten besondere Medikamente. Ich erfuhr etwas über Ernährungstherapie, medizinische Therapie, chirurgische Therapie, dynamische Therapie, Informationstherapie, Gesprächstherapie, Sexualtherapie, Hingebungstherapie, Beschäftigungstherapie und Überbeschäftigungstherapie, Tugend- und Lastertherapie, Theotherapie und Atheotherapie – und später Mythotherapie, philosophische Therapie, Skriptotherapie und viele, viele andere Therapien, die von den Patienten in verschiedenen Kombinationen und unterschiedlicher Reihenfolge ausgeführt wurden. Alles, so der Doktor, ist entweder therapeutisch, antitherapeutisch oder irrelevant. Er ist eine Art Superpragmatiker.

Am Ende meiner letzten Sitzung – es war beschlossen worden, daß ich nach Baltimore zurückkehren sollte, um zu sehen, ob und wie bald meine Immobilität wiederkehren würde – gab mir der Doktor ein paar Anweisungen mit auf den Weg.

»In Ihrem speziellen Fall wäre es ungünstig, an Gott zu glauben«, sagte er. »Religion wird Sie nur verzweifeln lassen.

Aber bis wir irgend etwas für Sie ausgearbeitet haben, wäre es nicht schlecht, wenn Sie sich einer Philosophie verschreiben. Lesen Sie doch Sartre und werden Sie Existentialist. Das hält Sie in Bewegung, bis wir etwas Geeigneteres für Sie finden. Nehmen Sie sich einen Tagesjob, vorzugsweise Fabrikarbeit, aber nicht so einfach, daß Sie während der Arbeit zusammenhängend denken können. Etwas mit mehreren Arbeitsgängen wäre schön. Gehen Sie abends aus, spielen Sie mit anderen Leuten Karten. Im Moment kann ich Ihnen noch nicht empfehlen, ein Fernsehgerät zu kaufen. Wenn Sie irgend etwas außer dem *Weltalmanach* lesen wollen, dann lesen Sie ausschließlich Theaterstücke – keine Romane oder Sachbücher. Machen Sie Leibesübungen. Machen Sie lange Spaziergänge, aber immer zu einem vorher festgelegten Ziel, und wenn Sie dort ankommen, gehen Sie sofort wieder nach Hause, und zwar in forschem Tempo. Und verlassen Sie Ihre gegenwärtige Unterkunft, Gesellschaft ist ungesund für Sie. Heiraten Sie nicht und vermeiden Sie Liebesaffären. Wenn Sie nicht den Mut haben, sich eine Prostituierte zu besorgen, dann halten Sie sich vorübergehend an Selbstbefriedigung. Vor allem, handeln Sie impulsiv. Halten Sie sich nicht mit Alternativen auf, sonst sind Sie verloren. So stark sind Sie noch nicht. Wenn zwei Alternativen nahe beieinanderliegen, wählen Sie die linke, wenn sie zeitlich aufeinanderfolgen, wählen Sie die frühere. Wenn keins von den beiden zutrifft, wählen Sie die Alternative, deren Name mit dem Buchstaben anfängt, der zuerst im Alphabet steht. Das sind die Prinzipien der Sinistralität, Antezedenz und alphabetischen Priorität – es gibt andere, sie sind willkürlich, aber nützlich. Auf Wiedersehen.«

»Auf Wiedersehen, Doktor«, sagte ich etwas atemlos und machte Anstalten zu gehen.

»Falls Sie einen weiteren Anfall haben, setzen Sie sich so schnell wie möglich mit mir in Verbindung. Wenn nichts passiert, kommen Sie in drei Monaten wieder. Meine Dienste werden Sie zehn Dollar pro Besuch kosten – dieser ist kostenlos. Ich habe nur ein begrenztes Interesse an Ihrem Fall, Jacob, und an dem Vakuum, das Sie in sich tragen. Das ist Ihr Fall. Denken Sie daran, bleiben Sie ständig in Bewegung. Seien Sie *engagé*. Nehmen Sie teil.«

Etwas benommen verließ ich das Haus und nahm den Bus zurück nach Baltimore. Erst dort hatte ich den nötigen Abstand, um zu entscheiden, was ich von dem Doktor hielt, von der Remobilisierungsfarm, der endlosen Liste von Therapien, und wie ich meine Lage selbst einschätzte. Eins schien ziemlich klar zu sein: Der Doktor arbeitete entweder außerhalb oder am äußersten Rand der Legalität. Sexualtherapie, um nur ein Beispiel zu nennen, dürfte wohl kaum vom Amerikanischen Ärzteverband gebilligt werden. Zweifellos war das der Grund für die häufige Verlegung der Farm. Es war ebenfalls klar, daß er ein Spinner war – wenn auch vielleicht kein unfähiger –, und man fragte sich, ob er überhaupt eine ärztliche Zulassung hatte. Weil ich – ungeachtet seiner Erklärungen – so eindeutig anders war als seine anderen Patienten, konnte ich nur annehmen, daß er irgendein besonderes Interesse an meinem Fall hatte. Vielleicht war er ein frustrierter Psychoanalytiker, schlimmstenfalls eine Kombination aus Kurpfuscher und Prophet – der Heilige Vater, Schwester Kenny und Bernarr MacFadden in einer Person (allesamt ziemlich erfolgreiche Leute), ein wenig Glaubensheiler und ein bißchen Westentaschen-Freud –, der ein halblegales Heim für senile Exzentriker leitete. Und doch konnte man seine Überzeugungskraft nicht ohne weiteres abtun, denn seine Erkenntnisse trafen den Kern der Sache. Tatsächlich war ich überhaupt nicht in der Lage, ein Urteil über ihn, die Farm oder seine Therapien zu fällen.

Ein höchst außergewöhnlicher Doktor. Obwohl ich mir ständig einredete, nur bei einem Spielchen mitzumachen, zog ich tatsächlich um, hinunter in die East Chase Street. Ich nahm mir einen Job als Fließbandarbeiter im Chevrolet-Werk draußen am Broening Highway, wo ich einen hydraulischen Schraubenschlüssel bediente, der Blattfedern an der linken Seite des Chevrolet-Chassis verbolzte. Ich trat der Gewerkschaft bei. Ich las Sartre, hatte aber Schwierigkeiten zu entscheiden, wie ich ihn in konkreten Situationen anwenden sollte. (Wie half einem der Existentialismus bei der Entscheidung, ob man sein Mittagessen zur Arbeit mitnehmen oder in der Werkskantine kaufen sollte? Ich hatte keine Begabung für Philosophie.) Ich spielte Poker mit meinen Arbeitskollegen vom Fließband, machte Spaziergänge von der Chase Street hinunter zum Hafen und wieder zurück, ging in billige Unterhaltungsfilme. Von meinem Wesen her war ich ohnehin ein ziemlicher Atheist, und das Frauenverbot war keine Last, da ich in der Regel keinen starken Sexualtrieb hatte. Ich wandte gewissenhaft Sinistralität, Antezedenz und alphabetische Priorität an (obwohl es mir in einigen Fällen schwerfiel, mich zu entscheiden, welche dieser Techniken am besten zu der jeweiligen Situation paßte). Und für die nächsten beiden Jahre fuhr ich alle drei Monate einmal hinüber zur Remobilisierungsfarm, um mir Rat zu holen. Es wäre müßig, noch weiter darüber zu spekulieren, weshalb ich dieser seltsamen Allianz zustimmte, die eigentlich beleidigend für mich ist – ich nehme an, daß jemand, der an Ursachen interessiert ist, in diesem Bericht eine reiche Auswahl vorfindet.

Ich glaube, ich ließ mich im Fortschritts- und Beratungszimmer sitzen, im September 1953, als ich auf den Doktor wartete. Meine Stimmung an diesem Morgen war ungewöhnlich. In der Regel fühlte ich mich »wetterlos«, sowie ich das Farmhaus betrat, und ich nehme an, Wetterlosigkeit ist der ideale Zustand, um ärztlichen Rat einzuholen, doch an diesem Morgen war ich, obwohl ich mich emotionslos fühlte, nicht ohne Wetter. Ich fühlte mich aus irgendeinem Grund trocken, klar und kompetent – vollkommen wach und kein bißchen demütig. In meteorologischen Begriffen ausgedrückt war mein Wetter *sec supérieur.*

»Wie geht es Ihnen, Horner?« fragte mich der Doktor liebenswürdig, als er den Raum betrat.

»Prächtig, Herr Doktor«, erwiderte ich fröhlich. »Und selbst?«

Der Doktor nahm seinen Platz ein, spreizte die Beine und musterte mich mit kritischem Blick, ohne meine Frage zu beantworten.

»Haben Sie mit dem Unterrichten schon begonnen?«

»Nein. Ich fange nächste Woche an. Zwei Stunden in Grammatik und zwei in Stilkunde.«

»Ah.« Er schob seine Zigarre im Mund herum. Er beschäftigte sich mit meinem Verhalten, nicht mit dem, was ich sagte. »Stilkunde sollten Sie nicht unterrichten.«

»Man kann nicht alles haben«, sagte ich fröhlich, wobei ich die Beine unter seinem Stuhl ausstreckte und die Hände hinter dem Kopf verschränkte. »Es galt das oder nichts, also habe ich angenommen.« Der Doktor betrachtete die Stellung meiner Beine und Arme.

»Wer ist der selbstbewußte Bursche, mit dem Sie sich angefreundet haben?« fragte er. »Einer der Lehrer? Er ist schrecklich von sich eingenommen!«

Ich errötete. Mir fiel erst jetzt auf, daß ich tatsächlich Joe Morgan nachmachte. »Wieso sagen Sie, ich würde jemanden nachmachen?«

»Habe ich doch gar nicht«, erwiderte der Doktor lächelnd. »Ich habe bloß gefragt, wer der selbstbewußte Bursche ist, den Sie offenbar kennengelernt haben.«

»Das geht Sie nichts an, Sir.«

»Na gut. Schade, daß Sie dieses Benehmen nicht einfach übernehmen können – dann bräuchten Sie nie wieder meinen Rat! Aber dafür sind Sie noch zu labil, Jacob. Außerdem könnten Sie sich nicht benehmen wie er, wenn Sie mit ihm zusammen sind, oder? Jedenfalls freue ich mich festzustellen, daß Sie eine Rolle annehmen. Das tun Sie offensichtlich, um sich gegen mich zu wappnen. Ein Typ wie ihr Freund würde nie gestatten, sich von einem Spinner mit einer Reihe von abstrusen Therapien beleidigen zu lassen, oder?«

»Stimmt, Doktor«, sagte ich, aber das Feuer unter meinem Hintern war angesichts seiner Analyse schon wieder erloschen.

»Das ist für mich ein Hinweis, daß Sie reif sind für die Mythotherapie, die Sie ohnehin schon praktizieren, ohne es zu wissen, und das sogar therapeutisch. Aber es ist das Beste, wenn Sie sich ihren Handlungen bewußt sind, damit Sie nicht aus Unwissenheit zusammenbrechen. Vor einiger Zeit sagte ich Ihnen, Sie sollten Existentialist werden. Haben Sie Sartre gelesen?«

»Ein paar Sachen. Ehrlich gesagt, habe ich es nicht geschafft, ein Existentialist zu werden.«

»Nein? Na ja, das macht nichts. Die Mythotherapie geht von zwei Grundannahmen aus. Daß die menschliche Existenz seiner Essenz vorangeht, falls der eine oder andere Begriff überhaupt irgend etwas bedeutet. Und daß ein Mensch frei ist, sich selbst zu definieren, und diesen Selbstentwurf auch nach Belieben ändern kann. Das sind beides gute existentialistische Prämissen, ob sie wahr oder falsch sind, soll uns nicht weiter interessieren – in Ihrem Fall sind sie jedenfalls nützlich.«

Dann erklärte er mir die Mythotherapie.

»Im Leben«, sagte er, »gibt es keine grundsätzlichen Haupt- oder Nebenfiguren. Insofern sind sämtliche Romane und Biographien sowie der größte Teil der Geschichtsschreibung Lügen. Jeder ist notwendigerweise der Held seiner eigenen Lebensgeschichte. *Hamlet* könnte aus der Sicht von Polonius erzählt werden und *Die Tragödie des Polonius, des königlichen Kämmerers von Dänemark* heißen. Ich schätze, er war nicht der Meinung, daß er in irgendeiner Hinsicht eine Nebenfigur war. Oder nehmen wir an, Sie spielen den Zeremonienmeister bei einer Hochzeit. Aus der Sicht des Bräutigams ist er selbst die Hauptperson, die anderen spielen Nebenrollen, sogar die Braut. Doch aus Ihrer Sicht ist die Hochzeit eine unbedeutende Episode in der sehr interessanten Geschichte Ihres Lebens, und sowohl der Bräutigam als auch die Braut spielen bloß Nebenrollen. Sie haben sich dafür entschieden, eine Nebenrolle zu spielen. Es kann für Sie angenehm sein, so zu tun, als seien Sie weniger wichtig, als Sie tatsächlich sind, so wie Odysseus, als er sich als Schweinehirt verkleidete. Und jeder der Hochzeitsgäste sieht sich selbst als die Hauptfigur, die sich herabläßt, dem Spektakel beizuwohnen. Also ist in diesem Sinn Literatur keine Lüge, sondern eine wahre Darstellung der Verzerrung, die jeder aus dem Leben macht.

Also, wir sind nicht nur die Helden unserer eigenen Lebensgeschichte – wir sind auch diejenigen, die sich diese Geschichte ausdenken und damit anderen Leuten den Rang von Nebendarstellern geben. Aber da bei niemandem die Lebensgeschichte nur eine einzige Geschichte mit einer zusammenhängenden Handlung ist, erfinden wir ständig aufs neue, welche Art von Held wir sind und folglich auch was es für Nebenrollen sind, die andere Leute zu spielen haben. Das ist eine allgemeingültige Wahrheit. Wenn jemand tagein, tagaus ständig denselben Charakter zeigt, und das den ganzen Tag lang, dann entweder deswegen, weil er keine Phantasie hat (wie ein Schauspieler, der nur eine Rolle spielen kann), oder weil er eine so überbordende Phantasie hat, daß er jede einzelne Situation seines Lebens als Episode einer umfassenderen Gesamthandlung sieht und die Situation derart verdrehen kann, daß der gleiche Typ Held mit allen Situationen fertig wird. Doch das ist höchst ungewöhnlich.

Diese Art von Rollenzuweisung läßt Mythen entstehen, und wenn dies bewußt oder unbewußt mit dem Gedanken geschieht, Ihr Ego zu vergrößern oder zu schützen – und wahrscheinlich geschieht es ständig mit diesem Gedanken –, dann wird daraus Mythotherapie. Es geht um folgendes: Eine Immobilität, so wie Sie sie damals in der Bahnhofshalle erlebt haben, ist nur möglich, wenn jemand aus irgendeinem Grund aufgehört hat, an einer Mythotherapie teilzunehmen. Damals auf der Bank waren Sie weder ein Haupt- noch ein Nebendarsteller. Sie waren überhaupt kein Darsteller. Weil dies nun passiert ist, muß ich Ihnen etwas erklären, das jedem anderen völlig natürlich zukommt. Es ist, als würde man einem Paralytiker beibringen, wieder zu gehen.

Also, zu vielen Krisen im Leben eines Menschen kommt es deswegen, weil die Heldenrolle, die sie für eine Situation oder eine Reihe von Situationen angenommen haben, auf eine neue Situation, die sich ergibt, nicht mehr anwendbar ist oder – im Prinzip ist es das gleiche – weil sie nicht die Phantasie haben, die neue Situation so zu gestalten, daß sie zu ihrer alten Rolle paßt. Das passiert zum Beispiel Eltern, wenn ihre Kinder älter werden, oder Liebenden, wenn einer von beiden anfängt, den anderen nicht mehr zu mögen. Wenn die neue Situation zu gegenwärtig ist, um ignoriert zu werden, und sie keine Maske finden können, um mit ihr fertig zu werden, können sie schizophren werden, was nur eine Maske für den letzten Ausweg ist, oder einfach zerbrechen. Bei allen Fragen der Integrität spielt diese Berücksichtigung eine Rolle, denn die Integrität eines Menschen besteht darin, dem Drehbuch treu zu bleiben, das er für sich geschrieben hat.

Ich sagte, Sie seien zu labil, um die ganze Zeit nur ein und dieselbe Rolle zu spielen. Sie sind auch zu phantasielos. Also begegnen Sie diesen Krisen besser dadurch, daß Sie das Drehbuch so oft wie nötig umschreiben. Das sollte Ihnen eigentlich leichtfallen: Wichtig ist, daß Sie begreifen, was Sie tun, damit Sie nicht ohne Drehbuch erwischt werden, oder in einer bestimmten Situation mit dem falschen Drehbuch. So haben Sie es zum

Beispiel für einen Anfänger ganz gut hinbekommen, hier so selbstbewußt und beinahe arrogant hereinzuspazieren und mir die Rolle eines Kurpfuschers zuzuweisen. Aber Sie müssen in der Lage sein, die Masken sofort zu wechseln, wenn es mir gelingt, diejenige, mit der Sie hereingekommen sind, unhaltbar zu machen. Vielleicht – ich mache hier nur einen Vorschlag – könnten Sie umdenken, indem Sie mich als ›Den weisen alten Mentor‹ sehen, eine Art machiavellistischen Nestor, und sich selbst als ›Den naiven, aber vielversprechenden jungen Schützling‹, einen jungen Alexander, der eines Tages all diese Lehren in die Praxis umsetzen und den Meister weit übertreffen wird. Verstehen Sie, was ich meine? Oder – das ist abstoßend, aber man könnte es als letzten Ausweg benutzen – ›Der stumme, entrüstete junge Mann, der die Phantasien eines senilen Spinners erträgt, aber unverdorben dieses Haus verlassen wird‹. Ich nenne dies abstoßend, weil, sollten Sie diese Maske jemals benutzen, Sie sich sehr vieler Dinge, die Sie noch nicht gelernt haben, berauben würden.

Es ist von äußerster Wichtigkeit, daß Sie lernen, diese Masken mit dem ganzen Herzen zu tragen. Glauben Sie nicht, daß sich irgend etwas dahinter verbirgt: *Ego* bedeutet *ich*, und *ich* bedeutet *Ego*, und das Ego ist *per definitionem* eine Maske. Wo es kein Ego gibt – und das sind Sie auf der Bank –, gibt es kein Ich. Wenn Sie manchmal das Gefühl haben, daß Ihre Maske unehrlich ist – was für ein unmögliches Wort! –, dann nur, weil eine Ihrer Masken mit einer anderen nicht kompatibel ist. Sie dürfen nicht zwei Masken gleichzeitig anlegen. Darin liegt eine Ursache für Konflikte, und ein Konflikt zwischen Masken kann genauso zu Immobilität führen wie die Abwesenheit von Konflikten. Je besser Sie Ihre eigene Situation dramatisieren sowie Ihre Rolle und die aller anderen definieren können, desto sicherer werden Sie sein. In der Mythotherapie ist es für Paralytiker bedeutungslos, ob Ihre Rolle groß oder klein ist, solange sie klar und eindeutig konzipiert ist, aber es liegt in der Natur der Sache, daß sie fast immer eine große sein wird. Jetzt sagen Sie etwas.«

Ich konnte nicht.

»Sagen Sie etwas!« befahl der Doktor. »Bewegen Sie sich! Nehmen Sie eine Rolle an!«

Ich gab mir Mühe, eine zu finden, aber ich schaffte es nicht.

»Sie dummer Kerl!« rief der Doktor. Er stieß seinen Stuhl zurück und stürzte sich auf mich, warf mich zu Boden und schlug nach Kräften auf mich ein.

»He!« brüllte ich, völlig überrascht von diesem Angriff.

»Lassen Sie das! Was soll das?« Ich rang mit ihm, und da ich sowohl größer als auch stärker war als er, hatte ich mich bald befreit. Wir standen uns argwöhnisch gegenüber, vor Anstrengung keuchend.

»Passen Sie bloß auf!« sagte ich kampflustig. »Wenn ich wollte, könnte ich Ihnen eine Menge Schwierigkeiten machen, das kann ich Ihnen sagen!«

»Irgend etwas nicht in Ordnung?« fragte Mrs. Dockey, die den Kopf zur Tür hereinsteckte. Mit ihr hingegen wollte ich mich nicht anlegen.

»Nein, nicht jetzt«, erwiderte der Doktor lächelnd und strich die Knie seiner weißen Hose glatt. »Eine kleine Faustkampftherapie für Jacob Horner. Alles in Ordnung.«

Sie schloß die Tür.

»Wollen wir unser Gespräch fortsetzen?« fragte er mich augenzwinkernd. »Sie sprachen auf eine sehr männliche Art und Weise darüber, daß Sie mir Schwierigkeiten bereiten wollten.«

Aber ich war nicht länger in der Stimmung, dieses alberne Theater mitzuspielen. Für dieses Quartal hatte ich genug von dem alten Spinner.

»Oder haben Sie vielleicht für heute genug von dem alten Spinner?«

»Was würde der Sheriff von Wicomico wohl von ihrer Farm halten?« murmelte ich verlegen. »Was wäre, wenn jemand die Polizei rufen würde, damit sie ihre Sexualtherapie einmal unter die Lupe nimmt?«

Der Doktor war von meinen Drohungen völlig ungerührt.

»Haben Sie vor, sie herzuschicken?« fragte er freundlich.

»Glauben Sie, ich würde es nicht tun?«

»Keine Ahnung«, sagte er immer noch ungerührt.

»Wollen Sie es darauf ankommen lassen?«

Aus irgendeinem Grund beunruhigte ihn diese Frage: Er warf mir einen scharfen Blick zu.

»Keineswegs«, antwortete er sofort. »Ich bin sicher, daß Sie dazu fähig sind. Es tut mir leid, wenn mein Vorhaben, Sie zu mobilisieren, Ihren Zorn hervorgerufen hat. Ich habe es mit den besten Absichten getan. Sie waren nämlich wieder gelähmt.«

»So ein Unsinn!« höhnte ich. »Sie und Ihre Lähmung!«

»Sie haben für heute wirklich genug gehabt, Horner!« sagte der Doktor. Auch er war jetzt aufgebracht. »Raus mit Ihnen! Ich hoffe, Sie kriegen eine Lähmung, während Sie mit hundert Sachen nach Hause fahren!« Er wurde laut. »Und jetzt raus hier, Sie verdammter Idiot!«

Sein offensichtlicher Zorn ließ meinen sofort schwinden, der nach dem ersten Moment natürlich nur eine neue Maske gewesen war.

»Es tut mir leid, Herr Doktor«, sagte ich, »es wird nicht wieder vorkommen, daß ich die Beherrschung verliere.«

Wir lächelten uns an.

»Wieso nicht?« fragte er lachend. »Es ist therapeutisch sinnvoll und auch angenehm, in bestimmten Situationen die Beherrschung zu verlieren.« Er zündete seine Zigarre wieder an, die während unseres Handgemenges zu Boden gefallen war. »Zwei interessante Dinge haben die letzten paar Minuten gezeigt, Jacob Horner. Ich kann Ihnen aber erst bei Ihrem nächsten Besuch davon erzählen. Und jetzt auf Wiedersehen. Vergessen Sie nicht, bei Mrs. Dockey zu bezahlen.«

Er ging hinaus, gelassen wie immer, und einige Augenblicke später ging auch ich hinaus: ein wenig mitgenommen, doch meiner Stärke sicher.

Der Tanz der Sexualität: Wenn man schon keinen anderen Grund hat

Der Tanz der Sexualität: Wenn man schon keinen anderen Grund hat, sich Freuds Theorien zu verschreiben, was könnte dann reizvoller sein, als sich einzubilden, das ganze Groschentheater der Welt, der gesamte schwindelerregende Zirkus der Geschichte, sei nichts anderes als ein einziger verrückter Paarungstanz? Daß Diktatoren Juden verbrennen und Geschäftsleute die Republikaner wählen, daß Steuermänner Schiffe steuern und Damen Bridge spielen, daß Mädchen Grammatik studieren und Jungs Maschinenbau, alle auf Geheiß des Absoluten Genitalen? Wenn einen die synthetisierende Stimmung überkommt, was ist tröstlicher, als sich zu sagen, daß nichts weiter als dieser simple Drang der Menschheit, der arme kleine Koitus, zur Entstehung von Städten und Klöstern führt, von Paragraphen und Gedichten, von Weltkämpfen und Schlachtplänen, Metaphysik und Hydrokulturen, von Gewerkschaften und Universitäten? Wer würde nicht mit großem Vergnügen einem außergalaktischen Touristen erzählen: »Auf unserem Planeten, mein Herr, kopulieren Männchen und Weibchen. Mehr noch, es macht ihnen auch Spaß zu kopulieren. Aber aus verschiedenen Gründen können sie es nicht immer tun, oder mit wem oder wo sie wollen. Daher das ganze Herumgerenne, das Sie beobachten können. Daher die Welt.«

Eine therapeutische Vorstellung!

Meine Lehrtätigkeit begann am siebten September, einem strahlendblauen Tag, so frisch wie die gestärkten weißen Blusen der Studentinnen, die in mein Klassenzimmer marschierten und nervös ihre Plätze einnahmen. Wie ich um Punkt acht Uhr hinter dem Pult stand, im frisch gebügelten Anzug und mit glattrasiertem Kinn, spürte ich, daß meine Nüstern bebten wie die eines jungen Hengstes angesichts ihrer prallen, festen Geschlechtlichkeit, aufgeregt und rosageschrubbt, kichernd und feucht. Meine Oberschenkel spannten sich, und ich gähnte wild. Auch die Jungen, schmal und grün hinter den Ohren, mit glattem Kinn und federndem Gang, zitterten und streckten sich angesichts der Nähe von jungen Brüsten und Gesäßen, die so hart waren wie unreife Birnen. Die Luft in einem Klassenzimmer am ersten Tag eines neuen Schuljahres ist mit Erotik aufgeladen wie mit Ozon nach einem Sommergewitter, und jeder spürte es, auch wenn nicht alle es benennen konnten: die prallen, süßen, verspielten Dinger zappelten auf ihren Plätzen und zogen sich die Röcke über ihre weißen Knie voller Grübchen. Die federnden frischen Jünglinge spannten und räkelten sich, fuhren sich mit nervösen Händen über den Bürstenschnitt. Ich verschränkte die Arme, kniff die Backen zusammen und lehnte mich gegen den Tisch, so daß die Tischkante wie eine Hand beruhigend gegen meinen Hosenstall drückte. Ein früher blauer Morgen ist eine erotische Zeit, der Beginn des Schuljahres eine erotische Jahreszeit: An einem solchen Tag kann man wenig mehr tun, als Freud zuzunicken.

Wir warfen einander abschätzende Blicke zu. Mit professoraler Bündigkeit sagte ich: »Ich heiße Jacob Horner, mein Büro ist in Raum siebenundzwanzig, gleich um die Ecke. An der Tür hängt eine Liste mit meinen Sprechstundenzeiten.« Ich gab die zu lesenden Texte bekannt und erklärte den Kurs. Das war alles, und das war genug. Meine gelehrte Kompetenz und ihre gewissenhafte Aufmerksamkeit (sie schrieben sich meinen Namen und meine Büronummer mit dermaßen konzentrierten Mienen auf, als würde ich ihnen die letzte Wahrheit verkünden) waren so eindeutig vorgetäuscht, wir waren uns alle derart bewußt, daß wir Schule spielten, daß es grotesk gewesen wäre, tatsächlich mit dem Unterricht zu beginnen. Ein Mann, der mit dieser Armee aus Busen und Hintern konfrontiert wurde, mußte unwillkürlich die Hände runden, der Drang, die ganzen Umstände einfach seinzulassen und diese prachtvollen Mädchen auf der Stelle zu bespringen, war einfach stark. Man stelle sich die landesweite Empörung vor, wenn an irgendeinem Septembermorgen jeder junge Collegelehrer im Land das hinausschreien würde, was er eigentlich denkt: »Zum Teufel mit diesem Unsinn, Männer. Los, holen wir sie uns!« – was für ein tröstlicher Gedanke!

»Das ist alles für heute. Kaufen Sie sich die Bücher. Nächstes Mal fangen wir, zu diagnostischen Zwecken, gleich mit einem Diktat an.«

In der Tat! Einhundert Wörter, so schnell diktiert, daß sie die Köpfe unten behalten, und ich, oben an meinem Tisch sitzend, könnte nach Herzenslust jede weibliche Rundung im Raum diagnostizieren (gelobt seien die amerikanischen Grundschulen, wo kleine Mädchen lernen, vorne zu sitzen). Dann, nachdem ich genügend geglotzt habe, könnte ich vielleicht mit dem eigentlichen Kurs beginnen. Denn wie ein Mann sich erst an die Möbel in einem Raum gewöhnen muß, bevor er sich zum Lesen niederlassen kann, mußte diese Fülle mädchenhafter Attribute erst einmal assimiliert werden, bevor man seine Aufmerksamkeit auf die nüchternen Vorschriften englischer Grammatik richten konnte.

Viermal wiederholte ich die rituellen Ankündigungen – um acht und neun Uhr morgens sowie nachmittags um zwei und um drei. Zwischen den beiden Kursen räkelte ich mich mit einer prächtigen Erektion in meinem Büro und beobachtete mit besitzergreifendem Auge die Parade junger Dinger, die an meiner Tür vorbeiging. Ich hatte absolut nichts anderes zu tun, als mich trägen Tagträumen von absoluter Autorität hinzugeben – eine neurotische, caligulinische Autorität von der Sorte, die Büros voller junger Studentinnen heraufbeschwört, heiß und unterwürfig – lüsterne, professorale Träume!

Um vier Uhr, als mein erster Arbeitstag zu Ende ging, hatte ich mich dem Tanz derart hingegeben, daß ich mich geradezu in Agonie befand. Ich warf meine leere Aktentasche in den Wagen und fuhr direkt zur High School, um nach Miss Peggy Rankin zu fahnden. Nach einigen Erkundigungen im Büro des Direktors erwischte ich sie, als sie gerade das Lehrerzimmer verließ.

»Komm,« sagte ich geradeheraus, »ich muß dich sofort sprechen!«

Sie erkannte mich, errötete und versuchte zu protestieren.

»Na komm!« sagte ich grinsend. »Hier kann ich dir nicht sagen, wie wichtig es ist!« Ich ergriff ihren Arm und führte sie rasch nach draußen.

»Was ist denn los, Jake? Wo gehen wir hin?«

»Wohin du willst«, sagte ich und hielt ihr die Wagentür auf.

»Jake, um Himmels willen, du willst mich doch wieder nur verführen«, sagte sie fassungslos.

»Was heißt hier, *nur*? An dieser Geschichte ist nichts nur, Mädchen.«

»Das kann man wohl sagen! Es ist unglaublich. Für wen hältst du mich bloß, in Gottes Namen?«

Ich trat aufs Gas. »Fahren wir zu dir oder zu mir?«

»Zu mir!« sagte sie aufgebracht. »Und zwar so schnell du kannst! Noch nie in meinem Leben bin ich jemandem wie dir begegnet! Du bist einfach ein Ungeheuer!«

»Ich bin nicht einfach ein Ungeheuer, Peggy. Ich bin auch ein Ungeheuer.«

»Du bist ein unglaublicher Schuft! Das ist genau die richtige Beschreibung für dich – du bist ein absoluter Schuft! Du bist so von dir selbst eingenommen, daß du überhaupt keinen Respekt für sonst irgend jemand auf der Welt hast! Hier links abbiegen.«

Ich bog links ab.

»Das vierte Haus rechts.«

Ich hielt an.

»Jetzt sieh mich an, Jake. Sieh mich an!« rief sie. »Begreifst du denn nicht, daß ich genauso ein menschliches Wesen bin wie du? Wie um alles in der Welt kannst du mir überhaupt noch in die Augen sehen nach dem letzten Mal? Wenn du die Unverfrorenheit gehabt hättest, aufzutauchen und dich bei mir zu entschuldigen, wäre ich schon schockiert gewesen, aber das hier ...«

»Hör zu, Peggy«, sagte ich scharf. »Du sagst, ich respektiere dich nicht. Ist es, weil ich mir nicht die Mühe gemacht habe, mich in Ocean City bei dir einzuschmeicheln, oder mich danach zu entschuldigen oder dich gestern anzurufen, um mich mit dir für heute zu verabreden?«

»Natürlich! Was denkst du denn, was ich meine? Du hast nicht den geringsten Anstand! Ich kann es nicht fassen! Du bist überhaupt kein Mann!«

»Ich werde das jetzt nur einmal erklären«, sagte ich in ernstem Ton. »Ich hatte angenommen, du wärst reif genug, auch ohne Erklärung zu verstehen, wie diese Dinge verstanden werden sollten.«

»Auf was um Himmels willen willst du hinaus?«

»Ich fürchte, ich habe dich überschätzt, Peggy«, erklärte ich. »Nachdem wir uns kennengelernt hatten, dachte ich, daß du tatsächlich die überlegene Frau sein könntest, für die ich dich anfangs gehalten habe. Aber allmählich stellst du dich als absolut gewöhnlich heraus.«

Sie war sprachlos.

»Verstehst du denn nicht«, sagte ich lächelnd mit schmerzenden Hoden, »daß ich an Sex wahrscheinlich weniger interessiert bin als irgendein anderer Mann, den du jemals kennengelernt hast?«

»O mein Gott!«

«Ich genieße Sex, das schon, so wie ich es genießen würde, viel Geld zu haben, aber ich bin nicht bereit, mich auf irgendeinen Unsinn einzulassen, nur um ihn zu haben.«

»Nicht einmal gewöhnlicher Respekt vor der Würde einer Frau!«

»Genau das ist es, genau das«, sagte ich nüchtern. »Der gewöhnliche Respekt, die gewöhnliche Höflichkeit, ein gewöhnliches Dies, ein gewöhnliches Das. Zähl alles zusammen und du bekommst eine gewöhnliche Beziehung, und das ist etwas, wofür ich keine Verwendung habe. Du bist anscheinend nicht mein Typ Frau, Peggy, und ich hätte schwören können, du wärst es. Mein Typ Frau will nicht gewöhnlichen Respekt, sie will ungewöhnlichen Respekt, und das ist eine Beziehung, in der keiner von beiden dem anderen Zugeständnisse macht.«

»Ich glaube dir nicht«, sagte Peggy beunruhigt.

»Dann sprichst du gegen dich selbst«, sagte ich ruhig. »Begreifst du denn nicht, daß dieses ganze Geschwätz von Schmeicheleien und Galanterie – das ganze Theater, das Männer für Frauen aufführen – eigentlich respektlos ist? Jede Lüge ist respektlos, und eine Beziehung, die auf diesem Unsinn gründet, ist eine Lüge. Galanterie ist eine Fiktion, die von Männern erfunden wurde, die sich nicht die Mühe machen wollen, Frauen ernst zu nehmen. Sowie ein Mann und eine Frau dem zustimmen, hören sie auf, sich gegenseitig als Individuum zu sehen, und sie stimmen deswegen zu, weil sie nicht über ihren Partner nachdenken wollen. Was natürlich sehr nützlich ist, wenn du einzig und allein an Sex denkst. Ich kann es dir jetzt ruhig sagen, Peggy – jetzt wo es zu spät ist –, du bist die einzige Frau, bei der ich es gewagt habe, sie nach meinen Prinzipien zu achten und so ernst zu nehmen wie ich mich selbst nehme. Keine Lügen, keine Geschichten, keine Zugeständnisse, keine Heuchelei. Das ist die einzige Art von Beziehung mit einer Frau, die mich jemals interessieren könnte, sowohl vertikal als auch horizontal.«

Peggy brach in ein nervöses Lachen aus.

»Darüber darfst du nicht lachen, Peggy«, sagte ich ernst.

»O mein Gott!« lachte sie. »O mein Gott!«

Ich wandte mich vom Lenkrad weg und versetzte ihr mit Bedacht eine Ohrfeige. Durch den Schlag prallte ihr Kopf gegen die Scheibe, und sie brach sofort in Tränen aus.

»Wie du siehst, nehme ich dich immer noch ernst«, sagte ich.

»Oh!«

»Versuch zu begreifen, Peggy, daß ich einfach nicht daran interessiert bin, mit Frauen ins Bett zu gehen. Ich komme ohne sie aus. Aber ich lasse nicht zu, daß mir meine höchsten Werte ins Gesicht geschlagen werden! Ich bin eigentlich kein Mann, der Frauen schlägt. Zum Teufel mit den Frauen. Was ich möchte, ist ein weibliches Wesen, das ich so ernst nehmen kann wie mich selbst. Wenn du nicht interessiert bist, dann steig aus, aber lach nicht den einzigen Mann aus, der dich in deinem Leben jemals ernst genommen hat.«

»Jake, um Himmels willen!« schluchzte Peggy und umarmte meinen Schoß. Neue Tränen. »Was ist das für eine schreckliche Lage, in der sich die Frauen befinden!«

Ich tätschelte ihren Kopf. »Unsere Gesellschaft bringt es fertig, daß sich Ehrlichkeit wie Heuchelei anhört.«

»Jake?«

»Was?«

Weil sie ihre Sommerbräune verloren hatte, sahen ihre Augen röter aus als im Juli.

»Ich sterbe, wenn du sagst, es sei zu spät.«

Ich strich ihr über das Haar. »Ich habe dir doch eine Ohrfeige gegeben, oder? Nichts ist weniger galant als das.«

»Gott sei Dank hast du es getan!« Sie schaute sich die roten Streifen auf ihrer Wange im Spiegel an. »Ich wünschte, sie würden nie mehr weggehen.«

»Ich wollte dich wirklich nur nach Hause bringen, Peggy.«

Lächelnd spielte ich meinen letzten Trumpf aus. »Wann sehen wir uns wieder?«

Sie war erstaunt. »Jake?«

»Was?«

»O Jake, jetzt! Du mußt auf der Stelle mit hoch in meine Wohnung kommen!«

Ich salutierte im Geiste vor Joseph Morgan, *il mio maestro*, und ein zweites Mal vor Dr. Freud, dem Beschwörer des ganzen kosmischen Schwofs. Hinauf zu Miss Peggys Wohnung trippelten wir. Ein *pas de deux*, ein *entrechat*, und das war es. Ich verließ sie mit Versprechungen von großen Dingen, die da kommen sollten, die ich allerdings nicht vorhatte einzulösen.

Nachdem Er mir an jenem Nachmittag so hervorragend zustatten gekommen war, war es eigentlich schade, daß ich nach Einbruch der Dunkelheit und bei meinem ersten wirklich heimlichen Besuch bei Rennie nicht mehr bereit war, Joe Morgan oder irgendeine andere Art von Tänzer zu sein. Ich hatte noch nie einen besonders starken Sexualtrieb. Bei mir waren die Abstände zwischen zwei Frauen in der Regel lang, und es störte mich gewöhnlich nicht, länger auf Geschlechtsverkehr zu verzichten. Ein Zustand sexueller Erregung, wie ich ihn größtenteils während des ersten Schultags erlebt hatte, war bei mir so selten wie ein Anfall und verflüchtigte sich beinahe ebenso schnell. Nach der einen Runde, für die ich gut war, war ich so erregbar wie ein Kastrat.

Ich glaube nicht, daß Rennie mich am Abend unseres ersten Ehebruchs so angetroffen hatte, es war kurz nachdem wir bei Joe Voyeur gespielt hatten – ich habe Probleme, auch wenn es nicht unmöglich ist, die Energie aufzubringen, die nötig ist, den feurigen Liebhaber zu spielen –, doch so fühlte ich mich an diesem Abend, als ich zu ihr ging. Ich war weder gelangweilt noch müde oder traurig, weder aufgeregt noch ausgeruht oder glücklich – sondern lediglich ein träges Tier.

Der erste Akt war ein Paradigma scheinbarer Unvermeidbarkeit gewesen. Drei Tage nach unserem Lauschangriff fuhr Joe nach Washington, um in der Library of Congress zu recherchieren, und bevor er abreiste, bat er mich, Rennie während seiner Abwesenheit Gesellschaft zu leisten – eine sehr morganeske Bitte. Ich fuhr zu ihnen und spielte den Nachmittag mit den Jungs. Es war nicht nötig, schadete aber auch nicht. Rennie lud mich ein – ganz ohne Andeutungen –, zum Abendessen zu bleiben, und ich tat es, obwohl ich keinen besonderen Grund hatte, nicht wie üblich in einem Restaurant zu essen. Wir redeten kaum miteinander. Einmal sagte Rennie: »Ohne Joe fühle ich mich verloren«, aber mir fiel keine passende Antwort ein, und ich war mir nicht sicher, wie ihre Bemerkung zu verstehen sei. Nach dem Essen bot ich an, beim Baden auf die Jungs aufzupassen, erzählte ihnen eine Gutenachtgeschichte und wünschte ihnen schöne Träume. Dann hätte ich gehen können, aber daß ich blieb, um mit Rennie noch ein Bier zu trinken, war eigentlich ohne Belang. Wir wechselten nur sporadisch einige Worte – die meiste Zeit sagten wir nichts, doch mit Rennie war dieses Schweigen weder ungewöhnlich noch unangenehm –, und ich erinnere mich wirklich an sehr wenig, worüber wir sprachen, außer daß Rennie erwähnte, sie sei müde, und mir dankte, daß ich ihr an diesem Tag mit den Kindern geholfen hatte.

Ich will auf eines hinaus, und zwar, daß es äußerlich gesehen keine eindeutige Handlung gab, kein Wort und keine Geste, die bei uns beiden auf ein Verlangen hindeutete. Ich gebe gerne zu, daß ich Rennie an jenem Tag anziehend fand. Ihre ganze Art strahlte eine erschöpfte Kraft aus: Den ganzen Nachmittag über waren ihre Bewegungen schwer und bedächtig gewesen, wie die eines Arbeiters, der zwei Schichten nacheinander gearbeitet hat, und am Abend saß sie größtenteils bewegungslos da und blinzelte nur mit den Augen, wobei sie sie meist eine halbe Minute geschlossen hielt, um sie schließlich mit einem schweren Seufzer zu öffnen und ins Leere zu starren. All das bewunderte ich, doch eigentlich auf ziemlich abstrakte Weise, und wenn ich irgendein sexuelles Bedürfnis empfand, dann war auch dieses mehr oder weniger abstrakt. Wir sprachen wenig von Joe und erwähnten das, was wir durch das Wohnzimmerfenster beobachtet hatten, mit keinem Wort.

Dann, es war gegen halb zehn, sagte Rennie: »Ich nehme jetzt eine Dusche und gehe dann ins Bett, Jake«, und ich sagte: »In Ordnung.« Um ins Badezimmer zu gelangen, mußte sie durch einen kleinen Flur gehen, der neben dem Wohnzimmer lag. Um mir meine Jacke zu holen, mußte ich zu einem offenen Schrank in demselben Flur gehen, und so ist es nicht verwunderlich, daß wir uns von unseren Sesseln erhoben und zusammen in den Flur gingen. Und wenn sie sich an der Tür zum Bad für einen kurzen Moment zu mir umdrehte, wer kann mit Fug und Recht behaupten, daß uns ein Gutenachtgruß nicht schon auf der Zungenspitze lag? Wie es der Zufall wollte, umarmten wir uns statt dessen, bevor wir getrennte Wege gingen – und ich glaube, auch eine Zeitlupenkamera hätte nicht zeigen können, wer sich als erster bewegte –, und es geschah ferner (aber ich würde nicht sagen *folglich*), daß unsere getrennten Wege ins selbe Bett führten. Hätte einer von uns bewußt an den ersten Schritt gedacht – ich für meinen Teil tat es nicht –, hätten wir bestimmt beide angenommen, daß dieser erste Schritt, wer immer ihn auch getan hatte, bereits getan worden war. Ich erwähne dies, weil es oft vorkommt, daß Leute in Situationen, die sich später als bedauernswert herausstellen, häufig so urteilen. Es ist möglich, von morgens bis abends den Himmel zu beobachten oder sich durch das Spektrum von Infrarot nach Ultraviolett zu bewegen, ohne jemals den Punkt festlegen zu können, an dem sich eine qualitative Veränderung vollzieht. Niemand wird sagen können: Es ist genau *hier,* wo die Dämmerung zur Nacht wird oder Blau zu Violett oder Unschuld zur Schuld. Man kann tief in eine Situation hineingeraten, ohne das genaue Wort oder die bestimmte Geste zu finden, an der sich eine erste Verantwortung ohne weiteres festmachen läßt – so tief, bis man plötzlich erkennt, daß die Veränderung bereits vollzogen ist, schon weit hinter einem liegt, und dann läßt man sich mit einem Gefühl von Unvermeidlichkeit weitertreiben, von einem Gefühl von Zuspätsein, an das man nicht wirklich glaubt, aber das man aus irgendeinem Grund nicht anzuzweifeln wagt.

Ich könnte dieses Phänomen im vorliegenden Fall bis zu einem bestimmten Punkt klar beschreiben – bis zu dem Punkt, an dem das Hörneraufsetzen des Joe Morgan ein *fait accompli* war. Doch die Diskretion, zu der ich oft neige, verbietet es. Wir verbrachten eine wortlose, stürmische Nacht, voller Herumwälzen, Biegen, Schaudern und dergleichen, recht aufregend, wenn man es erlebt, aber langweilig, wenn man es beschreibt. Den Nachbarn zuliebe verließ ich das Haus vor Sonnenaufgang.

Daß ich über unseren Ehebruch nicht mehr erzähle, geschieht aus gutem Grund: Die ganze Geschichte war für mich ohne jegliche Bedeutung. Ich hatte keine Ahnung, was Rennie durch den Kopf ging – und zuerst kein Verlangen, ihre typische Einsilbigkeit zu durchdringen –, aber ich weiß, daß mein Kopf leer war. Es war kein Fall von Wetterlosigkeit, meine Stimmung war geprägt von allgemeinem und später besonderem Verlangen, kombiniert mit einer eindeutigen, aber nicht maßlosen männlichen Neugier. Mit anderen Worten: Erstens wollte ich kopulieren, zweitens wollte ich mit Rennie kopulieren, und drittens wollte ich nicht nur erfahren, »wie sie im Bett war«, sondern auch wie die intime Beziehung (ich meine nicht sexuelle Beziehung) aussehen würde, die, wie ich annahm, durch unseren Geschlechtsverkehr entstehen würde. Obwohl ich kein besonders geselliger Typ war, schaffte ich es durchaus, eine gründliche Neugier für ein oder zwei Personen gleichzeitig aufrechtzuerhalten.

Das war alles. Bis auf diese halb artikulierten Gefühle gingen mir keine weiteren Gedanken durch den Kopf. Rennie, eine Bettpartnerin, die für meinen gegenwärtigen Geschmack etwas zu sportlich war, befriedigte meine Bedürfnisse mehr als hinreichend, sowohl die allgemeinen als auch die besonderen, und meine Neugier wurde dadurch befriedigt, daß sie im Lauf der Zeit befriedigt werden würde. Ich kann nicht behaupten, mein Anteil an dem Akt sei willkürlich gewesen, in dem Sinne, daß er nicht motiviert gewesen wäre – ich wußte genau, warum ich mitmachte –, aber ich würde ihn als besonders (wenn nicht allgemein) unvorsätzlich und vollkommen unreflektiert bezeichnen. Der Bursche, der ihn beging, dachte nicht seinem Verlangen voraus.

Am nächsten Tag vertiefte ich mich in mehrere Bände von Theaterstücken, die ich auf Geheiß des Doktors aus der Bibliothek des College ausgeliehen hatte, und schenkte der Sache keine weitere Beachtung. Sie war unbedeutend, unwichtig und, soweit es mich betraf, irrelevant. Ich las nicht oft, aber wenn es mich überkam, las ich mit Heißhunger. Für die nächsten vier Tage verließ ich kaum mein Zimmer, es sei denn, um etwas zu essen, und ich las sieben Sammlungen von Theaterstücken – insgesamt an die siebzig oder achtzig Stücke. Der Tag, an dem ich den letzten Band beendete, war der erste Tag des neuen Schuljahres, jener Tag, den dieses Kapitels beschreibt, und es war, glaube ich, weniger mein fünf Tage zurückliegendes Abenteuer, sondern die Befreiung von der schweren Kost mittelbar erlebter Gefühle, die meine erotische Stimmung hervorrief.

Am Abend, nach dem Essen, fühlte ich mich schildkrötenartig, sogar flechtenhaft und wäre, mir selbst überlassen, wahrscheinlich in meinem Schaukelstuhl sitzen geblieben, bis zur Schlafenszeit in gemütlicher Abgestumpftheit vergraben. Diese Trägheit, die nichts mit Wetterlosigkeit zu tun hat oder mit Immobilität, ist leicht euphorisch – mein Geist ist weder leer noch unbewegt, sondern einfach gelöst, und das müßige Rasen flüchtiger Gedanken, die ihn erfüllen, wirbelt vor dem Hintergrund eines sich überall ausbreitenden kosmischen Bewußtseins dahin, beinahe augenfällig und hörbar. Ich kann es nur mit den Worten »Ich spüre den Atem anderer Planeten wehen« aus Schönbergs zweitem Streichquartett vergleichen oder, weniger esoterisch, doch ebenso präzise, mit dem atmosphärischen Rauschen eines Radiogeräts, wenn die Lautstärke voll aufgedreht wird. Es ist ein Zustand, dem ich mich nach Belieben entziehen kann, aber es widerstrebt mir gewöhnlich, dies zu tun. Wie sich herausstellte, wurde es von einem Telefonanruf von Rennie vertrieben, wie damals bei meinem Anfall in Juni.

»Jake, ich glaube, du solltest vorbeikommen«, sagte sie. »Ich muß mit dir sprechen.«

»Gerne.« Ich empfand nichts Besonderes dabei, sie zu besuchen, bis auf die spezielle, kaum drängende Neugier, die ich vorhin erwähnt habe. »Wann?«

»Jetzt. Joe ist bei seinem Pfadfindertreffen.«

»In Ordnung.«

Ich nahm bereitwillig an, daß das, was mir nun bevorstand, das Polieren der Hörner sein würde, die wir Joe bereits aufgesetzt hatten. Während ich zu den Morgans hinausfuhr, versuchte ich halbherzig, mich über die Ironie zu amüsieren, daß mein Freund zu dem Zeitpunkt gerade bei einem Pfadfindertreffen war. Aber es funktionierte nicht. Tatsächlich war ich gereizt und verspürte keinerlei Verlangen, ich fühlte mich gewöhnlich, und konventionell, *wollte* mich konventionell fühlen, wollte nicht über mich selbst nachdenken. Vielleicht als Folge davon verspürte ich zum ersten Mal, seit ich die Morgans kennengelernt hatte, ein plötzliches und herrliches Schuldgefühl.

Und dieses Gefühl überkam mich mit einer solchen Wucht, daß mir der Kiefer nach unten klappte und mir am Steuer schwindlig wurde. Der Schweiß trat mir auf die Stirn und eine leichte Übelkeit überkam mich. Was, in Gottes Namen, tat ich? Was, in Gottes Namen, hatte ich getan? Ich war entsetzt. Betrügt Jacob Horner den einzigen Mann, den er seinen Freund nennen kann? Und setzt der ersten Untat noch eine drauf, indem er sie verheimlicht? Ich war verzweifelt wie noch nie zuvor in meinem Leben. Und diese Verzweiflung war eigentlich unbewußt: Ich war nicht imstande, einen verzweifelten Jacob Horner zu sehen. Wäre ich es gewesen, hätte ich wohl ein Gesicht gesehen, das dem Laokoons ziemlich ähnlich gewesen wäre.

Die sofortige Übernahme dieser Schuldenlast zerschmetterte mich. Ich wollte umkehren oder, besser noch, weiterfahren, aus Maryland hinaus, und nie wiederkommen. Das war ein neues Gefühl für mich, und ich besaß weder die Kraft noch den Mut oder die Komplexität, mich dafür zu interessieren, so wie ich es normalerweise tue, wenn es um meine seltenen Momente intensiver Gefühle geht. Ich hatte natürlich nicht den Mumm zu flüchten, hielt statt dessen vor Rennies Haus und ging nach einer Weile hinein. Ich hatte keine Ahnung, was ich tun sollte. Auf alle Fälle war ich unfähig, das Vergehen zu wiederholen.

Rennie machte die Tür auf, sie war weiß wie ein Laken. Sowie sie mich sah, versuchte sie etwas zu sagen, verschluckte sich und brach in Tränen aus.

»Was ist los, Rennie?« Ich ergriff ihre Schultern, wollte sie umarmen, um uns beide zu beruhigen, aber sie riß sich entsetzt los und sank auf einen Stuhl. Das Ausmaß ihrer Verstörtheit verstärkte mein Übelkeitsgefühl, unter meinen Kleidern rann mir der kalte Schweiß hinunter. Die Knie wurden mir schwach, und ich war kurz davor, mich zu übergeben.

»Das ist unglaublich, Rennie!« rief ich. Sie sah zu mir auf, konnte aber nichts sagen, und mir traten Tränen in die Augen. Ich mußte mich hinsetzen.

»Mein Gott, wie fühle ich mich schwach!« sagte ich. Das Unrecht, das ich Joe zugefügt hatte, war beinahe unerträglich.

Nie erschien er mir schöner oder stärker als in diesem Moment, als ich ihn mir bei dem Pfadfindertreffen vorstellte. »Was habe ich mir bloß dabei gedacht? Wo zum Teufel war ich?«

Rennie schloß die Augen und schüttelte heftig den Kopf. Nach einer Weile beruhigte sie sich etwas und wischte sich mit den Handgelenken über die Augen.

»Was sollen wir tun, Jake?«

»Weiß er es schon?«

Sie schüttelte den Kopf und preßte ihre Handballen gegen die Stirn.

»Er hat in Washington schrecklich hart gearbeitet, um genug Material zu finden, und als er nach Hause kam ...« ihre Stimme versagte »... war er so liebevoll zu mir wie noch nie zuvor. Ich hätte am liebsten sterben wollen. Und als ich daran dachte, daß ... daß ich sein Kind trug, als es passierte ...«

Ich brannte vor Scham.

»Soll ich dir sagen, was ich getan habe? Ich bin heute morgen zu unserem Arzt gegangen und habe ihn um Ergotrat gebeten, um das Kind abzutreiben. Er hat sich schrecklich aufgeführt. Er kennt mich, seit ich klein bin, und hat mir gesagt, ich solle mich schämen.«

»O Gott.«

»Dann hat sich herausgestellt, daß ich es gar nicht brauche. Heute nachmittag habe ich meine Tage bekommen. Ich war nicht einmal schwanger. Ich war nur spät dran.«

Sie sank wieder in sich zusammen. Scheinbar machte die Tatsache, daß sie gar nicht schwanger war, alles noch schlimmer.

»Wirst du es Joe sagen?« fragte ich.

»Weiß ich nicht«, sagte sie matt. »Ich kann mir nicht vorstellen, es ihm nie zu sagen. Dinge voreinander zu verheimlichen wäre das letzte, was wir tun würden. Diese letzten fünf Tage waren schrecklich, Jake. Ich mußte die ganze Zeit so tun, als wäre ich glücklich. Ich schwöre dir, ich habe mich nur deswegen noch nicht umgebracht, weil ich ihn dadurch nur noch mehr betrügen würde.«

»Wie würde er es aufnehmen?«

»Keine Ahnung! Das ist ja das Schreckliche. Ich traue ihm alles zu, er könnte bloß über uns lachen oder uns beide erschießen. Und das Schlimmste ist, daß ich nur deswegen nicht weiß, *was* er tun würde, weil keiner von uns je vermuten würde, dem anderen so etwas anzutun! Meinst du, ich sollte es ihm sagen?«

»Ich weiß es nicht«, sagte ich, aber meine Schuldgefühle hatten mich derart aus der Fassung gebracht, daß diese Vorstellung mir panische Angst einjagte.

»Du hast Angst vor ihm, oder?« fragte Rennie.

Es war gut, daß sie das fragte, denn es lag zwar nur ein leichter Spott in ihrer Stimme – eigentlich hatte auch sie Angst –, aber er war von grundsätzlicher Art, vielleicht der grundsätzlichste Spott, den ein Mensch über einen anderen ausschütten kann. Ich fing mich sofort wieder.

»Ich habe Angst vor Gewalt«, sagte ich. »Ich habe grundsätzlich Angst vor Gewalt jeglicher Art, sogar vor gewaltigen Gefühlen. Aber wenn es um etwas wirklich Wesentliches geht, dann weiche ich keinen Millimeter, um der Gewalt aus dem Weg zu gehen. Angst ist anders als Feigheit. Wenn ich nicht will, daß du es Joe erzählst, dann deswegen, weil ich Angst vor möglicher Gewalt habe, aber ich würde nie dran denken, dir auszureden, es ihm zu sagen. Gegen Angst kann man nichts machen, aber man muß sich entscheiden, feige zu sein.«

Das entsprach so ziemlich der Wahrheit. Jedenfalls dachte ich das in jenem Augenblick. Ich bin normalerweise nur feige, wenn ich überrascht werde. Aber ich fühlte mich schwach, jämmerlich schwach. Schwach, weil ich überhaupt mit Rennie ins Bett gegangen war, schwach, weil ich es danach nicht gleich Joe erzählt hatte, schwach, weil ich große Angst davor hatte, daß er es herausfinden könnte. Aber ebenso groß war meine Angst davor, daß er von mir enttäuscht, von mir angewidert sein könnte – ich fühlte mich schwach, weil ich vor Dingen Angst hatte, die mich normalerweise nicht stören würden. Ich könnte über alles Rechenschaft ablegen bis auf die ursprüngliche Schwäche, daß ich ohne zu überlegen Joe hintergangen hatte, weil eine Schwäche andere Schwächen erzeugt, so wie eine Stärke andere Stärken. Aber es gab keine Entschuldigung für diese ursprüngliche Schwäche. Mir war elend zumute.

Nach einer Weile sagte Rennie: »Joe kommt in ein paar Minuten nach Hause.«

Ich erhob mich.

»Rennie… es tut mir leid. Mach, was du für das beste hältst.«

Sie sah mich nicht an.

»Ich weiß nicht, was ich tun soll. Manchmal wache ich morgens auf und fühle mich wunderbar: Er … wir umarmen uns immer im Schlaf…« Dieser Gedanke überwältigte sie für einen Moment. »Dann fällt es mir wieder ein, ganz unwillkürlich, und ich möchte sterben. In diesem Augenblick wünsche ich mir, ich würde nie wieder aufwachen. Ich kann kaum glauben, daß es passiert ist. Es kann gar nicht passiert sein, Jake: Ich kann ihm doch nicht ein solches Unrecht zugefügt haben.«

»Mir geht es auch so.« Beinahe hätte ich sie daran erinnert, wie sehr es ihn treffen würde, wenn er es herausfände, aber ich konnte mich gerade noch zurückhalten aus Angst, sie würde denken, ich wollte ihr nur ausreden, es ihm zu erzählen – was genau der Fall war: Auf keinen Fall wollte ich, daß sie es ihm erzählte.

»Tu, was du tun mußt«, sagte ich. »Sei so stark, wie du kannst.«

Ich verließ sie und fuhr zurück zu mir. Versuche zu lesen oder zu schlafen waren zwecklos. Es war unmöglich, in die Welt eines anderen zu schlüpfen oder auf andere Weise meiner eigenen zu entfliehen, die mich an der Gurgel hatte. Ich konnte nur an Rennie denken, dort im Haus mit Joe, vielleicht mit ihm zusammen im Bett. Ich fragte mich, wie lange sie widerstehen könnte, in seinen Armen zu schlafen. Mein Herz war erfüllt von tiefer Sympathie für Rennie, die ich in diese Lage gebracht hatte, und von der Angst, daß sie ihm erzählen würde, was wir getan hatten. Etwa zehn Minuten nachdem ich gegangen war, dürfte er nach Hause gekommen sein – mir trat der Schweiß aus bei dem Gedanken, daß ich gerade noch rechtzeitig entwischt war.

Mir fiel ein, daß ich bei aller Sympathie, Zärtlichkeit und Sorge für Rennie ohne weiteres hätte bleiben können, um mich Joe zu stellen und ihm alles zu erzählen. Mit jeder Minute, die verstrich, wurde das Ausmaß meines Verrats größer. Also mußte ich doch zugeben, daß ich ein Feigling war: ein Ehebrecher, ein Betrüger, ein Verräter und ein Feigling. Und nun konnte ich mich wieder sehen: Ich beobachtete mich dabei, wie ich mich weigerte, zur Kenntnis zu nehmen, daß sich neben meinem Bett ein Telefon befand, mit dem ich Joe Morgan anrufen konnte, daß draußen ein Chevrolet stand, mit dem ich zu ihm fahren konnte. Feigheit wuchert offenbar ebenso wie Schwäche. Die Willenskraft, die ich aufbringen mußte, um die winzige Bewegung zu vollführen, den Telefonhörer aufzuheben, brachte ich nicht auf.

Als ich mir meiner selbst wieder bewußt wurde, kehrte auch meine Neugier zurück. Ich legte meine Hand auf den Telefonhörer und betrachtete eine Weile lang interessiert den verlegenen Burschen, der ihn nicht abnehmen wollte.

Solche Schuldgefühle, wie ich sie empfand, waren nicht zu ertragen, und auch nicht eine solche Selbstverachtung

Solche Schuldgefühle, wie ich sie empfand, waren nicht zu ertragen, und auch nicht eine solche Selbstverachtung. Sie mit Schlaf abzutöten war nicht möglich, denn ich konnte nicht schlafen, und wenn, dann nur sehr unregelmäßig. Auch tauchte keine große Aktivität oder überwältigende neue Stimmung auf, die sie aus meinem Bewußtsein hätte entfernen können. Die Abscheu, die ich vor mir selbst empfand, versauerte meine Verdauung, so daß mir die Mahlzeiten wie ein Stein im Magen lagen, und vergiftete mein Bewußtsein, wodurch meine Versuche der Zerstreuung, etwa mit Büchern oder Kino, zur Qual wurden und den Professor spielen eine bittere Farce. Entsprechend meiner Stimmung regnete es die nächsten drei Tage durch: Man wurde völlig durchnäßt, während man von Autos zu Gebäuden rannte und von Gebäuden zu Autos, im Klassenzimmer roch es nach feuchter Kleidung, Kreidestaub und abgestandener Luft, die Studenten starrten mißmutig aus dem Fenster. Mir wurde schlecht, wenn ich meine eigene Stimme hörte, wie sie über Adverbien und Präpositionen plapperte wie ein verrückter Papagei. Niemand hörte zu. Wenn ich allein mit mir selbst in meinem Zimmer eingesperrt war, verzweifelte ich.

Ich glaube, eine ganze Woche derartiger Abscheu vor mir selbst, und ich hätte Selbstmord begangen: Dieses Thema beschäftigte mich jedenfalls die meiste Zeit. Ich beneidete alles Tote – die fetten Regenwürmer, die zerdrückt auf den nassen Bürgersteigen lagen, die Tiere, deren gebratene Körper ich während der Mahlzeiten kaute, Menschen, die auf schlammigen Friedhöfen verwesten –, doch hatte ich kein Mittel der Selbstvernichtung zur Hand, das ich den Mut gehabt hätte zu benutzen.

Stendhal behauptet, er habe einmal seinen Selbstmord nur aus reiner Neugier über die aktuelle politische Situation in Frankreich verschoben: Er wollte einfach sehen, was als nächstes passierte. Und abgesehen von Feigheit, war es etwas Ähnliches, was meine Hand zurückhielt – seit meinem letzten Treffen mit Rennie war Joe nicht mehr in der Schule gewesen. Shirley, Dr. Schotts Sekretärin, verkündete, Mr. Morgan sei krank, werde aber jederzeit wieder zurückerwartet. Die Anspannung, die sein Fehlen mit sich brachte, war die reinste Folter: War er tatsächlich krank, oder hatte Rennie ihren Ehebruch gestanden? Was war der Zusammenhang zwischen ihrem Geständnis und seiner Abwesenheit? Und wie würde seine Reaktion aussehen? Dies waren furchteinflößende Fragen, und obgleich ich vor dem Gedanken zurückschreckte, Joe irgendwann gegenüberzutreten, wirkten sie sich negativ auf alle suizidalen Impulse aus. Ich konnte mich nicht umbringen, bevor sie nicht beantwortet waren, sei es aus dem einfachen Grund, daß ich niemals erfahren würde, ob es wirklich nötig war, meinem Leben ein Ende zu setzen.

Am dritten Tag erschien Joe nach dem Mittagessen in der Schule und unterrichtete seine Nachmittagsklassen. Ich erbleichte, als ich ihm in der Pause zufällig im Flur begegnete. Meine Nervosität wurde dadurch verschlimmert, daß wir kaum Zeit hatten, uns zu grüßen. Er war vollkommen gefaßt, aber meine Gefühle waren mir wohl ins Gesicht geschrieben. Ich habe keine Ahnung, wie ich meine beiden letzten Unterrichtsstunden hinter mich brachte.

Um vier Uhr ging ich in mein Büro, um Aufsätze zu korrigieren, und ein paar Minuten später kam Joe herein. Die beiden Kollegen, mit denen ich das Büro teilte, waren schon nach Hause gegangen. Joe setzte sich auf die Kante des Schreibtisches, der neben meinem stand.

»Wie läuft es?« fragte er.

Ich schüttelte den Kopf, brannte geradezu darauf, ihm alles zu gestehen, bevor er mir sagen konnte, daß er es schon wisse. Doch war ich so demoralisiert und wurde von meiner eigenen Schwäche derart bestätigt, daß ich einzig und allein die vage Möglichkeit vor mir sah, daß er es noch gar nicht wußte. Solange diese Möglichkeit bestand, war ich nicht stark genug, ein Geständnis abzulegen, und dabei wußte ich sehr wohl, daß mein Geständnis sinnlos wäre, bestünde diese Möglichkeit nicht mehr.

»Der erste Stoß«, sagte ich und hielt den Blick auf die Aufsätze gerichtet. »Wie fühlst du dich? Shirley hat gesagt, du wärst krank.«

»War ich auch«, sagte Joe. Zweifellos hätte seine Miene mir verraten, wie diese Antwort zu verstehen war, aber ich konnte ihm nicht in die Augen sehen. Ich tat so, als würde ich mir einen Aufsatz ansehen, und klammerte mich an der Hoffnung fest, daß er es auch meinte.

»Und du?« fragte er. Es lag kein Sarkasmus in seiner Stimme, bloß Neugier. Ich schöpfte Hoffnung.

»Ach, wie üblich.«

»Keine Erkältung bei dem ganzen Regen?«

»Nein. Ich erkälte mich nicht so leicht.« Ich hätte vor Erleichterung laut loslachen können! Beschämung würde ich zweifellos erst später empfinden, im Moment versetzte mich der Gedanke, wie knapp ich entwischt war, in Hochstimmung. Er wußte es nicht! Im stillen dankte ich Rennie aus ganzem Herzen – liebte sie in diesem Augenblick beinahe.

»Was hast du?« fragte ich fröhlich. »Drüsenfieber oder Tripper?« Jetzt wagte ich es sogar, ihm einen Blick zuzuwerfen, um zu sehen, wie er auf meinen kleinen Scherz reagieren würde.

»Horner«, sagte er gequält, »warum in Gottes Namen hast du mit Rennie gevögelt?«

Die Frage traf mich wie ein Schlag, mir wurde schwindlig, und der Magen schnürte sich mir zusammen. Für einen Moment war es mir unmöglich zu reden. Er wartete und betrachtete mich, wie ich glaubte, mit faszinierter Abscheu.

»Mein Gott, Joe ...« krächzte ich. Beim ersten Ton meiner Stimme, nur bei dem Versuch, ein Wort herauszubringen, traten mir die Tränen in die Augen. Ich errötete und schwitzte: Zu sagen hatte ich nichts.

Joe schob sich seine Brille hoch.

»Warum wolltest du es tun? Was für einen Grund hattest du?«

»Joe, ich kann jetzt nicht reden.«

»Und ob du kannst«, sagte er gelassen. »Du redest jetzt, oder ich prügel es aus dir raus.«

Dies, so sollte ich hier erwähnen, stand zwar absolut in Einklang mit Joes aufrichtigem Wesen, doch es war in doppelter Hinsicht ein taktischer Fehler seinerseits. Erstens: Obwohl die Androhung von Gewalt mir angst machte, versetzte sie mich auch sofort in die Defensive, und wenn diese Defensive ein Hinweis auf Schuldgefühle ist, dann ist sie auch gleichzeitig eine Befreiung davon. Ein Mörder, der darauf aus ist, seiner Bestrafung zu entgehen, hat wenig Zeit, über die Niederträchtigkeit seiner Tat nachzusinnen. Zweitens: Mir scheint, allgemein gesprochen, daß die einzige Art, wirklich ehrliche Antworten aus einem anderen Menschen herauszubekommen und sich ihrer Aufrichtigkeit sicher zu sein, darin besteht, den Eindruck zu erwecken, daß jede Antwort freundlich und ohne Bestrafung aufgenommen wird.

»Ich wollte es nicht tun, Joe. Ich weiß nicht, warum ich es getan habe.«

»Unsinn. Vielleicht billigst du nicht, was du getan hast, aber offensichtlich wolltest du es tun, sonst hättest du es nicht getan. Für das, was jemand letztendlich tut, muß er auch die Verantwortung übernehmen, nämlich dafür, daß er es tun wollte. Was hast du dir dabei gedacht?«

»Ich habe nicht gedacht, Joe. Wenn ich gedacht hätte, dann hätte ich es nicht getan.«

»Hast du gedacht, die Vorstellung könnte mir gefallen? Für wen hältst du mich eigentlich?«

»Ich habe nicht gedacht, Joe.«

»Du stellst dich dumm, Horner, und das stört mich gewaltig.«

»Dumm vielleicht, aber nicht absichtlich. Ich weiß nicht, was für unbewußte Motive ich hatte, Joe, aber welche auch immer es waren, sie waren unbewußt, und ich kann nichts dazu sagen.« Und, dachte ich zugleich, kann nicht für sie verantwortlich gemacht werden. »Aber ich schwöre dir, ich hatte keinerlei bewußte Motive.«

»Willst du etwa nicht verantwortlich gemacht werden?« fragte Joe ungläubig.

»Doch, das will ich, Joe, glaub mir«, sagte ich halbherzig. »Aber ich kann dir keine Gründe nennen, wenn ich keine hatte. Willst du, daß ich welche erfinde?«

»Was um Himmels willen hattest du bloß für ein Bild von Rennie und mir?« fragte Joe verzweifelt. »Was mich am meisten empört, ist der Gedanke, was du von unserer Beziehung gehalten haben mußt, um so eine Nummer abzuziehen! Ich weiß, du hast dich über vieles lustig gemacht, was uns betrifft – immer habe ich eine Menge von deinem Geschwätz entschuldigt, weil du mich interessiert hast. Hast du geglaubt, Rennie sei ein leichter Fang, weil ich sie hart anpacke, oder was? Du kannst wohl nicht zwischen leichter Beute und Freiwild unterscheiden? Hast du dir wirklich eingebildet, du könntest sie so weit bringen, mir etwas zu verheimlichen?«

»Joe, um Himmels willen, ich weiß, es war ungerecht, was wir getan haben! Ich will ja den Ehebruch gar nicht rechtfertigen.«

»Aber du hast ihn begangen. Warum? Meinst du, es interessiert mich, was du vom siebten Gebot hältst? Ich nehme keinen Anstoß an Ehebruch als Sünde, Horner. Ich nehme Anstoß daran, daß du Rennie vögelst und dann versuchst, sie dazu zu bringen, es vor mir zu verheimlichen. Du bist mir dabei egal. Du hast ohnehin schon sämtliche Ansprüche auf meine Freundschaft verwirkt, auf der Ebene bin ich mit dir fertig. Kann sein, daß ich auch mit Rennie fertig bin, aber das weiß ich erst, wenn ich die ganze Geschichte gehört habe. Und jetzt will ich deine Version der Sache hören, wenn du überhaupt eine hast. Rennies habe ich schon gehört – das ist es, was ich die letzten drei Tage gemacht habe. Aber ihr Gedächtnis ist nicht perfekt, wie bei jedem anderen ist es selektiv. Was ich gehört habe, wirft natürlich ein gutes Licht auf das, was sie getan hat, und vielleicht ein schlechtes auf das, was du getan hast. Vergiß nicht, mein Junge, ich war nicht dabei. Rennie spielt nicht die Unschuldige, aber ich will alles hören und alles interpretieren.«

»Was soll ich sagen, Joe?«

Er sprang behende vom Tisch. »Ich komme nach dem Abendessen bei dir vorbei«, sagte er. »Mir ist es lieber, Rennie ist nicht dabei, wenn ich mir anhöre, was du zu sagen hast. Und mach dir keine Sorgen«, fügte er etwas verächtlich hinzu, »ich werde dich nicht erschießen, Jake. Ich hätte nichts von Gewalt erwähnt, wenn Rennie nicht gesagt hätte, daß du damit rechnen würdest.«

Nun, ich nahm ein recht unbehagliches Abendessen zu mir. Trotzdem kam mir der Gedanke an Selbstmord nicht mehr in den Sinn. Als wollte es meinen Wetterwechsel symbolisieren, ließ der Regen am späten Nachmittag nach und hörte um sechs Uhr gänzlich auf, obwohl der Himmel immer noch bedeckt war. Ich ertappte mich sogar dabei, wie ich meine Schuldgefühle auf die Liste meiner anderen Schwächen setzte und sie folglich zusammen mit ihnen bedauern konnte. Dies hatte allerdings nicht zur Folge, daß ich mich für das, was ich getan hatte, weniger schämte – hinter dem Rücken meiner Freunde mit ihren Ehefrauen zu schlafen und es ihnen danach zu verheimlichen, das war auch aus meiner Sicht etwas Bösartiges, wenn ich überhaupt eine Sicht hatte –, aber nun erging es mir anders. Jetzt, wo es raus war, fühlte ich mich wirklich erleichtert, und dadurch, daß ich es mit Joe zu tun hatte, verlagerte sich meine Aufmerksamkeit von meinen Schuldgefühlen auf das Problem, wie ich meine Selbstachtung retten konnte. Wenn ich leben sollte, dann mußte ich mit mir selbst leben, und weil ich in der Regel ein moralisches Wesen war, war diese Bergungsaktion eine vordringliche Aufgabe. Was getan war, war getan, jedoch existiert die Vergangenheit nur in den Gedanken jener, die in der Gegenwart daran denken, und daher auch in den Deutungen, denen sie unterworfen wird. In diesem Sinne ist es nie zu spät, irgend etwas aufgrund der Vergangenheit zu unternehmen. Nicht, daß ich den Vorfall, wie es üblicherweise in Moskau geschieht, auf eine Art neu inszenieren wollte, die mich in ein günstigeres Licht gestellt hätte: Mein Problem war ja gerade, daß ich nicht das Bedürfnis hatte, zu rechtfertigen, was ich getan hatte, noch die Fähigkeit, es zu erklären. Der Jacob Horner, den zu verteidigen ich ein verzweifeltes Bedürfnis verspürte, war nicht derjenige, der sich stumpfsinnig in Joe Morgans Bett mit Joe Morgans Frau herumgewälzt oder tagelang in Beschämung und schleichender Angst geschmort hatte, sondern derjenige, der jetzt Gegenstand von Joes Abscheu war – der Horner des gegenwärtigen Augenblicks und alle zukünftigen Horners. Der Bursche, der sich zu seiner Verteidigung erhob, war immer noch zerknirscht – sogar zutiefst zerknirscht –, doch nicht länger demütig.

Joe kam kurz nach sieben in mein Zimmer und setzte sich, nicht ohne Unbehagen, in einen meiner grotesken Sessel. Schon die Tatsache, daß er zu mir kam, anstatt mich zu bitten, zu ihm zu kommen, war – obwohl zweifellos die einzig mögliche Vorgehensweise – ein weiterer taktischer Fehler, wie mir schien; zumindest war sein Auftritt weniger aufbrausend als am Nachmittag. Doch Joe war, wie er sofort erkannt hätte, wäre ich in der Lage gewesen, ihn darauf hinzuweisen, kein taktisch denkender Mensch. Natürlich machte die simple Tatsache, daß er kein Interesse hatte, mir den Prozeß zu machen, es mir nur noch schwerer, mich zu verteidigen, wenn gar unmöglich.

»Ich will erst einmal meine Position in dieser Sache erklären, Jake«, begann er.

»Mein Gott, Joe, deine Position ist die einzige, die keiner Erklärung bedarf!«

»Das stimmt nicht. Die Tatsache, daß du nicht begreifst, Unrecht getan zu haben, zeigt, wie wenig du Rennie und mich verstehst.«

»Joe, mir ist völlig klar, daß du berechtigt gewesen wärst, mich windelweich zu prügeln oder mich zu erschießen. Ich stelle meine Schuld nicht in Frage.«

»Und mich interessiert deine Schuld nicht«, sagte er. »Die Tatsache, daß du ständig von deiner Schuld sprichst und von meinem Recht, empört zu sein, ist eine grobe Vereinfachung des Problems. Indem du so tust, als ginge das ganze Theater um gebrochene Gebote, gestattest du dir, nichts davon besonders ernst zu nehmen, weil du genausogut wie ich weißt, daß diese Dinge nichts Absolutes sind. Ich bin nicht daran interessiert, jemandem für irgend etwas die Schuld zu geben. Wenn du uns wirklich verstehen würdest, wüßtest du das – aber andererseits, wenn du uns wirklich verstehen würdest, wäre das alles gar nicht passiert.«

»Ich wünschte mir so sehr, es wäre nicht passiert«, sagte ich inbrünstig.

»Das ist albern. Wenn überhaupt, dann bin ich froh, daß es passiert ist, weil es Probleme aufgedeckt hat, von deren Existenz ich bisher nichts ahnte. Versuch daran zu denken, daß ich mich für dich überhaupt nicht interessiere und du mir nichts bedeutest. Wenn das deinen Stolz verletzt, muß ich dir sagen, daß ich momentan mit anderen Dingen beschäftigt bin als mit deinem Stolz. Wenn ich dir unser Problem erklären kann, dann verstehst du vielleicht, was relevant ist und was nicht.«

Also erklärte er es:

»Das Wichtigste auf der Welt ist für mich die Beziehung zwischen Rennie und mir. Rennie hat mir schon gesagt, was sie dir während eurer Ausritte erzählt hat, soweit sie sich noch daran erinnern kann. Daß sie es dir überhaupt erzählt hat, ist ein Problem für mich, aber da sie es nun einmal getan hat, ist es wahrscheinlich das beste, daß du auch meine Version zu hören bekommst.

Du weißt, daß ich Rennie in New York kennengelernt habe, als ich auf der Columbia University war. Was mich an ihr so anzog, war, daß sie die selbstgenügsamste Frau war, die mir jemals begegnet war. Vielleicht die einzige – unsere Kultur bringt diese Art nicht allzu oft hervor. Sie war durchaus beliebt, schien ihre Beliebtheit aber nicht zu brauchen, von Freundschaften ganz zu schweigen. Falls sie sich damals einsam fühlte, war es wahrscheinlich deswegen, weil sie ihre Selbstgenügsamkeit nicht immer verstand – aber eigentlich fühlte sie sich nicht einsam. Das zog mich an. Vor der Universität war ich beim Militär, ich hatte also genügend mit Frauen herumgemacht, um nicht die eine Art von Anziehung mit der anderen zu verwechseln. Hast du mit sehr vielen Frauen geschlafen, Jake?«

»Nicht mit sehr vielen«, erwiderte ich bescheiden.

»Ich frage nur, weil ich wissen möchte, ob dieses Verwechseln von Anziehungen nichts mit unserer Geschichte zu tun hat. Vielleicht war das bei Rennie der Fall: Vor mir hatte sie noch nie mit einem Mann geschlafen.«

Ich wand mich vor Reue.

»Es war wegen dieser Selbstgenügsamkeit, die ich in ihr zu sehen meinte, daß ich mir vorstellen konnte, die Art von Beziehung mit ihr zu haben, die sie dir beschrieben hat – eine mehr oder weniger dauerhafte Beziehung. Es wäre nur möglich zwischen zwei unabhängigen Menschen, die eine vollkommene Achtung vor der Selbstgenügsamkeit des anderen haben. Die Tatsache, daß wir uns nicht brauchten, und zwar auf eine ›grundsätzliche‹ Art und Weise, schien mir darauf hinzudeuten, daß wir uns in jeder Beziehung wirklich guttun könnten. Aber ich glaube, das hast du alles schon gehört. Das erklärt übrigens, warum es mich überrascht und auch gestört hat, daß Rennie dir im Kiefernhain alles erzählt hat – nicht daß Intimität für sich genommen so wichtig wäre, aber sie ist ein Hinweis auf die Art von Unabhängigkeit, die wir zu haben meinten.

Du darfst jetzt zum Teufel noch mal nicht glauben, es ginge mir um irgendwelche Theorien über Sexualmoral. Rennie und ich haben nie darüber gesprochen. Aber ich glaube, wir nahmen beide stillschweigend an, daß jegliche Art von außerehelichem Sex für uns nicht in Frage kam, dafür hatten wir nicht den geringsten Bedarf. Weder habe ich irgendwelche Ansichten über Sexualmoral, noch scheine ich diesbezüglich irgendwelche Gefühle zu hegen. Aber Rennie schon. Und zwar sehr starke. Ich bin sicher, sie hätte sie rational nicht erklären können – keinerlei ethisches Programm läßt sich von vorne bis hinten eindeutig rational erklären. Wahrscheinlich war es ein Überhang aus ihrem Familienleben. Doch es genügte, daß sie eine eindeutige Meinung zum Thema eheliche Treue hatte, damit das ganze so funktionierte, wie wir es wollten: Ihre Gefühle standen ihren persönlichen Vorstellungen von mir nicht im Weg und paßten zu der Beziehung, die wir haben wollten, weil sie alles in ehelichen Grenzen hielten.

Das war also mein Ideal von Rennie: Selbstgenügsamkeit, Kraft (ich könnte dir eine Menge über ihre Kraft erzählen) und

Intimität. Und da liegt unser Problem. Nach meinem Bild von Rennie hätte das, was passiert ist, eigentlich nicht passieren dürfen. Nach ihrem Bild von sich selbst hätte es auch nicht passieren dürfen. Und doch ist es passiert. Deswegen fällt es uns jetzt so schwer, zu glauben, daß es wirklich passiert ist. Wir müssen nicht nur die Tatsache akzeptieren, daß sie tat, was sie getan hat, sondern auch die Tatsache, daß sie es tun wollte – denk jetzt nicht, daß ich dich der Vergewaltigung beschuldige. Wenn wir diese Tatsachen akzeptieren, ist es notwendig, unsere Bilder von Rennie zu korrigieren, und im Moment können wir nicht erkennen, wie ein Bild, das sich mit dem deckt, was passiert ist, zugleich die Art Beziehung beschreiben soll, die wir zu haben meinten. Und diese Beziehung war der Orientierungspunkt, der jedem Teil unseres Lebens – alles, was wir getan haben – seinen Wert gab. Ich bin hier völlig emotionslos – ich versuche nur, mir ein möglichst klares Bild von dem zu machen, was Rennie und ich meiner Meinung nach getan haben, und warum jetzt alles in der Schwebe bleiben muß, bis wir über die Bedeutung dessen, was passiert ist, zu einem Schluß gekommen sind. Rennie geht es genauso. Darüber haben wir die letzten drei Tage geredet, und wir werden noch lange drüber reden, falls sie sich nicht etwas antut, während ich hier bei dir bin.«

Mein Mitleid flog ihm zu.

»Es tut mir leid, Joe.«

»Aber das spielt doch gar keine Rolle!« erwiderte er mit einem Lachen, doch keineswegs belustigt. »Der einzige Grund, warum ich mich für deinen Anteil an all dem hier interessiere – der Grund, warum ich dich ständig frage, was du von Rennie und mir gedacht hast, wie du auf die Idee gekommen bist, sie auszuprobieren –, ist der, daß ich wissen muß, in welchem Ausmaß deine Handlungen ihre beeinflußt haben.«

»Joe, ich schwöre, ich übernehme volle Verantwortung für alles, was passiert ist.«

»Wie ich sehe, bist du nicht gewillt, mir zu helfen. Übernimmst du die volle Verantwortung für die Tatsache, daß sie beim ersten Mal oben war? Hast du dich selbst in deine linke Schulter gebissen? Verdammt noch mal, ich hab dir doch gesagt, daß Rennie nicht die Unschuldige spielt! Was sie und ich voneinander wollen, ist nur möglich, wenn wir annehmen, daß wir aus freiem Willen handeln, daß wir wenigstens so tun, als könnten wir das, selbst wenn wir vermuten, daß es uns nicht möglich ist. Wieso bestehst du auf diesen Spielchen, Jake? Ich bin offensichtlich so ehrlich, wie ich kann. Jetzt laß in Gottes Namen ausnahmsweise einmal dieses ganze Theater und sei ehrlich zu mir!«

»Ich gebe mir die größte Mühe, Joe«, erklärte ich unbehaglich.

»Aber du weigerst dich, dich auch nur mal eine Minute lang zu vergessen! Was willst du eigentlich? Wenn du damit bezweckst, mich für dich einzunehmen, dann ist das genau der falsche Weg, das kann ich dir sagen. Ich weiß nicht, ob irgend etwas, was du sagst, sich so auswirken wird, aber die einzige Chance ist, daß du jetzt absolut ehrlich bist.«

»Nun ja, mir scheint, du weigerst dich, irgend etwas als ehrlich anzuerkennen, außer dem, was du hören willst, und ich bin mir nicht sicher, was es ist, sonst würde ich es sagen. Stell mir eine Frage und ich werde sie beantworten.«

»Warum hast du Rennie gevögelt?«

»Ich weiß es nicht!«

»Welche Gründe könntest du gehabt haben?«

»Ich könnte keine Gründe nennen, die meiner Meinung nach wahr wären.«

»Verdammt, Horner, man macht Sachen nicht einfach so. Woran hast du gedacht?«

»Ich habe an nichts gedacht.«

Joe wurde allmählich zornig.

»Hör zu, Joe«, flehte ich. »Du mußt berücksichtigen, daß Menschen – du vielleicht ausgenommen – nicht für alles, was sie tun, bewußte Motive haben. Es wird immer ein paar Dinge in ihrem Leben geben, für die sie keine Rechenschaft ablegen können. In diesem Fall können Leute immer noch bewußte Gründe erfinden – dir würden sie vielleicht erst einfallen, nachdem man etwas getan hat –, aber es wären immer nachträgliche Rechtfertigungen.«

»Das ist alles schön und gut«, beharrte Joe. »Wenn ich all dem zustimmen würde, was du gerade gesagt hast, müßte ich trotzdem einwenden, daß auch die nachträgliche Rechtfertigung vollzogen werden muß, und die betroffene Person muß für ihre Rechtfertigung auch verantwortlich gemacht werden – sie muß sich selbst dafür verantwortlich machen –, wenn sie moralisch handeln will.«

»Dann mußt du noch weiter gehen und einräumen, daß man manchmal etwas gar nicht rechtfertigen kann. Das einem manchmal nichts einfällt. Du akzeptierst nicht, daß ich volle Verantwortung für alles übernehme, was geschehen ist, und du würdest nicht akzeptieren, wenn ich gar keine Verantwortung übernehme. Ich sehe nicht, was es bei dieser Sache noch für Möglichkeiten geben soll.«

Ich zündete mir eine Zigarette an. Ich war nervös, zugleich glücklich und unglücklich über die Tatsache, daß ich mich trotz meiner Nervosität ziemlich gut fühlte, mir meines Verstandes ziemlich sicher war, zufrieden war über meine Fähigkeit, eine Rolle zu spielen, die mir ebenso abscheulich vorkam wie unausweichbar. Das heißt, ich empfand es als Rolle, aber ich war mir nicht sicher, daß alles andere nicht auch eine Rolle war, und mir fielen sowieso keine weiteren möglichen Rollen für mich ein. Wenn dies das beste ist, was man tun kann – zumindest das beste, was ich tun konnte –, dann darf man dies doch wohl als *ehrlich* bezeichnen.

»Das geht alles an der Sache vorbei«, sagte Joe. »Mich interessiert nicht, wieviel Verantwortung du bereit bist zu übernehmen. Ich will wissen, was passiert ist, damit ich weiß, wieviel Verantwortung ich jedem geben kann, ob ihr sie nun akzeptiert oder nicht. Wann bist du auf die Idee gekommen, daß du etwas mit Rennie haben könntest?«

»Weiß ich nicht. Vielleicht erst als wir zusammen im Bett waren, vielleicht schon als ich euch beide kennengelernt habe, vielleicht irgendwann dazwischen. Ich war mir nicht bewußt, die Idee zu haben.«

»Hat sie etwas gesagt, das dich auf die Idee brachte?«

»Ich bin mir nicht sicher, daß ich überhaupt auf die Idee kam. An jenem Abend, als du weg warst, konnte ich alles, was sie sagte und nicht sagte, als Hinweis deuten, daß sie bereit war, mit mir zu schlafen, genauso konnte ich nichts davon als Hinweis deuten. Ich glaube, ich habe überhaupt nichts gedeutet.«

»Worüber habt ihr gesprochen?«

»Mein Gott, an unser Gespräch kann ich mich nicht erinnern! Hat Rennie dir das nicht erzählt?«

»Sicher hat sie das. Kannst du dich wirklich nicht erinnern, oder stellst du dich wieder dumm?«

»Ich kann mich wirklich nicht erinnern.«

»Was zum Teufel soll ich jetzt tun?« rief Joe. »Du behauptest, du hättest keine bewußten Motive gehabt. Du bist dir keiner unbewußten Motive bewußt. Du willst nichts rechtfertigen. Du hast, was Rennie getan hat, nicht bewußt gedeutet. Und du kannst dich an eure Gespräche nicht erinnern. Soll ich Rennie beipflichten, daß du nicht mal existierst? Was sonst außer diesen Dingen macht jemand zu einem Menschen?«

Ich zuckte die Achseln. »Ich könnte der Liste meiner Unfähigkeiten noch einiges hinzufügen.«

»Spar dir die Mühe. Verstehst du nicht, Horner, wenn du mich überzeugen könntest, daß sehr viel von dem, was Rennie getan hat, unter deinem Einfluß geschah, dann wäre das nicht gut, weil sie eigentlich in der Lage sein sollte, sich nicht beeinflussen zu lassen. Und wenn du mich überzeugen würdest, daß nur sehr wenig davon durch deinen Einfluß geschah, dann wäre es ebenfalls nicht in Ordnung, weil sie sich nach dem Bild, was wir von ihr haben, nicht dazu hätte entscheiden dürfen. Es ist also nicht so, daß ich versuche, das Problem zu lösen, indem ich dir den Schwarzen Peter zuschiebe. Die Sache ist die, daß ich mir erst sicher sein kann, welches Problem wie gelöst werden muß, wenn ich weiß, was genau passiert ist und warum.«

Inzwischen fühlte ich mich stark genug, um zu sagen: »Ich glaube, du hättest nicht so ein Problem damit, wenn du mehr Respekt vor der Antwort ›Ich weiß es nicht‹ hättest. Es kann eine schrecklich ehrliche Antwort sein, Joe. Wenn jemand, der dir nahesteht, dich auf unverständliche Weise verletzt, und du fragst: ›Warum um alles in der Welt hast du das getan?‹, und der andere sagt: ›Ich weiß es nicht‹, dann finde ich, daß diese Antwort Respekt verdienen kann. Und wenn derjenige, der es sagt, jemand ist, den du liebst und dem du vertraust, und er es mit Reue sagt, dann finde ich, könnte man es sogar akzeptieren.«

»Aber wenn derjenige erst einmal soweit ist, daß er es sagen *muß*«, erwiderte Joe, »wie kann man dann wissen, ob die Liebe und das Vertrauen, die es akzeptabel machen, gerechtfertigt waren?«

Ja, wie nur? Alles, was ich darauf hätte antworten können, war, daß ich mir persönlich nie vorstellen könnte, mir jemals diese Frage stellen zu müssen, aber ich konnte mir ohne weiteres denken, daß Joe mit ihr vertraut war.

»Das reicht mir nicht, Jake«, sagte Joe und erhob sich zum Gehen. »Wenn du mir keine andere Antwort anbieten kannst, dann sehe ich nicht, wie ich mit dir umgehen soll, und wenn Rennie mir keine andere anbieten kann, sehe ich auch nicht, wie ich mit ihr umgehen soll. Diese Antwort existiert im Morgan-

Kosmos einfach nicht. Vielleicht bin ich im falschen Kosmos, aber es ist der einzige weit und breit, in dem ich eine ernsthafte Beziehung aufbauen kann. Du solltest wissen, mein Junge, daß Rennie dir für beinahe alles, was passiert ist, die Schuld gibt.«

Ich war etwas überrascht, zog aber nur die Stirn in Falten und brachte in meinem linken Mundwinkel ein kurzes *ts* hervor.

»Ich sehe keinen Grund, warum du ihr nicht glauben solltest«, erklärte ich.

»Aber du findest das ziemlich gewöhnlich von ihr, oder? Das, was man von einer Frau erwartet?«

»Ich habe dazu keine Meinung«, sagte ich. »Oder vielmehr, ich habe beide Meinungen gleichzeitig.«

Joe ballte bei dieser Bemerkung vor Abscheu die Fäuste und verließ mein Zimmer.

Ich könnte sagen, daß dieses Gespräch mich beunruhigt hätte, aber genaugenommen hatte es mich eher angeregt: Meine Beunruhigung war weniger eine, die durch Schuldgefühle verursacht wird, als vielmehr die Beunruhigung der Anregung, die gleiche Beunruhigung, die ein heikles Gespräch nach sich zieht – jene Beunruhigung, weder angenehm noch unangenehm, doch stets berauschend, die durch einen Schlagabtausch hervorgebracht wird, bei dem für die Duellanten genügend Dinge auf dem Spiel stehen, um aus dem Wettkampf, wenn es dann doch nur ein Spiel ist, wenigstens ein ernstes Spiel zu machen.

Artikulation! Das war, Joe zufolge, *mein* absolutes Prinzip, wenn man überhaupt von mir sagen konnte, daß ich eines hatte. Jedenfalls fällt mir nichts anderes ein, das bei mir jemals mit einer gewissen Häufigkeit solche Gefühle hervorgerufen hat, wie man sie normalerweise für die eigenen absoluten Prinzipien empfindet. Erfahrung in Sprache umzuwandeln – das heißt, sie zu klassifizieren, zu kategorisieren, zu konzeptionalisieren, zu grammatikalisieren und zu syntaktisieren – ist immer ein Verrat an der Erfahrung, eine Fälschung. Aber nur durch diesen Verrat kann man überhaupt mit ihr umgehen, und nur indem ich so mit ihr umging, habe ich mich als Mann gefühlt, gesund und munter. Daher kommt es, daß ich, wenn ich überhaupt darüber nachdachte, auf diese präzise Fälschung, diese geschickte, sorgfältige Mythenbildung mit all dem beunruhigenden Überschwang reagierte, der jeden Künstler bei der Arbeit erfaßt. Als meine mythoplastischen Klingen geschliffen waren, bereitete es mir ein unvergleichliches Vergnügen, mit ihnen herumzusäbeln und der Realität an die Gurgel zu gehen.

In vielerlei Hinsicht glaube ich natürlich nichts von alledem.

Es gab etwas, das ich vorzog, Joe Morgan lieber nicht zu erzählen

Es gab etwas, das ich vorzog, Joe Morgan lieber nicht zu erzählen (denn damit hätte ich mich nur noch mehr belastet), und zwar, daß es mir nie besonders schwergefallen war, zu verschiedenen Zeiten mit derselben Begeisterungslosigkeit widersprüchliche oder zumindest entgegengesetzte Meinungen zu einem bestimmten Thema zu haben. Ich tat dies vielleicht zu leichtfertig für meine eigene Beweglichkeit. So hatte ich zum Beispiel das Gefühl, daß der Doktor verrückt war und gleichzeitig weise, daß Joe brillant war und gleichzeitig lächerlich, daß Rennie stark war und schwach und daß Jacob Horner – Eule, Pfau, Chamäleon, Esel und Papagei, Flüchtling aus einem mittelalterlichen Bestiarium – gleichzeitig Riese und Zwerg war, Plenum und Vakuum, genauso bewundernswert wie verabscheuungswürdig. Hätte ich das Joe erklärt, hätte er es seinem Vorrat von Beweisen, daß ich nicht existierte, zuschlagen können. Ich selbst fand, daß es einerseits dafür sprach, andererseits aber auch nicht. Ich erkläre das jetzt an dieser Stelle, um deutlich zu machen, was ich meine, wenn ich sage, daß ich schockiert war und nicht überrascht, angewidert und belustigt, aufgeregt und gelangweilt, als am Abend nach dem Gespräch Rennie vor der Tür stand. Ich hatte einen prachtvollen Tag mit meinen Studenten gehabt, hatte Gerundien, Partizipien und Infinitive erklärt, und meine Eloquenz hatte mich dazu gebracht, daß ich mich gegenüber den Morgans zugleich schuldig und unbekümmert fühlte.

»Das gibt es ja nicht!« sagte ich, als ich sie sah. »Komm rein! Bist du exkommuniziert worden?«

»Ich wollte eigentlich nicht kommen«, sagte Rennie angespannt. »Ich wollte dich nie wiedersehen, Jake.«

»Aha. Aber man will doch die Dinge tun, die man tut.«

»Joe hat mich hergebracht. Er hat mir gesagt, ich soll zu dir hochgehen.«

Ich nehme an, das war als Bombe gedacht, aber ich war keineswegs in einer explosiven Stimmung.

»Warum das denn?«

Rennie hatte mit ziemlicher Selbstbeherrschung begonnen, doch jetzt rang sie nach Luft und konnte oder wollte meine Frage nicht beantworten.

»Hat er dich rausgeworfen?«

»Nein. Verstehst du denn nicht, warum er mich geschickt hat? Bitte zwing mich nicht, es zu erklären!« Tränen standen bevor.

»Ehrlich, Rennie, ich habe keine Ahnung. Sollen wir das Verbrechen auf eine analysierbare Art und Weise wiederholen, oder was?«

Nun war es mit ihrer Selbstbeherrschung vorbei: Das Hinundherwerfen des Kopfes begann. Ich fand übrigens, daß Rennie großartig aussah. Sie hatte in den letzten Tagen offensichtlich intensiv gelitten, was ihr eine gewisse sexuelle Anziehungskraft verlieh, die gequälte Frauen gelegentlich haben. Zärtliche, liebesähnliche Gefühle kündigten sich in mir an.

»Alles, was passiert ist, zerreißt mir das Herz«, sagte ich zu ihr und legte meine Hand auf ihre Schulter. »Du kannst dir nicht vorstellen, wieviel Mitgefühl ich für Joe habe und wieviel mehr für dich. Aber er macht wirklich einen Riesenzirkus daraus, findest du nicht? Daß er dich hier hochgeschickt hat, ist ja wohl das letzte. Soll das eine Strafe sein?«

»Es ist nur lächerlich, wenn du fest entschlossen bist, es so aufzufassen«, sagte Rennie unter Tränen. »Natürlich würdest du es so sehen, nur um Joe nicht ernst nehmen zu müssen.«

»Was soll das alles, um Himmels willen?«

»Ich wollte dich nicht wiedersehen, Jake, und das habe ich auch Joe gesagt. Er hat mir erzählt, was du gestern abend zu ihm gesagt hast, und zuerst dachte ich, du lügst von vorne bis hinten. Wahrscheinlich weißt du, daß ich dich hasse, seitdem wir miteinander geschlafen haben. Als ich Joe davon erzählt habe, habe ich nichts von dem, was wir gemacht haben, ausgelassen – kein einziges Detail –, und ich habe dir für alles die Schuld gegeben.«

»Das ist in Ordnung. Ich habe keine wirkliche Meinung zu dem Thema.«

»Aber ich kann dir nicht mehr die Schuld geben«, fuhr Rennie fort. »Es ist zu einfach, und es löst eigentlich nichts. Ich schätze, ich habe auch keine Meinung dazu – und Joe auch nicht.«

»Nicht?«

»Es hat ihm das Herz gebrochen. Mir auch. Aber er ist entschlossen, der Frage auf keinen Fall auszuweichen. Dir ist nicht klar, was das bei ihm für eine Obsession ist! In dieser letzten Woche habe ich manchmal gedacht, daß wir beide den Verstand verlieren. Diese Sache zerreißt uns! Doch Joe läßt sich lieber zerreißen, als daß er dem Ärger auf irgendeine Art aus dem Weg geht. Deswegen bin ich hier.«

»Warum?«

Sie ließ den Kopf hängen.

»Ich habe ihm gesagt, ich könne es nicht ertragen, dich wiederzusehen, egal ob es deine Schuld war oder nicht. Er wurde zornig und sagte, ich sei melodramatisch und weiche der Frage aus. Ich dachte, er würde mich wieder schlagen! Aber statt dessen beruhigte er sich wieder und … er schlief sogar mit mir und erklärte, wenn wir unser Problem jemals lösen wollten, müßten wir vor allem darauf achten, keine Version der Dinge zu erfinden, die uns davon abhalten könnte, den Tatsachen direkt ins Auge zu sehen. Im Gegenteil, wir sollten unser möglichstes tun, uns den Tatsachen ohne Vorbehalt stellen, egal wie weh es tut. Er hat gesagt, so wie es jetzt ist, sind wir besiegt, und die einzige mögliche Chance, überhaupt etwas zu retten, ist die, das Problem keinen Moment lang aus den Augen zu lassen. Ich habe ihm gesagt, ich würde sterben, wenn ich noch länger so leben müßte, wie ich es bis jetzt getan habe, und er sagte, er vielleicht auch, aber es sei der einzige Weg. Du denkst wahrscheinlich, daß das lächerlich ist.«

»Ich habe keine Meinung«, sagte ich, womit ich eigentlich meinte, daß ich widersprüchliche Meinungen hatte.

»Seiner Meinung nach sollten wir jetzt eines nicht tun, und zwar uns gegenseitig fallenzulassen. Deswegen hat er mich geschickt. Sich weigern, dich wiederzusehen – das hieße, der Sache aus dem Weg gehen.«

»Nun, ich freue mich, dich zu sehen, aber ich muß sagen, ich bin sehr dafür, jeder Sache aus dem Weg zu gehen, die sowohl schmerzhaft ist als auch unlösbar. Du nicht?«

Ich sah, daß auch sie dafür war, von ganzem Herzen sogar.

»Nein«, sagte sie entschlossen. »Ich stimme mit Joe überein.«

»Und was sollen wir jetzt machen? Über Philosophie diskutieren?«

Kopfschütteln. »Jake, sag mir bitte *ehrlich*, was du von Joe hältst.«

»Ich habe ehrlich eine Reihe von Meinungen«, sagte ich lächelnd.

»Und die sind?«

»Nun, erstens – aber nicht in der Reihenfolge der Intensität – ist er unglaublich edel.«

Rennie lachte und weinte zugleich.

»Er ist edel, stark und mutig, mehr als irgend jemand, der mir je begegnet ist. Jede Katastrophe ist für ihn eine Katastrophe für die Vernunft, für die Intelligenz und die Zivilisation, weil er die Quintessenz all dieser Dinge ist. Es gibt in den ganzen

Vereinigten Staaten niemand seinesgleichen. Davon bin ich zutiefst überzeugt.«

Rennie schmolz derart dahin, daß, hätte ich es gewollt, ich sie in diesem Moment ohne Protest hätte umarmen können.

»Zweitens«, sagte ich, »ist er absolut lächerlich. Verachtungswürdig. Ein Clown, ein Sophist und ein Rohling. Arrogant, kleinkariert, intolerant, fast grausam und sogar dumm. Er benutzt Logik und diese kindische Aufrichtigkeit gleichzeitig als Keule und Schutzschild. Man könnte auch sagen, er sei einfach verrückt, ein Monomane: Er hat die fixe Idee, mit dem Verstand könne man sämtliche Probleme lösen.«

»Aber du weißt sehr wohl, daß er auf all das etwas erwidern könnte!«

»Natürlich, er kann seine Position und seine Methode verteidigen, aber er kann dieses Problem mit seinen Mitteln nicht zufriedenstellend lösen. Aber all diese Versionen von ihm sind komplementär, weil sie extrem sind. Meine eigentliche Meinung, die aber nicht wichtiger ist als irgendeine der anderen, ist die, daß er ein klein wenig von allem ist, aber vor allem ein ziemlich belangloser Bursche, eher bedauernswert als tragisch, und eher amüsant als verachtenswert. Ein klein wenig grotesk und letztendlich nicht besonders charmant oder auch nur angenehm. Irgendwie albern und schrecklich naiv. Das ist unser Joseph. Nicht jemand, den man allzu ernst nehmen sollte, da er seine Ansichten weder brillant noch kohärent darstellen kann. Ich sollte hinzufügen, daß all diese Dinge auch für mich gelten, und noch einige mehr.«

»Jake, du weißt, daß er auf all diese Vorwürfe antworten könnte.«

»Klar. Das Schöne daran ist, daß es völlig egal ist, ob er es kann oder nicht. Es sind keine Vorwürfe, es sind Meinungen. Rennie, versteh mich bitte nicht falsch: Ich mag Joe gut leiden.«

»Du bist reichlich überheblich.«

Ich lachte. »Außer der Meinung, daß ich Joe in den meisten Dingen unterlegen bin, habe ich auch die, daß ich ihm in den meisten Dingen überlegen bin. Aber jetzt mal ehrlich: Was hat Joe wirklich im Sinn, daß er dich hier raufgeschickt hat?«

»Wir mußten uns einig sein, daß, selbst wenn du derjenige warst, der die ganze Sache ins Rollen gebracht hat, ich nicht hätte zulassen dürfen, daß du mich beeinflußt, wenn ich nicht hätte beeinflußt werden wollen. Du hast einen schwachen Moment in meinem Leben ausgenutzt, aber du hast mich nicht vergewaltigt. Ich kann Joes Feststellung nicht widersprechen, daß ich mit dir nur deswegen ins Bett gegangen bin, weil ich es letztendlich auch *wollte*, egal wie abstoßend die Vorstellung jetzt für mich ist. Also beharrt Joe darauf, daß meine augenblickliche Antipathie gegen dich an der Sache vorbeigeht. Er hat mich gefragt, wie ich mich vor drei Wochen gefühlt hätte, wenn er mir vorgeschlagen hätte, daß ich mit dir schlafe. Ich mußte zugeben, daß ich es nicht wußte. Dann hat er mich gefragt, wie ich mich fühlen würde, wenn er es jetzt vorschlagen würde, und ich sagte ihm, dieser Gedanke würde mich abstoßen. Er sagte, genau vor solchen Reaktionen müßten wir uns hüten, weil sie das Problem verschleiern. Wir müssen in dem, was wir wirklich glauben, so ehrlich wie möglich sein, und es nicht mit dem verwechseln, was unserer Meinung nach sicher und klug ist zu glauben. Wir müssen nach unseren wirklichen Überzeugungen handeln, um zu wissen, wo wir stehen. Und offenbar glaube ich – sagt Joe –, daß es für mich in Ordnung ist, mit anderen Männern zu schlafen, zumindest mit dir, ob ich es mir eingestehen will oder nicht, denn schließlich habe ich es ja getan.«

»Du meine Güte!«

»Jake, er hat mich hergeschickt, damit ich es wieder mache.«

»Aber damit bist du nicht einverstanden, oder?«

Natürlich war sie es nicht, ebensowenig wie sie fand, daß es notwendig sei, der ganzen Sache nicht aus dem Weg zu gehen, aber sie hatte sich schon darauf festgelegt, mit ihm einverstanden zu sein, nicht nur darin, sondern auch in allen anderen Punkten. Sie brauchte einen Moment, um zu antworten.

»Die Vorstellung ist mir zuwider, Jake! Alles in mir sträubt sich dagegen. Aber mit diesem Haß verhält es sich wie mit meinen Gefühlen für dich. Darauf braucht mich niemand hinzuweisen. Ich bin verloren, Jake! Ich bin nicht so stark wie Joe oder wie du. Ich bin nicht stark genug, um mich darauf einzulassen!«

Nun. Mir fiel auf, daß Joes Position zwar vollkommen unlogisch war (Rennies einmaliger Ehebruch bedeutete selbstverständlich nicht, daß sie glaubte, außerehelicher Sex wäre generell in Ordnung, sei es mit Männern im allgemeinen oder mit mir im besonderen: es bedeutete höchstens, daß sie gewillt war, es einmal zu tun), aber mir die Möglichkeit bot, sie mir anzueignen, wenn ich wollte. Es war eine große Versuchung, das Gespräch zu beenden und einfach zu sagen: »In Ordnung, da ist das Bett.« Aber ich war nicht in der Stimmung, Rennie zu quälen.

»Du bist also bereit, es zu tun?« fragte ich sie.

»Nein! Mein Gott, das ist wirklich das letzte, was ich jemals tun wollte!«

»Joe ist verrückt. Weißt du, ich könnte jetzt sagen, ich finde ihn pervers.«

»Na los, sag es. Dann brauchst du nicht versuchen, ihn zu verstehen.«

»Das hast du schön gesagt«, lachte ich. »Deine Aussage schließt jegliche Kritik aus, die irgend jemand gegen ihn aussprechen könnte! Genau wie jene Aussage, er sei so stark, daß er seine eigene Karikatur sein könnte. Mit diesen beiden Verteidigungsstrategien ist jeder unangreifbar.«

»Aber in seinem Fall sind sie wahr«, beharrte Rennie.

»Wann holt er dich wieder ab?«

»Wir haben angenommen, du würdest mich danach nach Hause fahren«, sagte sie leichthin.

»Wenn wir fertig sind?«

»Bitte, hör auf!«

»Und, bist du bereit? Ich meine, nach Hause zu fahren?«

Sie sah mich verstört an.

»Er wird dich doch nicht jedesmal untersuchen, oder?« fragte ich lachend. »Er könnte es sowieso nicht feststellen. Du brauchst nur bei deiner Pfadfinderehre zu schwören, daß wir unsere Pflicht getan haben.«

In diesem Augenblick erkannte sie zum ersten Mal ihr eigentliches Dilemma: Sie mußte sich entscheiden, ob sie mit mir ins Bett gehen sollte, was ihr zuwider war, oder Joe anlügen, was ihr ebenfalls zuwider war. Die dritte Alternative – ihre eigene Meinung durchzusetzen, indem sie sich einfach weigerte, sich seinen Entscheidungen zu beugen – überstieg offenbar ihre Kräfte.

»O Gott! Was würdest du an meiner Stelle tun, Jake?«

»Ich würde ihn zur Hölle schicken!« sagte ich fröhlich. »Ich wäre gar nicht erst hier hochgekommen. Aber da du es nun einmal getan hast, würde ich an deiner Stelle nicht zögern, ihn anzulügen. Tisch ihm ein Haufen peinlicher Einzelheiten auf. Erzähl ihm, wir haben fünfmal miteinander geschlafen und zweimal Sodomie begangen. Er hat nichts anderes verdient. Wetten, daß er dich nicht noch einmal herschickt, wenn du es nur mitreißend genug darstellst? Es ist ein alter Trick, ein schlechtes Gesetz abzuschaffen, indem man es anwendet.«

Rennie biß sich auf die Fingerknöchel und warf heftig den Kopf hin und her.

»Ich kann ihn nicht anlügen. Das kann ich nie wieder tun.«

»Dann schick ihn zum Teufel.«

»Du begreifst nicht, wie mich das hier berührt hat, Jake. Er ist nicht verrückt. Ich könnte ihn nicht mal als neurotisch bezeichnen. Ich glaube, er denkt klarer als jemals zuvor in seinem Leben. Aber hier geht es für ihn um Leben und Tod. Für uns beide. Das ist die größte Krise, die wir je hatten.«

»Was könnte er denn tun, wenn du einfach sagen würdest, daß du dieses eine Mal nicht mitziehst?«

»Ich kann mir vorstellen, daß er einfach geht, endgültig. Oder daß er sich umbringt, oder uns alle. Ich kann mir sogar vorstellen, daß er mich wieder herbringt und selbst dableibt, um sicherzugehen ...«

»Um sicherzugehen, daß du auch tust, was du angeblich tun willst? Mein Gott, ist das komisch!«

»Er würde denken, daß ich ihn vollkommen im Stich lasse. Daß ich kapituliere.«

»Na dann, laß uns in Gottes Namen ins Bett gehen. Wenn du nicht so tun kannst, als würdest du ihn ernst nehmen, dann nehmen wir ihn eben richtig ernst. Ich garantiere dir, er wird dich nicht wieder hierherschicken.« Ich stand auf. »Komm, Mädchen: Du kannst ihm all die Dinge sagen, die ich dir vorhin gesagt habe, und du wirst dabei die Wahrheit sagen. Wir werden Joe eine praktische Lektion erteilen.«

»Wie kannst du auch nur daran denken?« rief Rennie.

Um ehrlich zu sein, meine Gefühle waren ambivalent wie üblich. Rennies Konflikt war der klassische Widerstreit zwischen dem, was sie mochte, und dem, was sie für richtig hielt – genauer gesagt zwischen ihrer Abneigung, noch einmal Ehebruch zu begehen, und ihrem Widerwillen, Joe anzulügen –, mein Konflikt hingegen bestand im Widerstreit zwischen zwei Dingen, die ich für richtig hielt und die ich mochte. Ich hielt es für richtig, mich ganz zurückzuziehen in dieser Sache, die die außergewöhnliche Beziehung der Morgans derart durcheinandergebracht hatte (die ich, das kann ich hier ruhig sagen, durchaus bewundernswert fand, von der ich aber sehr wohl wußte, daß ich sie nur in sehr wenigen von meinen vielen Stimmungen genießen konnte), und doch sagte mir zugleich die Vorstellung zu, Joe in diesem Punkt recht zu geben, zum einen, weil ich ihm meine Mithilfe zugesagt hatte, zum anderen, weil ich glaubte, daß eine ordentliche Dosis seiner eigenen Medizin ihn dazu veranlassen würde, seine Verschreibung zu ändern. Und obwohl ich manchmal durchaus fähig war, mich an sexuellem Sadismus zu erfreuen, war ich in diesem Moment nicht in der seelischen Verfassung, einen Geschlechtsverkehr zu genießen, der für Rennie die reine Qual wäre. Trotzdem übte, wie ich vorhin schon erwähnt hatte, ihr Leiden einen starken körperlichen Reiz auf mich aus. Meine Schuldgefühle waren übrigens in diesem neuerlichen Melodram verlorengegangen, obwohl ich nach wie vor zugeben mußte, daß sie angemessen waren. Joes Benehmen hatte mich zu sehr erstaunt und fasziniert, als daß ich meinen Schuldgefühlen allzu viel Aufmerksamkeit schenken konnte.

»Ich beziehe hier keine Position«, erklärte ich. »Ich bin schon seit langem jemand, der den Dingen aus dem Weg geht. Ich bin dabei, egal wofür du dich entscheidest.«

»Ich kann es nicht tun!« heulte Rennie.

»Also fahren wir nach Hause.«

»Ich kann es nicht! Bitte, bitte, entweder schmeiß mich raus oder vergewaltige mich, Jake! Ich kann nichts tun!«

»Ich werde dir die Entscheidung nicht abnehmen«, sagte ich.

Das war wahrscheinlich auch sadistisch, aber es war ziemlich ehrlich. Ich hätte keines der beiden Dinge, um die sie mich gebeten hatte, wirklich aus ganzem Herzen tun können, und es ist leichter, halbherzig still dazusitzen, als dramatische Dinge halbherzig zu tun. Rennie schluchzte ganze zwei Minuten lang zusammengekauert in ihrem Sessel. Es stimmte wirklich – diese Sache zerriß sie.

Ich Ärmster – und dabei hätte man die Sache so leicht regeln können. Vielleicht würde der Mangel an Phantasie beiden Morgans zum Verhängnis werden. Ich blickte zu Laokoon auf: seine Qualen waren abstrakt und nichtssagend.

Rennies Zerfall in jenem September bot nicht oft einen unterhaltsamen Anblick

Rennies Zerfall in jenem September bot nicht oft einen unterhaltsamen Anblick, denn obwohl es – wie sie klarstellte – keineswegs selbstverständlich ist, daß jedes Individuum nur deswegen wertvoll ist, weil es einmalig ist, machte es mir trotzdem keinen Spaß, zum Unglück von Menschen beizutragen, die ich gut kennengelernt habe. Dahinter steckte nicht etwa irgendeine humanistische Gesinnung: Für die Menschheit im allgemeinen empfand ich nichts, weder positiv noch negativ, und die mißliche Lage einiger Menschen, wie zum Beispiel Peggy Rankin, berührte mich, so muß ich sagen, überhaupt nicht. Dies ist lediglich eine Beschreibung meiner Reaktionen – ich würde nicht versuchen, sie als eine Position zu verteidigen, die ich bezogen habe.

Das Problem liegt wahrscheinlich darin, daß es um so schwieriger wird, einer bestimmten Person eine Rolle zuzuweisen, die es einem ermöglicht, mit ihr in einer emotionalen Situation richtig umzugehen, je mehr man über diese Person erfährt. Kurzum, es wird immer schwieriger, Mythotherapie anzuwenden, weil man sich die Unzulänglichkeit einer jeden Rolle eingestehen muß. Existenz geht der Essenz nicht nur voran: Sie fordert im Falle des Menschen diese sogar heraus. Und sowie man einen Menschen gut genug kennt, um widersprüchliche Meinungen über ihn zu haben, ist Mythotherapie sinnlos, außer man ist nicht mehr als halbwach.

Es gab solche Momente, aber sie waren selten. Der spätere Teil des eben beschriebenen Abends war einer davon: Als ich Rennie endlich zum Bett trug (erregt von ihrem Gewicht), konnte ich es nur tun, weil meine Wachsamkeit so weit verschwunden war, daß ich die Situation als Teil eines romantischen Wettkampfes zwischen Symbolen dramatisieren konnte. Joe war die Vernunft – oder das Sein (ich bediente mich Rennies Kosmos); ich war die Unvernuft – oder das Nichtsein; und wir beide kämpften gnadenlos um Rennie, wie Gott mit Satan um die Seele des Menschen. Dieser hübsche ontologische Manichäismus würde natürlich keiner näheren Prüfung standhalten, aber er besaß den dreifachen Vorzug, daß er mir ersparte, Rennie ein Wesen zuschreiben zu müssen, das spezifischer war als ›Die menschliche Persönlichkeit‹, und daß er mir ferner ermöglichte, mit einem mephistophelischen Vergnügen Ehebruch zu begehen, und daß er mir schließlich ermöglichte, meine Beweggründe nicht zu hinterfragen, da das, was ich tat, das Wesen meines Wesens war. Erwartet man vom Teufel, daß er in sich geht?

Was Rennie betraf, so hatte sie zu diesem Zeitpunkt schon einen Zustand der Lähmung erreicht, und ich glaube, sie war richtig erleichtert, als sie mir erlaubte, ihr die Rolle der Menschheit zu geben. An welches Drama sie dachte, war nicht zu erkennen. Ich brachte sie danach nach Hause.

»Willst du nicht einen Moment reinkommen?« fragte sie matt. Doch meine Laune hatte sich mit der sexuellen Leidenschaft verflüchtigt, ich konnte nicht mehr. »Nein. Wir sehen uns später.«

Ansonsten empfand ich ein verallgemeinertes Mitleid mit den Morgans, vor allem mit Rennie. Joe bestand immerhin auf seiner Haltung, und dies zu wissen kann tröstlich sein, selbst in Fällen, wo sie zur Niederlage oder Katastrophe führt, so wie ein Bridge-Spieler ein schlechtes Blatt perfekt ausspielt oder Othello unbedacht, aber zu gut liebt. Doch Rennie hatte keine Haltung mehr, nach der sie konsequent handeln konnte, nicht einmal die Haltung, inkonsequent zu handeln, obwohl ihre Persönlichkeit, anders als meine eigene, eine Haltung zu benötigen schien, um sich selbst zu erhalten.

Im September kam sie dreimal zu mir auf mein Zimmer, einmal im Oktober. Den ersten Besuch habe ich bereits beschrieben. Der zweite, am Mittwoch der folgenden Woche, war vollkommen anders: Rennie wirkte stark, sogar fröhlich und ein wenig wild. Wir liebten uns stürmisch – sie ging sogar so weit, mich zu necken, ich sei ein weniger energiegeladener Liebhaber als ihr Mann, und danach redete sie ausgelassen eine Stunde lang bei einer Flasche kalifornischem Muskateller, die sie mitgebracht hatte.

»Mein Gott, war ich in letzter Zeit albern«, lachte sie. »So herumzuträumen und zu heulen wie ein Schulmädchen!«

»Ach was!«

»Wie konnte ich bloß diese ganze Sache so ernst nehmen? Weißt du, was mir gestern nacht passiert ist?«

»Nein.«

»Ich wurde um drei Uhr morgens wach – hellwach, so wie jede Nacht, seit diese Geschichte angefangen hat. Normalerweise fange ich an zu zittern. Und dann bleibe ich entweder die ganze Nacht auf, oder ich wecke Joe und gehe mit ihm die ganze Sache noch einmal durch. Gestern nacht bin ich wie üblich aufgewacht, der Mond schien ins Zimmer, und ich konnte Joe sehen, wie er schlief – er sieht so jugendlich aus, wenn er schläft! –, und aus irgendeinem Grund fing er an, sich im Schlaf in der Nase zu bohren!« Sie kicherte bei dem Gedanken und gab einen kleinen Rülpser von sich. »Verzeihung.«

»Natürlich.«

»Nun ja, das hat mich an den Abend erinnert, an dem wir ihn durch das Wohnzimmerfenster beobachtet haben, nur daß ich es diesmal einfach komisch fand und nicht verletzend. Und auf einmal fand ich auch unsere ganze Geschichte und wie wir damit umgegangen sind, komisch. Joe kam mir vor wie ein Teenager, der versucht, aus einer Mücke einen Elefanten zu machen. Und du warst einfach vollkommen uneffektiv. Macht dich das böse?« Sie lachte.

»Natürlich nicht.«

»Und ich war wie eine kleine Heulsuse, habe ständig geflennt und mich von euch beiden wegen so einer dämlichen Sache herumkommandieren lassen. Ich habe mich genauso gefühlt, wie wenn ich mich von den Kindern unterkriegen lasse. Wenn die Kinder den ganzen Tag schreien und sich streiten, dann rege ich mich dermaßen über sie auf, daß ich am Schluß selbst schreie und heule. Danach fühle ich mich immer blöd und schäme mich dafür. Wie können Erwachsene bloß wegen so etwas Albernem so ein Theater veranstalten? Vor allem verheiratete Leute mit Kindern?«

»Armer kleiner Koitus«, ich lächelte. Tatsächlich erzeugte Rennies gute Laune in mir ein entgegengesetztes Gefühl: Je fröhlicher sie wurde, desto trübsinniger wurde ich, und je mehr sie vorgab, die Sache leichtzunehmen, desto ernster kam sie mir vor.

»Etwas so vollkommen Unbedeutendes ernst zu nehmen! Es ist kaum einen Gedanken wert, geschweige denn deswegen seine Ehe aufs Spiel zu setzen! Ich könnte mit hundert verschiedenen Männern schlafen, das würde nichts an meinen Gefühlen für Joe ändern!«

»Nun ja«, erwiderte ich bissig, »natürlich ist nichts an sich bedeutend, aber alles, was du ernst nehmen willst, ist ernst. Es gibt keinen Grund, sich über die Ernsthaftigkeit eines anderen lustig zu machen.«

»Ach, hör auf damit!« rief Rennie. »Du bist genauso schlimm wie Joe. Ich glaube, unsere ganzen Probleme kommen daher, daß wir zuviel denken und zuviel reden. Wir reden uns ständig in unmögliche Situationen hinein, zu denen es gar nicht kommen würde, wenn wir alle einfach den Mund halten würden.« Sie trank ein weiteres Glas Wein – ihr viertes oder fünftes –, während ich immer noch an meinem ersten nippte. »Weißt du, was ich glaube? Ich glaube, nichts von all dem wäre passiert, wenn wir nicht so viel Zeit hätten. Wirklich. Du behauptest, du hast keine Ahnung, warum du ein Verhältnis mit mir angefangen hast, aber ich glaube, du hast es getan, weil dir langweilig war.«

»Tatsächlich?«

»Du hast keinen Ehrgeiz, du hast nicht sehr viel zu tun und siehst nicht besonders gut aus, du lebst alleine. Ich kann mir denken, wie du den ganzen Tag lang hier oben hockst, in deinem Schaukelstuhl schaukelst, vor dich hinträumst und irgendwelche Pläne ausheckst, einfach nur weil du dich langweilst. Ich glaube, der Schlüssel zu deiner Persönlichkeit ist der, daß du dich langweilst.«

»Ich bin nicht nur irgend etwas«, sagte ich ohne Überzeugung. »Vielleicht langweile auch ich mich, aber nicht nur.« Es war klar, daß Rennie auf eine laienhafte Art selbst Mythotherapie praktizierte: Jeder, der anfängt, vom Schlüssel zur Persönlichkeit eines Menschen zu reden, fabriziert Mythen, weil das Geheimnis der Menschen sich letztendlich nicht erklären läßt. Aber ich war im Moment zu bedrückt, um ihrer Dichtkunst mehr als oberflächliche Aufmerksamkeit zu schenken.

»Also, ich denke, du langweilst dich bloß. Es ist mir egal, was du darüber denkst. Es ist mir egal, wie ihr über die ganze Situation denkt, oder über mich. Ich nehme es nicht mehr ernst. Ich habe sogar aufgehört, darüber nachzudenken.«

»Gut für dich.«

»Das geht dir unter die Haut, nicht?« fragte sie lachend. »Es macht keinen Spaß mehr, wenn ich mich nicht mehr verletzt fühle. Nun, zum Teufel mit dir! Ich fühle mich nicht mehr verletzt. Sieh mal an, wie überrascht da einer ist. Du siehst aus, als hättest du die Hosen voll.« Die Vorstellung fand sie lustig, sie kicherte weinselig. »Joe hat heute morgen genauso ausgesehen – düster wie ein Prophet. Ihr beiden schmollt, weil euer Spiel nicht aufgegangen ist. Nimm es nicht so schwer und trink mit mir oder bring mich nach Hause.«

Ich leerte mein Glas und füllte es wieder. »Dir ist hoffentlich klar, daß ich kein Wort davon glaube.«

»Du traust dich nicht, es nicht zu glauben«, spöttelte Rennie.

»Ich traue mich nicht, und du könntest es nicht, auch wenn es um Leben und Tod ginge.«

»Das ist mir egal«, erklärte Rennie. »Wirklich egal.«

»Ich glaube auch nicht, daß Joe irgendwas davon weiß.«

»Das ist mir egal.«

»Er würde nicht böse werden. Er würde dich verlassen.«

»Das glaubst auch nur du. Dafür sind wir viel zu eng miteinander verbunden. Ich verstehe gar nicht mehr, daß ich mir überhaupt Sorgen gemacht habe, eine so alberne Sache wie diese hier könnte Joe und mich auseinanderbringen. Da müßte schon jemand anderes kommen, Jake, nicht du. Eigentlich weißt du überhaupt nichts über Joe und mich. Nicht das geringste.«

»Ich habe letztes Mal schon gesagt, daß du ihn zum Teufel jagen sollst.«

»Vielleicht jage ich euch beide zum Teufel.«

»Einverstanden, aber nimm dich vor seinem linken Haken in acht, wenn du dich dazu entschließt.«

Diese Bemerkung löschte die Wirkung von mindestens drei Gläsern Muskateller.

»Ich glaube, Joe würde mich nie wieder schlagen«, sagte sie ernsthaft.

»Dann fahr nach einer Flasche Muskateller nach Hause, kneif ihm die Nase und sag ihm, daß du so etwas Albernes wie dein Liebesleben nicht mehr ernst nehmen könntest«, schlug ich vor. »Sag ihm, das ganze Problem läge daran, daß er zuviel nachdenkt.«

»Er würde mich nicht schlagen, Jake. Das würde er nie wieder tun.«

»Er würde dir den verdammten Kiefer brechen. Sag ihm doch, er würde sich wie ein High-School-Schüler aufführen! Er wird dich k.o. schlagen, und du weißt es. Los, ich komme mit. Wenn du recht hast, dann werden wir alle darüber lachen. Wir geben uns die Hand und das Problem ist erledigt.«

Rennie war jetzt vollkommen nüchtern.

»Ich hasse dich«, sagte sie. »Du läßt einfach nicht zu, daß ich versuche, einen Moment lang wieder halbwegs glücklich zu sein? Ich kann nicht einmal so tun, als wäre ich glücklich.«

Und (*mirabile dictu),* sowie sie meinen Trübsinn übernahm, war ich seiner ledig – ich nahm sogar ihre verlorene Fröhlichkeit an und goß mir noch ein Glas Muskateller ein.

»Du fühlst dich toll, oder?« rief Rennie.

»Fröhliche menschliche Perversität. Es tut mir aufrichtig leid, Rennie.«

»Du bist aufrichtig glücklich«, sagte sie und warf den Kopf hin und her.

Doch die prekäre gute Laune von Rennie und meine unnötige Grausamkeit waren eher selten. So wie der zweite Besuch wenig Ähnlichkeit mit dem ersten gehabt hatte, war der dritte (und letzte im September) völlig anders als der zweite. Inzwischen war ich so sehr mit dem Unterricht beschäftigt, daß meine Stimmungen immer öfter ihren Ursprung im Klassenzimmer hatten. An jenem Tag, dem letzten Freitag im September, fühlte ich mich geistig sehr aufgeregt, scharfsinnig, nur weil ich in meinem Grammatikunterricht die Regeln erklärt hatte, die die Kasusformen englischer Pronomina bestimmen: Es verleiht einem ein großartiges Gefühl von Luzidität und Wohlbefinden, wenn nicht geradezu Überlegenheit, nicht nur zu sagen, sondern auch vollkommen verstehen zu können, daß prädikative Ergänzungen von Infinitivformen kopulativer Verben ohne Subjekt im Nominativ stehen, während prädikative Ergänzungen von Infinitiven kopulativer Verben mit Subjekt im Akkusativ stehen. Ich machte diese Bemerkung vor meiner Versammlung junger Gelehrter und schloß triumphierend mit den Worten: »*I was thought to be he, but I thought John to be him!* Fragen?«

»Hören Sie«, protestierte ein lästiger Bursche – natürlich im hinteren Teil der Klasse –, der so frech war, daß ich schon frühzeitig beschlossen hatte, ihn nach Möglichkeit durchfallen zu lassen, »was war zuerst da, die Sprache oder die Grammatikbücher?«

»Was wollen Sie mir sagen, Blakesley?«

»Nun, es liegt doch nahe, daß die Menschen geredet haben, bevor sie Grammatikbücher schrieben, und daß diese Bücher doch nur den Zweck hatten zu erklären, wie die Leute redeten. Wenn zum Beispiel mein Zimmergenosse telefoniert hat, dann frage ich ihn: *Who were you talking to?* Jeder in dieser Klasse würde sagen: *Who were you talking to?* Niemand sagt doch: *To whom were you just now talking?* Ich wette, nicht einmal Sie würden es sagen. Das hört sich doch komisch an, oder?« Gekicher in der Klasse. »Also, wir leben hier doch angeblich in einer Demokratie, wenn also niemand außer ein paar Profs *To whom were you just now talking to?* sagt, warum soll man weiterhin so tun, als würden alle falsch liegen außer Ihnen? Wieso ändern wir nicht die Regeln?«

Wie Joe Morgan, dieses Bürschchen: Wege sollten dort entstehen, wo Menschen gehen. Ich konnte ihn nicht ausstehen.

»Mr. Blakesley, ich nehme an, Sie essen Ihr gebratenes Hähnchen mit den Fingern?«

»Klar. Sie nicht?«

Wieder Gekicher in der Klasse, die fasziniert war von unserem Duell. Aber nach dieser letzten einfältigen Antwort waren sie nicht mehr uneingeschränkt auf seiner Seite.

»Und Ihren Frühstücksspeck? Finger oder Gabel, Mr. Blakesley?«

»Finger«, sagte er trotzig. »Klar, Finger gab es vor Gabeln, genauso wie es Englisch schon vor den Grammatikbüchern gab.«

»Aber nicht Ihre Finger, wie es so schön heißt.« Ich lächelte kühl. »Und weiß Gott nicht Ihr Englisch!« Die Klasse war vollends auf meiner Seite: Die normative Grammatik hatte gesiegt.

»Wären wir noch Wilde«, schloß ich, wobei ich mich an die ganze Klasse richtete, »stünde es Mr. Blakesley frei, wie ein Schwein zu essen, ohne dabei gegen irgendwelche Regeln zu verstoßen, weil es keine Regeln gäbe, gegen die man verstoßen könnte. Und er könnte nach Herzenslust *It sounds queer, don't it?* sagen, ohne als Analphabet zu gelten, weil die Fähigkeit zu lesen und zu schreiben und die Grammatikregeln noch nicht erfunden gewesen wären. Aber wenn erst einmal ein System von Regeln für gutes Benehmen oder Grammatik ausgearbeitet und als Norm akzeptiert worden ist, dann muß man, will man gegen sie verstoßen, auch bereit sein, gemeinhin als Wilder oder Analphabet betrachtet zu werden. Egal wie dogmatisch oder unsinnig die Regeln sind, sie stellen eine Konvention dar. Und im Fall der Sprache gibt es noch einen anderen Grund, selbst die dümmsten Regeln zu befolgen. Mr. Blakesley, worauf bezieht sich das Wort Pferd?«

Mr. Blakesley war mißmutig, aber er antwortete: »Auf das Tier, das vierbeinige Tier.«

»*Equus caballus*«, sagte ich. »Ein pflanzenfressendes Huftier. Und wofür steht das algebraische Symbol x?«

»x? Für alles. Es ist eine Unbekannte.«

»Gut. Dann kann das Symbol x für alles stehen, was wir wollen, solange es in einer gegebenen Gleichung immer für dasselbe steht. Aber Pferd ist auch nur ein Symbol – ein Laut, den wir in unseren Kehlen erzeugen, oder einige Striche auf der Tafel.

Und theoretisch könnten wir, wenn wir es wollten, damit auch etwas ganz anderes bezeichnen, oder? Ich meine, wenn Sie und ich uns darauf einigen, daß nur zwischen uns das Wort *Pferd* den Gegenstand *Grammatikbuch* bezeichnet, dann könnten wir sagen: ›Schlagen Sie Ihr Pferd auf Seite zwanzig auf.‹ Oder: ›Haben Sie heute Ihr Pferd zum Unterricht mitgebracht?‹ Und wir beide würden wissen, was wir damit meinen, oder?«

»Ich denke schon.« Mr. Blakesley wollte aus tiefstem Herzen widersprechen. Er spürte, daß er in der Falle saß und es keinen Ausweg gab.

»Natürlich. Aber niemand sonst würde uns verstehen. Doch gibt es letztlich keinen Grund, warum das Symbol *Pferd* sich nicht immer auf ein Grammatikbuch beziehen sollte anstatt auf *Equus caballus:* Die Bedeutungen von Wörtern sind meistens willkürliche Konventionen, geschichtliche Zufälle. Aber lange bevor Sie oder ich ein Wörtchen mitzureden hatte, war vereinbart worden, daß sich das Wort *Pferd* auf *Equus caballus* beziehen soll. Wenn wir also wollen, daß unsere Sätze für sehr viele Menschen verständlich sind, dann müssen wir der Konvention folgen. Wir müssen *Pferd* sagen, wenn wir *Equus caballus* meinen, und *Grammatikbuch,* wenn wir diesen Gegenstand hier auf meinem Pult meinen. Es steht Ihnen frei, gegen die Regeln zu verstoßen. Aber Sie sollten es nicht tun, wenn Sie darauf aus sind, verstanden zu werden. Wenn Sie verstanden werden wollen, dann gibt es nur einen Weg, sich von den Regeln zu lösen, nämlich sie so gründlich zu beherrschen, daß sie einem natürlich vorkommen. Das ist das Paradoxe daran: In jeder Art komplizierter Gesellschaft ist ein Mensch normalerweise in dem Maße frei, wie er die Regeln dieser Gesellschaft beachtet. Wer ist in Amerika der Freiere?« fragte ich schließlich: »Derjenige, der gegen alle Gesetze rebelliert, oder derjenige, der sie derart automatisch befolgt, daß er nie auch nur daran denken muß?«

Letzteres war natürlich eine ungeheure Wortverdrehung,

aber ich war nicht darauf aus, irgend jemand zu erbauen. Ich war darauf aus, die normative Grammatik aus den Klauen meines unverschämten Mr. Blakesley zu retten und ihn dabei, wenn möglich, zu massakrieren.

»Aber Mr. Horner«, ein besorgter junger Mann aus der ersten Reihe meldete sich. »Menschen finden doch immer bessere Wege, irgend etwas zu tun, nicht wahr? Und normalerweise müssen sie die Regeln ändern, um Verbesserungen herbeizuführen. Wenn sich niemand gegen die Regeln auflehnen würde, gäbe es keinen Fortschritt.«

Ich betrachtete den jungen Mann gütig: Er würde jeden Unsinn von mir überleben.

»Das ist ein weiteres Paradox«, sagte ich zu ihm. »Rebellen und Radikale sind stets Menschen, die erkennen, daß Regeln oft willkürlich sind, und die willkürliche Regeln nicht ertragen können. Die Anhänger der freien Liebe gehören dazu, Frauen, die Zigarren rauchen, die Typen aus Greenwich Village, die sich nicht die Haare schneiden lassen. Doch die Radikalisten einer Gesellschaft sind diejenigen, die die ganze Willkürlichkeit der Regeln und gesellschaftlichen Konventionen erkennen, aber so viel Verachtung für die Gesellschaft, in der sie leben, empfinden, daß sie jeden Unsinn mit einem Lächeln akzeptieren. Die Radikalisten sind diejenigen, die für nichts in der Welt die Gesellschaft verändern würden.«

So. Das beschäftigte diesen neunmalklugen jungen Mann sicher gewaltig. Für den Rest der Klasse war es zweifellos unverständlich, aber bei mir bewirkte es, daß sich zu meinem bereits vorhandenen Gefühl von Scharfsinn das zarte Gewürz des leicht lächelnden Widerspruchs gesellte. Die Stimmung hielt den ganzen Tag an: Ich verließ die Schule, erfüllt von der janusköpfigen Ambivalenz des Universums und wandelte durch das reizende Gleichgewicht der Welt, durch ihre allgegenwärtige Polarität bis in mein Zimmer, wo Rennie mich gegen neun Uhr abends im Schaukelstuhl vorfand, immer noch meinen Freund Laokoon anlächelnd, dessen Schönheit in seiner Grimasse lag.

Sie war nervös und still. Wir begrüßten uns, und sie stand eine Minute lang unbehaglich herum, bevor sie sich hinsetzte. Es war eindeutig eine neue Phase erreicht worden.

»Was gibt es?« fragte ich sie.

Sie gab keine Antwort und machte eine abwesende Geste mit der rechten Hand.

»Wie geht es Joe?«

»Unverändert.«

»Aha. Und wie geht es dir?«

»Ich weiß nicht. Ich glaube, ich drehe durch.«

»Hat Joe dir das Leben schwergemacht?«

Sie sah mich einen Moment lang an.

»Die ganze Woche lang war er wunderbar. Nicht so wie er kurz nach seiner Rückkehr aus Washington war. Man hätte meinen können, es wäre alles vorbei und erledigt.«

»Und warum nicht? Ich hatte mich schon am Tag danach so gefühlt.«

Sie seufzte. »Ich habe ihm gesagt, daß ich keine Lust mehr hätte und keinen Sinn mehr darin sähe, zu dir zu kommen.«

»Gut.«

»Er hat kein Wort gesagt. Er hat mich nur lange angeguckt, so daß ich am liebsten tot umgefallen wäre. Heute abend hat er dann gesagt, daß er es weitgehend als einen Teil von mir akzeptiert hätte, obwohl er nicht verstehen könne, wieso alles begonnen hatte, und er würde mich mehr achten, wenn ich konsequent bleiben und nicht bestreiten würde, was ich getan hatte. Dann hat er gesagt, daß er keine Notwendigkeit mehr sähe, darüber zu reden.«

»Na dann ist der ganze Ärger doch vorbei, oder?«

»Außer, daß ich ihm nicht glaube. Und selbst wenn ich es täte, erkenne ich mich selbst nicht mehr.«

»Das ist doch toll. Ich kenne mich nur in den seltensten Fällen.«

»Aber Joe immer. Also ist gar nichts gelöst, solange ich nicht so authentisch sein kann wie er und mich in dem, was ich tue, so deutlich wiedererkenne, wie ich ihn wiederkenne in dem, was er tut. Joe ist immer erkennbar.«

Ich lächelte. »Fast immer.«

»Du meinst das eine Mal, wo wir ihn beobachtet haben?« Sie schüttelte den Kopf. »Jake, weißt du was? Ich wünschte, ich wäre blind geworden, bevor ich in dieses Fenster sah. Damit hat alles angefangen.«

Süßer Widerspruch: »Oder man könnte sagen, damit hat alles aufgehört. Aber nur für einen Morgan würde damit alles anfangen oder aufhören. Sicher nicht für einen Horner. In meinem Kosmos ist jeder allein und niemand ist schrecklich überrascht über das, was die anderen tun.«

»Aber nicht Joe.«

»Vielleicht ist der, der sich selbst am wenigsten belügt, derjenige, der zugibt, daß wir alle nur so tun.«

Süßer, süßer Widerspruch!

»Joe und ich haben es in dieser Sache mit Marcel Proust gehalten«, sagte Rennie traurig. »Wir haben sie aus jedem möglichen Blickwinkel, der uns einfiel, betrachtet. Manchmal denke ich, habe ich noch nie etwas so grundlegend verstanden wie das hier, und dann begreife ich ein anderes Mal wieder, daß ich genauso wenig verstehe wie zuvor. Alles ist mir immer noch ein Rätsel. Es zerreißt mich, selbst wenn ich verstehe, warum es mich zerreißt.«

»Wie denkt Joe in letzter Zeit über mich?«

»Ich weiß nicht. Ich glaube, er haßt dich nicht mehr. Wahrscheinlich liegt ihm nichts mehr daran, sich mit dir abzugeben. Er denkt wahrscheinlich, dein Verhalten war typisch für dich.«

»Aber für welches Ich, um Himmels willen?« fragte ich lachend. »Und du?«

»Ich verachte dich immer noch, glaube ich«, sagte Rennie ungerührt.

»Auf der ganzen Linie?«

»Soweit ich sehen kann, ja.«

Das erregte mich. Bevor sie es sagte, hatte ich an diesem Abend kein Interesse für Rennie, aber jetzt war ich sehr an ihr interessiert.

»Ist das erst so, seitdem wir miteinander geschlafen haben?«

»Ich weiß nicht, wieviel darauf zurückzuführen ist, Jake. Im Moment glaube ich, daß ich dich vom ersten Augenblick an, als wir uns kennengelernt haben, nicht gemocht habe, aber wahrscheinlich ist das nicht der Fall. Zumindest seit unseren Reitstunden habe ich etwas für dich empfunden, und soweit ich es jetzt beurteilen kann, war es eine Art Antipathie. Abscheu ist wahrscheinlich ein besseres Wort. Ich glaube nicht an so etwas wie Vorahnungen, aber ich schwöre dir, schon seit August wünschte ich, wir wären uns nie begegnet, auch wenn ich nicht hätte sagen können, warum.«

Ich fühlte mich plötzlich wie auf einer Bergspitze, dachte weit und unbewölkt. Hundert Argusaugen hätten nicht mehr gesehen. »Wetten, daß es einen Punkt gibt, an den du und Joe nicht gedacht habt.«

»Wir haben alles in Betracht gezogen«, sagte sie.

Ich kam mir vor wie am Ende eines Romans von Ellery Queen.

»Aber nicht folgendes, was nach dem Gesetz der Sparsamkeit gut ist, weil es mit wenigen Annahmen viele Tatsachen erklärt. Es ist eigentlich ganz einfach, Rennie: Wir haben nicht bloß miteinander geschlafen, wir haben uns geliebt. Da war etwas, was du die ganze Zeit gefühlt hast und dir nicht eingestehen wolltest, nämlich daß du mich liebst.«

»Das stimmt nicht«, hauchte Rennie und sah mich angespannt an.

»Es könnte sein. Ich bin nicht eitel. Zumindest bin ich nicht nur eitel.«

»Das habe ich nicht gemeint«, sagte Rennie stockend. »Ich meinte... es stimmt nicht, daß ich es mir nie eingestanden habe.«

Jetzt lag in ihrem Blick wirkliche Abscheu, aber es war nicht zu erkennen, wen oder was sie verabscheute. Ich wurde sehr erregt.

»Das ist es, was mich kaputtmacht«, sagte Rennie. »Die Idee, daß ich die ganze Zeit über in dich verliebt gewesen sein könnte, kam mir, als ich wußte, daß ich dich verachte und eigentlich nichts für dich empfinden konnte, weil du gar nicht existierst. Ich weiß nicht, was davon stimmt.«

»Ich schätze, alles stimmt, Rennie«, schlug ich vor. »Da wir gerade dabei sind, hast du jemals daran gedacht, daß es vielleicht Joe ist, der nicht existiert?«

»Nein.« Sie wiegte den Kopf langsam hin und her. »Ich weiß es nicht.«

»Ich glaube, du brauchst keine Angst vor der Vorstellung zu haben, daß du irgendeine Art von Liebe für mich empfindest. Natürlich ergeben sich daraus keinerlei Schlüsse über deine Gefühle für Joe, es sei denn, du willst das Ganze romantisch sehen. Eigentlich sehe ich nicht, ob es überhaupt irgend etwas aussagt, außer daß die ganze Affäre weniger geheimnisvoll ist, als wir angenommen hatten, und vielleicht auch weniger schmutzig.«

Doch es war klar, daß Rennie von alldem nichts wissen wollte.

»Jake, ich kann heute abend nicht mit dir schlafen.«

»Gut, dann bringe ich dich nach Hause.«

Im Auto küßte ich sie zärtlich. »Ich finde das toll. Wirklich urkomisch.«

»Das kann man wohl sagen.«

»Hast du Joe erzählt, daß du neben allem auch das vermutet hast?«

»Nein.« Sie senkte den Blick. »Und ich werde es ihm nie sagen können. Das ist es gerade, Jake«, sagte sie und sah mich an. »Ich liebe ihn immer noch, mehr als er oder sonst jemand ahnt, aber was vorher zwischen uns war, ist einfach vorbei. Daher kann ich es nicht. Selbst wenn es gar nicht stimmt, daß ich dich liebe, allein die Möglichkeit, daß ich es könnte – die Tatsache, daß ich mir nicht sicher bin, ob ich dich nicht liebe –, zerstört alles. Das löst keine Probleme, das ist das Problem. Kannst du dir vorstellen, wie ich mich fühle, wenn er sagt, daß er unsere Affäre akzeptiert hat und so tut, als sei nichts geschehen? Ab jetzt ist die ganze verdammte Geschichte eine Lüge – und das schon seit ich mir eingestanden habe, daß ich dich lieben könnte.«

»Es muß nichts zerstört werden, Rennie.«

»Aber es ist schon das zerstört, was Joe und ich vorher hatten, und das war das Schönste, was ein Mann und eine Frau jemals haben können. Es gab keinen Platz für Lügen oder geteilte Zuneigung. Ich komme mir vor, als wäre ich um eine Million Dollar beraubt worden, Jake! Wenn ich ihn erschossen hätte, würde ich mich nicht schlechter fühlen!«

»Soll ich mit dir reinkommen?« fragte ich.

»Nein.«

»Schiebst du die Dinge nicht vor dir her?«

»Ich schiebe soviel vor mir her,« sagte sie, »wie ich kann und solange ich kann. Ich bin verzweifelt, und etwas anderes fällt mir nicht ein.«

»Vielleicht hat Joe schon von Anfang an mit dieser Möglichkeit gerechnet«, wand ich ein. »Er scheut sich nicht, alle Alternativen in Betracht zu ziehen.«

»Das würde nichts daran ändern.«

»Ich sehe einfach nicht, warum die Situation ausweglos sein soll. In meiner Welt wäre sie es nicht.«

»Das wundert mich nicht«, erwiderte Rennie. Ich war mir nicht sicher, ob sie weinte oder nicht, da es dunkel im Wagen war. Aber ich schätze, sie hat geweint. Wir blieben einige Minuten sitzen, ohne zu reden, und dann öffnete sie die Wagentür, um auszusteigen.

»Mein Gott, Jake, ich weiß nicht, wohin das alles führen wird.«

»Joe auch nicht«, sagte ich leichthin. »Das waren seine ersten Worte.«

»Versuch um Himmels willen, eines nicht zu vergessen: Wenn ich dich überhaupt liebe, dann liebe ich dich nicht nur. Ich schwöre dir, ich kann dich auf den Tod nicht ausstehen!«

»Ich werde es mir merken«, sagte ich. »Gute Nacht, Rennie.«

Sie ging ohne zu antworten hinein, und ich fuhr wieder nach Hause, um ein bißchen zu schaukeln und über diese neue Offenbarung nachzusinnen. Ich fühlte mich maßlos geschmeichelt – ich reagierte leicht und zügellos auf jede Spur von Zuneigung, die mir von Menschen zuteil wird, die ich auf irgendeine Weise bewunderte oder achtete. Nun ja, das ist vielleicht etwas vordergründig, doch der Connaisseur ist *per se* ein Haarspalter. Die Sache ist die, daß ich selbst in meiner gegenwärtigen Stimmung keinen großen Widerspruch in Rennies Gefühlen erkennen konnte. Und ich war gekränkt, daß ich es nicht konnte. Der Connaisseur – und seit halb zehn an jenem Morgen war ich einer – verlangt von einem Widerspruch, wenn er ihm dieses feine Lächeln entlocken soll, das ihn als Connaisseur kennzeichnet, daß er mehr ist als eine bloße Vieldeutigkeit, die sich aus der Ungenauigkeit bestimmter sprachlicher Begriffe ergibt. Idealerweise sollte er ein wirklich atemberaubender Gegensatz von Vorstellungen sein, deren tatsächliche Vereinbarkeit nur bei subtiler Reflexion wahrnehmbar wird. Ich fürchte, die scheinbare Ambivalenz von Rennies Gefühlen mir gegenüber war, genau wie die gleichzeitig widersprüchlichen Meinungen, die ich oft zu meinem Vergnügen vertrat, bloß eine Pseudo-Ambivalenz, deren Ursache in der Sprache lag, und nicht in den Konzepten, die von der Sprache symbolisiert wurden. Ich bin mir sogar sicher, daß das, was Rennie empfand, tatsächlich weder ambivalent noch komplex war. Es war einfach und aufrichtig wie alle Gefühle, aber wie alle Gefühle war es auch einmalig und individuell, und deswegen begann der Ärger erst, als sie versuchte, es mit einem Gattungsbegriff zu etikettieren wie *Liebe* oder *Abscheu.* Dinge kann man nur mit Gattungsbegriffen versehen, wenn man die Unterschiede, die zwischen ihnen bestehen, ignoriert. Aber es sind gerade diese Unterschiede, wenn sie wahrgenommen werden, die die Begriffe unzulänglich machen und den Laien (nicht jedoch den Connaisseur) zu der Annahme verleiten, er habe es mit einem Paradox zu tun, einer Ambivalenz, wo es sich tatsächlich nur um eine Frage von x handelt, das teils Pferd, und teils Grammatikbuch ist, und nie vollständig das eine oder das andere. Dingen Namen zuzuweisen ist dasselbe wie Menschen Rollen zu geben: Es ist zwangsläufig eine Verzerrung, aber eine notwendige Verzerrung, wenn man in der Handlung weiterkommen will, und für den Connaisseur ist es ungetrübtes Vergnügen.

Rennie liebte mich also und haßte mich! Sagen wir, sie empfand mir gegenüber x, und hüten uns zu lächeln.

Während dieser Zeit war ich Joe natürlich sehr oft in der Schule begegnet, obwohl wir keine Beziehung mehr zueinander hatten. Wenn möglich wäre ich ihm aus dem Weg gegangen, nicht etwa weil ich weniger Bewunderung oder Achtung für ihn empfand – im Gegenteil, ich empfand nur noch mehr von alledem, und dazu noch Mitgefühl –, sondern weil sein Anblick mich stets mit plötzlicher Verlegenheit und Scham erfüllte, egal was für Gefühle ich sonst hegte. Wie Joe kein Bedauern für etwas zu empfinden, was man in der Vergangenheit getan hat, erfordert zumindest ein starkes Bewußtsein von der eigenen persönlichen Einheit, und ein derartiges Gefühl hat mir immer gefehlt. Tatsächlich würde ich den Konflikt zwischen individuellen Ansichten, die nach Joes Eingeständnis der Ursprung seines eigenen Subjektivismus waren, noch weiter führen, denn Subjektivismus impliziert ein Ich, und wo man eine Pluralität von Ichs empfindet, ist man demselben Konflikt auf einer inneren Ebene ausgesetzt, wobei jedes einzelne Ich dieselbe unwiderlegbare Gültigkeit für seine eigene spezifische Ansicht beansprucht, die in Joes System Individuen und Institutionen für sich beanspruchen können. Ausgehend von dem klarsten Bild, das ich von mir selbst habe, ist mit anderen Worten das Individuum genausowenig individuell wie das Atom unteilbar: Es kann weiter gespalten werden, und der Subjektivismus wird erst verständlich werden, nachdem man das Subjekt lokalisiert hat. Ich will behaupten, daß ich von ganzem Herzen der Lebensphilosophie der Morgans zustimmen würde, wenn ich nicht den Eindruck hätte, daß es so ist. Wenn ich sage, daß ich ihr manchmal zustimme und manchmal auch nicht, sehe ich darin eigentlich keine größere Ungereimtheit als die, die in der Feststellung liegt: »Manche Leute sind mit Morgan einer Meinung, andere nicht.« Wenn ich mich also bei den Begegnungen mit Joe auf dem Flur, in der Kantine oder in meinem Büro schämte für den Ärger, den ich ihm bereitet hatte – wenn ich vor meinem Gewissen den Ehebruch nicht nur bedauerte, sondern auch ablehnte –, fühlte ich eigentlich, daß ich nie tun würde, was Jacob Horner getan hatte: Ich empfand keinerlei Identität mit diesem dummen Burschen. Aber ich machte es mir zur Ehrensache (an die der eine oder andere Horner glaubte), diesen Pluralismus nicht in Anspruch zu nehmen, aus Angst, Joe könnte es als einen Akt der Verteidigung interpretieren.

Nur einmal hatten wir etwas, was man als ein Gespräch bezeichnen könnte. Es war kurz vor Monatsende, als er mich zufälligerweise alleine in meinem Büro sitzen sah und hereinkam, um sich für ein paar Minuten zu unterhalten. Wie immer sah er frisch, klug, sauber und scharfsinnig aus.

»Mr. MacMahon beschwert sich, daß seine Pferde zu fett werden«, sagte er. »Wie kommt es, daß du deine Reitstunden aufgegeben hast?«

Ich errötete. »Ich dachte, der Kurs sei vorbei.«

»Willst du nicht wieder anfangen? Es macht ihm viel Umstände, sich die Zeit zu nehmen, die Pferde so viel zu bewegen, wie sie es brauchen.«

»Nein, ich denke nicht. Ich habe irgendwie das Interesse verloren, und ich glaube nicht, daß es Rennie viel Spaß machen würde.«

»Meinst du? Warum sollte es ihr denn keinen Spaß machen?«

Ich vermochte in seinem Ton keine Bosheit zu erkennen, aber ich konnte mich des Eindrucks nicht erwehren, daß er mich in Verlegenheit bringen wollte.

»Du weißt schon warum, Joe. Wieso schlägst du es denn vor?« Ich war plötzlich an Rennies Stelle empört. »Ich fühle mich sehr unwohl dabei, dich zu kritisieren, aber ich verstehe nicht, warum du so entschlossen bist, alles zu tun, damit sie sich noch schlechter fühlt, als sie es ohnehin schon tut.«

Er schob sich heftig die Brille die Nase hoch.

»Mach dir wegen Rennie keine Sorgen.«

»Du meinst, es ist ein bißchen spät damit anzufangen, rücksichtsvoll zu sein. Da gebe ich dir recht. Aber wenn du nicht darauf aus bist, sie zu bestrafen, dann verstehe ich nicht, warum du sie nötigst, zu mir aufs Zimmer zu kommen.«

»Ich bin nicht darauf aus, irgend jemand zu bestrafen, Jake. Und das weißt du. Ich bin bloß darauf aus, sie zu verstehen.«

»Siehst du denn nicht, daß sie ziemlich am Ende ist? Ich bin überrascht, daß sie überhaupt so lange durchgehalten hat.«

»Sie ist ziemlich stark«, erwiderte Joe lächelnd. »Dir ist wahrscheinlich nicht klar, daß Rennie und ich in den letzten paar

Wochen in gewisser Weise so glücklich waren wie schon lange nicht mehr.«

»Wie das?«

»Zum einen habe ich meine Dissertation beiseite gelegt, seitdem das hier angefangen hat, wir hatten also mehr Zeit füreinander und sprachen zwangsläufig mehr als je zuvor über uns.«

Ich war entsetzt. »Du kannst doch nicht behaupten, daß sie glücklich war.«

»Wahrscheinlich nicht so, wie du es meinst, nein. Unbeschwert waren wir sicher nicht, aber man kann ziemlich glücklich sein, ohne unbeschwert zu sein. Es geht darum, daß wir intensiv und objektiv miteinander umgegangen sind – uns so tief wie wir konnten gegenseitig erforscht haben. Und wir waren viel an der frischen Luft, weil wir deswegen nicht unsere Gesundheit ruinieren wollten. Wir waren wahrscheinlich einander sehr viel näher als jemals zuvor, egal ob wir nun weitergekommen sind oder nicht.«

»Glaubst du, ihr seid weitergekommen?«

»Gelernt jedenfalls haben wir einiges. Zum einen haben wir viele Bande gefunden, derer wir uns vorher nicht bewußt waren, so daß wir uns wahrscheinlich nicht trennen würden, selbst wenn sich die Sache nicht wieder einrenkt. Ich bezweifle, daß ich sie noch so achte wie zuvor – wie könnte ich auch? Jedenfalls nicht für die gleichen Sachen. Aber sie hat sich in dieser Sache wirklich gut geschlagen. Die meiste Zeit über war sie sehr stark, und das finde ich gut. Was hältst du zur Zeit von meiner Freundin Rennie?«

»Ich?« Ich hatte mir keine besonderen Gedanken darüber gemacht, was ich von ihr hielt, zumindest nicht seit ihrer Offenbarung zwei Abende zuvor. Jetzt mußte ich schnell nachdenken. »Ach, ich weiß nicht genau«, sagte ich, um Zeit zu gewinnen.

»Du mußt vorher ein seltsames Bild von uns gehabt haben. Und ich würde gerne wissen, wie du jetzt über sie denkst. Bist du empört über sie, weil sie nicht weiß, wie sie sich fühlt?«

Ich lehnte mich in meinem Stuhl zurück und betrachtete den Rotstift, mit dem ich Grammatikübungen korrigierte.

»Im Gegenteil«, sagte ich, »es könnte sein, daß ich mich in sie verliebt habe.«

»Wirklich?« erwiderte er, und sein Gesicht leuchtete vor Begeisterung auf.

»Es würde mich nicht wundern. Vor ein paar Tagen war es jedenfalls so. Im Moment fühle ich es nicht mehr so stark, aber auf der anderen Seite fühle ich auch nicht, daß ich nicht verliebt bin.«

»Das ist großartig!« sagte Joe und lachte, womit er, wie ich annahm, eigentlich meinte: *Das ist interessant.* »Hast du das auch gefühlt, als du das erste Mal mit ihr geschlafen hast? Du hättest es ruhig sagen können.«

»Nein, da habe ich es nicht empfunden.«

»Weiß Rennie davon?«

»Nein.«

»Was empfindet sie für dich?«

»Es ist noch nicht allzu lange her, da hat sie mich verachtet. Vor einer Woche noch hat sie gesagt, ich sei ihr egal.«

»Liebt sie dich?« fragte er mit einem Lächeln.

Nun habe ich die ganze Zeit behauptet, Joe sei ohne Arglist, aber eigentlich kann man unmöglich glauben, ein Mann könne ohne Arglist sein. Vielleicht tue ich ihm sehr unrecht, daß ich seinem offenen Lächeln und seiner klaren Stirn nicht trauen konnte, aber ich gestehe, daß ich es nicht tat.

»Ich bin mir ziemlich sicher, daß sie mich verachtet«, sagte ich.

Joe seufzte. Er saß neben mir in einem Drehstuhl, und jetzt legte er die Füße auf den Schreibtisch vor ihm und verschränkte die Hände hinter dem Kopf.

»Hast du jemals in Betracht gezogen, daß ich vielleicht schuld an dieser ganzen Sache bin? Eine Menge Dinge ließen sich erklären, wenn du einfach sagen würdest, daß aus irgendeinem perversen Grund ich die ganze Sache eingefädelt habe. Das wäre eine Möglichkeit unter anderen. Was meinst du?«

»Aus Perversität? Ich weiß nicht, Joe. Wenn irgend etwas pervers ist, dann, daß du Rennie jetzt zu mir schickst.«

Er lachte. »Ich schätze, man könnte alles, was ich getan habe, um euch beide zu ermuntern, als pervers bezeichnen, jetzt wo wir wissen, was passiert ist. Wenn irgend etwas davon tatsächlich pervers war, dann nur unbewußt. Aber du kannst doch nicht wirklich glauben, daß ich nur darauf bestehe, daß sie hier zu dir hochgeht, weil ich pervers bin. Das mache ich eigentlich nur, um sie zu prüfen. Sie muß sich ein für allemal klar darüber werden, was sie für dich und mich und für sich selbst empfindet, und du weißt genausogut wie ich, daß sie diese Geschichte sehr schnell verdrängen würde, wenn diese Besuche bei dir nicht stattfinden würden.«

»Glaubst du nicht, daß du damit die Wunden offen hältst?«

»Wahrscheinlich mache ich genau das. Aber in diesem Fall müssen wir die Wunde offen halten, bis wir wissen, was für eine Wunde es ist und wie tief sie geht.«

»Ich glaube, daß es bei Wunden eher darauf ankommt, sie zu heilen, egal wie.«

»Du steigerst dich zu sehr in deine Analogie hinein«, bemerkte Joe lächelnd. »Es ist keine körperliche Wunde. Wenn du sie ignorierst, mag es den Anschein haben, als würde sie verschwinden. Aber in einer Beziehung zwischen zwei Menschen werden Wunden wie diese nicht dadurch geheilt, daß man sie ignoriert – sie brechen wieder auf, wenn du das tust.« Er wechselte das Thema. »Du liebst Rennie also?«

»Ich weiß nicht. Es kam mir ein- oder zweimal so vor.«

»Würdest du sie heiraten, wenn sie nicht mit mir verheiratet wäre?«

»Ich weiß es nicht. Ehrlich.«

»Wie würdest du es aufnehmen, wenn es sich herausstellt,

daß eine dauerhafte sexuelle Beziehung zwischen dir und Rennie die beste Lösung für diese ganze Sache wäre? Ich meine, eine Dreiecksbeziehung ohne Konflikte, Geheimnisse oder Eifersucht.«

»Ich glaube, das wäre keine Lösung. Ich bin der Typ, der mit so was wahrscheinlich leben könnte, aber ich glaube, weder Rennie noch du könnten es.« Tatsächlich stellte ich mit Interesse fest, daß ich allein schon bei der Erwähnung des Wortes »Heirat« und »dauerhafter sexueller Verbindung« des Gedankens an Rennie überdrüssig wurde. Fröhliche menschliche Perversität! Es steckte wenig von einem Ehemann in mir.

»Ich auch nicht. Was ist dann die Lösung, Jake? Sag es mir.«

Ich schüttelte den Kopf.

»Soll ich euch beide erschießen?« fragte er mit einem Grinsen. »Ich besitze einen fünfundvierziger Colt und etwa ein Dutzend Kugeln. Als Rennie und ich mit dieser Sache erstmals konfrontiert wurden, habe ich den alten Colt aus dem Keller ausgegraben, ihn geladen und auf das Regal im Wohnzimmerschrank gelegt, falls einer von uns ihn gegen sich oder jemand anderen gebrauchen wollte.«

Diese Bemerkung begeisterte mich. Vielleicht war es doch Joe Morgan, den ich liebte. Er erhob sich und klopfte mir freundlich auf die Schulter.

»Keine Antworten, oder?«

Ich schüttelte den Kopf. »Keine Ahnung, was ich sagen soll, Joe.«

»Na ja«, sagte er, streckte sich und ging zur Tür hinaus. »Er liegt immer noch da im Wandschrank. Vielleicht werden wir ihn ja doch noch gebrauchen.«

Der 45er Colt, der vom Militär der Vereinigten Staaten als Seitenwaffe verwendet wird, ist eine große, schwere, mörderisch aussehende Pistole. Ihr Rückstoß läßt den Arm des Schützen nach oben fahren, und das dicke Bleigeschoß, das sie abfeuert, hat eine Einschlagskraft, die den Getroffenen umwirft. Während der nächsten drei oder vier Tage konnte ich an nichts anderes als an diese Waffe denken. Ich dachte an sie, so wie Joe und Rennie daran gedacht haben müssen, daß sie dort unübersehbar in ihrem Wohnzimmerschrank all die Tage und Nächte hindurch wartete, während die beiden jede Einzelheit des Ehebruchs analysiert hatten – darauf wartete, daß irgend jemand zu einer Schlußfolgerung kam. Kein Wunder, daß Rennie schlaflose Nächte hatte! Auch ich konnte nicht schlafen, nachdem jenes Gerät so beiläufig in die Geschichte eingeführt worden war. Selbst in meinem Zimmer verkörperte es erschreckend gegenwärtig eine konkrete Alternative: Durch ihre Existenz verlagerte sich das Spiel sozusagen auf ein anderes Spielfeld, würzte meine sämtlichen Betrachtungen zu dem Thema mit einer Unmittelbarkeit, die die Morgans sicher von Anfang an gespürt hatten, die ich in meiner Isolation aber nicht wahrnehmen konnte.

Ich träumte Tag und Nacht von dieser Pistole. In meiner Phantasie sah ich sie ständig als photographische Nahaufnahme, wie sie hart und flach dort im Dunkeln des Schrankregals lag, während durch die Tür die undeutlichen Stimmen von Joe und Rennie drangen, die immerfort redeten. Redeten, redeten, redeten. Ich hörte den Ton ihrer Stimmen – Rennies abwechselnd gefaßt und verzweifelt, Joes stets ruhig und vernünftig, Stunde um Stunde, bis ihr Klang zu einem Alptraum wurde. Ich bin sicher, nichts hat je so sehr meinen Kopf in Anspruch genommen wie die Vorstellung von jener Pistole. Sie nahm Erscheinungen an, die so unterschiedlich waren wie Laokoons Lächeln, doch unendlich zwingender und natürlich endgültiger. Und diese Endgültigkeit war der Grund, daß der Gedanke an die Pistole sich so beharrlich in mir festsetzte. Er begleitete mich die ganze Zeit.

Und es war wie ein wahr gewordener Alptraum, als ich kurze Zeit später mit dieser Waffe in meinem Zimmer konfrontiert wurde. Im Geiste hatte sie es bereits in Besitz genommen, und deswegen wurde ich blaß, denn abstrakte Angst vor Pistolen habe ich keine. Rennie kam um acht, nachdem sie mich eine Stunde zuvor angerufen und mir gesagt hatte, daß sie mich sehen wolle. Zu meiner Überraschung kam Joe mit ihr, und mit Joe kam in einer Papiertüte die Pistole. Ich hatte den Eindruck, daß Rennie geweint hatte – ihre Wangen waren weiß und ihre Augen geschwollen –, doch Joe wirkte gut gelaunt. Nachdem er meinen Gruß erwidert hatte, nahm er die Pistole aus der Tasche und legte sie behutsam auf einen kleinen Standaschenbecher, den er in die Mitte des Zimmers stellte.

»Da ist sie, Jacob«, sagte er mit einem Lachen. »Alles, was wir haben, gehört dir.«

Ich bewunderte die Pistole, ohne sie zu berühren, und fiel kurz in Joes Lachen über seine geschmacklose Geste ein und wurde, wie schon gesagt, blaß. Es war ein beeindruckendes Gerät, sogar genauso groß, wie ich es mir vorgestellt hatte, und es sah auch kein bißchen weniger endgültig aus. Joe beobachtete mich.

»Wie wäre es mit einem Bier?« fragte ich. Je mehr ich mir vornahm, meine Angst nicht zu zeigen – Angst war das letzte, was ich als Möglichkeit in den Raum stellen wollte –, desto deutlicher machte sie sich in meiner Stimme und meinem Benehmen bemerkbar.

»In Ordnung. Du auch Rennie?«

»Nein danke«, sagte Rennie mit einer Stimme, die ziemliche Ähnlichkeit mit meiner hatte. Sie saß in dem gepolsterten Sessel am vorderen Fenster, und Joe an der Kante meines monströsen Bettes, so daß wir, als ich die Bierflaschen geöffnet und den einzigen verbleibenden Platz, meinen Schaukelstuhl, eingenommen hatte, auf höchst peinliche Weise ein vollkommenes gleichseitiges Dreieck bildeten, die Pistole in der Mitte. Joe bemerkte es im gleichen Augenblick wie ich. Für sein Lachen kann ich nicht bürgen, meines jedoch war nicht fröhlich.

»Und, was gibt es Neues?« fragte ich ihn.

Joe schob seine Brille auf die Nase zurück und schlug die Beine übereinander. »Rennie ist schwanger«, sagte er ruhig.

Wenn ein Mann mit einer Frau geschlafen hat, ganz gleich unter welchen Umständen, wirkt diese Nachricht immer wie der Tritt eines Pferdes. Die Pistole lag auffälliger und bedrohlicher da denn je, und es dauerte einige Sekunden, bis ich soweit wieder zu Sinnen kam, daß ich erkannte, daß ich keinen Grund zur Besorgnis hatte.

»Herzlichen Glückwunsch!«

Joe lächelte weiter, wenig herzlich, und Rennie richtete den Blick auf den Teppich. Für einen Weile sagte niemand etwas.

»Ist etwas nicht in Ordnung?« fragte ich, ungewiß, wovor man Angst haben sollte.

»Na ja, ich schätze, wir sind nicht sicher, wem zu gratulieren ist«, sagte Joe ruhig.

»Wieso nicht?« Mein Gesicht brannte. »Ihr habt doch nicht etwa Angst, daß ich der Vater bin, oder?«

»Ich habe vor nichts Angst«, sagte Joe. »Aber du könntest der Vater sein.«

»Darüber brauchst du dir keine Sorgen zu machen, Joe, glaub mir.« Ich blickte etwas verwundert zu Rennie, von der ich erwartet hatte, daß sie sich hüten würde, die Dinge unnötig zu komplizieren.

»Du meinst, weil du jedesmal ein Präservativ benutzt hast. Das weiß ich. Ich weiß sogar, wie oft du sie gebrauchst und welche Marke es war, Jake.«

»Was, zum Teufel, ist dann das Problem?«

»Das Problem ist, daß ich auch jedesmal eins benutzt habe – sogar von derselben Marke.«

Ich war wie vor den Kopf gestoßen. Und dort lag die Pistole.

»Falls«, fuhr Joe fort, »wie mir meine Freundin Rennie versichert, dieses Dreieck nie ein Viereck war und falls ihr Frauenarzt nicht lügt, wenn er sagt, daß Präservative etwa zu achtzig Prozent sicher sind, dürften die Glückwünsche eher uns beiden gelten. Wenn alles mit rechten Dingen zugeht, besteht sogar eine Chance von eins zu vier, daß du tatsächlich der Vater bist.«

Weder Joes Stimme noch seine Stirn verrieten, was er von dieser Möglichkeit dachte.

»Wie sicher bist du, daß du schwanger bist?« fragte ich Rennie. Zu meinem Kummer klang meine Stimme unsicher.

»Ich – ich bin ziemlich spät dran«, sagte Rennie und räusperte sich ein paarmal. »Und ich habe mich in den letzten zwei Tagen öfters übergeben.«

»Nun ja, du hast schon mal gedacht, du wärst schwanger.«

Sie schüttelte den Kopf. »Da hatte ich mich nur in etwas hineingesteigert.« Sie mußte einen Moment warten, bevor sie fortfahren konnte. »Damals wollte ich schwanger werden.«

»Es gibt wenig Zweifel«, sagte Joe. »Hat keinen Zweck, sich Hoffnungen zu machen. Die Frauenärzte legen sich im ersten Monat nie fest, aber Rennie kennt ihre Symptome.«

Ich seufzte unsicher. Joe machte immer noch keine Anstalten, seine Gefühle offen zu zeigen. »Mann, das macht die Sache ja ziemlich kompliziert, oder?«

»Tut es das? Wieso macht es denn die Sache deiner Meinung nach kompliziert?«

»Ich schätze, das hängt davon ab, wie ihr euch fühlt.«

»Wieso? Hör zu, Horner, du solltest dich entscheiden, was du für einen Standpunkt einnehmen willst. Rennie ist genauso weit weg von mir wie von dir.«

»Wir hätten die Möglichkeit natürlich in Betracht ziehen sollen,« bemerkte ich vorsichtig.

»Willst du damit nicht eigentlich sagen, daß *ich* die Möglichkeit hätte in Betracht ziehen sollen, als ich Rennie hierher geschickt habe? Ich habe mit allem gerechnet. Was nicht heißt, daß mir die Vorstellung gefällt, daß sie von dir schwanger ist. Die Vorstellung gefällt mir überhaupt nicht, wenn du es wissen willst, und ich war eigentlich nicht darauf aus, daß es passiert. Aber sowie ich erfahren hatte, daß du sie gevögelt hast, habe ich die Möglichkeit in Betracht gezogen. Und wenn ihr es nicht getan habt, dann seid ihr sehr dumm.«

»Das ist eine Möglichkeit, die ich niemals in Betracht ziehen würde.« Ich lächelte reuevoll. »Ein Junggeselle würde ein einsames Leben führen, wenn er dies täte.«

»Was der Himmel vermeiden möge.«

Ich zuckte die Achseln. Ich war mir unsicher, inwieweit ich das Recht hatte, mich über seine Art zu ärgern. Die Sache war zu kompliziert. Für eine Weile sagte niemand etwas. Joe kaute träge an seinem Daumennagel, Rennie starrte immer noch auf den Teppich, und ich versuchte, nicht an die Pistole zu denken.

»Was schlägst du vor, Joe?«

»Sag nicht so etwas«, protestierte er. »Das ist nicht alles auf meinem Mist gewachsen. Was schlägst *du* vor?«

»Also ich kann dazu nichts sagen, bevor ich nicht weiß, ob ihr das Kind behalten oder es zur Adoption freigeben wollt. Ihr wißt, daß ich für den Frauenarzt und das Krankenhaus bezahlen würde, und für den Unterhalt des Kindes, falls ihr beschließt, es zu behalten. Wenn es adoptiert werden soll, werde ich helfen, wo ich kann. Wenn ich das Kind selbst großziehen könnte, würde ich es tun.«

»Aber du kannst dich nicht für Rennie übergeben oder die Wehen mit ihr teilen.«

»Nein, das kann ich nicht.«

»Du vereinfachst die Dinge zu sehr, wenn du von der Voraussetzung ausgehst, daß ich beschließe, das Kind zu behalten. Damit wird es zu meiner Verantwortung. Du sagst, du bist bereit, die Kosten zu tragen, aber das bedeutet gar nichts, und das weißt du ganz genau. Ein praktisches Problem daraus zu machen, wie zum Beispiel ein Geldproblem, ist zu einfach. Ich wäre viel glücklicher, wenn du deinen Teil der Verantwortung übernehmen würdest. Du brauchst mir den ganzen Mist überhaupt nicht abzunehmen.«

»Wie stelle ich das an, Verantwortung übernehmen?« fragte ich. »Ich bin bereit dazu.«

»Dann bezieh endlich mal Stellung, verdammt noch mal, und bleib dabei, damit wir wissen, mit wem wir es zu tun haben! Überlaß nicht immer alles mir. Was denkst *du* denn, was ich tun soll? Sag du doch Rennie, was sie tun soll. Und wir sagen dir, was du tun sollst. Dann können wir wenigstens an dem Problem arbeiten.«

»Ich habe keine Meinungen, Joe«, sagte ich geradeheraus. Das Problem war natürlich, daß ich wie üblich zu viele Meinungen hatte. Ich war auf jedermanns Seite.

Joe sprang von dem Bett auf, schnappte sich die Pistole und richtete sie auf mein Gesicht.

»Wenn ich dir sagen würde, daß ich jetzt gleich abdrücken werde, würdest du darüber irgendeine Meinung haben?«

Mir wurde schlecht. »Mach schon, drück ab.«

»Unsinn. Dann bräuchtest du dich nie mehr irgend etwas zu stellen.« Er legte die Pistole auf den Ständer zurück. Rennie hatte die Szene mit Tränen in den Augen verfolgt, aber sie weinte für keinen von uns beiden.

»Und was willst *du* tun?« herrschte Joe sie an, und als sie den Kopf hin- und herwarf, sah ich, daß auch seine Augen feucht wurden, obgleich seine Miene sich nicht veränderte. Es gab kein Bündnis gegen mich.

»Mir ist alles egal«, sagte Rennie. »Mach, was du willst.«

»Einen Dreck werde ich tun!« brüllte Joe und Tränen liefen ihm über die Wangen. »Ich werde weder dir noch ihm das Denken abnehmen. Denk für dich selbst, oder ich will nichts mehr mit dir zu tun haben! Das ist mein Ernst!«

»Ich will das Kind nicht«, sagte Rennie zu ihm.

»Willst du es zur Adoption freigeben?«

Sie schüttelte den Kopf. »Das würde nicht funktionieren. Nachdem ich es neun Monate in mir getragen hätte, würde ich es lieben, und ich will es nicht lieben.«

»Gut, da ist die Pistole. Erschieß dich.«

Rennie sah ihn traurig an. »Ich werde es tun, wenn du es willst, Joe.«

»Einen Dreck will ich!«

»Wolltest du damit sagen, daß du abtreiben willst, Rennie?« fragte ich.

Rennie nickte. »Ich will dieses Kind loswerden. Ich will es nicht austragen.«

»Wo, zum Teufel, willst du hier in der Gegend einen Arzt finden, der eine Abtreibung vornimmt?« fragte Joe angewidert. »Wir sind hier nicht in New York.«

»Ich weiß es nicht«, sagte Rennie. »Aber ich werde dieses Kind nicht behalten. Ich will es nicht.«

»Willst du zu Dr. Walsh gehen, so wie beim letzten Mal, und dich von ihm beleidigen lassen?« wollte Joe wissen. »Er wird dich hinauswerfen! Ich glaube nicht, daß es in diesem Bezirk auch nur einen Arzt gibt, der Abtreibungen vornimmt.«

»Entweder ich treibe ab oder ich erschieße mich«, sagte Rennie. »Ich habe mich entschieden.«

»Nun gut, das klingt mutig, Rennie, aber denk mal genau darüber nach: Du kennst keine Ärzte dieser Art hier in der Gegend, oder?«

»Nein.«

»Und du kennst auch keine in Baltimore oder Washington oder sonstwo. Und du kennst auch niemand, der mal abgetrieben hat, oder?«

»Nein.«

»Nun, du sagst, daß du entweder abtreibst oder dich erschießt. Aber wo willst du einen Arzt finden?«

»Ich weiß es nicht!« rief Rennie.

»Verdammt noch mal, wenn es jemals einen Zeitpunkt gab, an dem wir einen klaren Kopf bewahren mußten, dann jetzt, aber du konzentrierst dich nicht. Du entwirfst Alternativvorschläge, die dir gar nicht offenstehen.«

Rennie gab einen kleinen Schrei von sich und eilte zu dem Ständer, aber da ich genauso wie Joe gesehen hatte, was sie vorhatte, war ich vorbereitet. Ich hechtete aus meinem Schaukelstuhl nach der Pistole – und landete knapp davor (körperliche Koordination war nie meine Stärke gewesen), aber meine Finger erreichten den Rand des Ständers, den ich samt der Pistole mit mir umriß. Rennie erwischte mich mit ihrem Schuh am Kopf (ein betäubender Schlag) und fiel auf die Knie. Sie griff nach der Pistole, die auf meinem linken Schulterblatt gelandet und neben meine Achselhöhle gerutscht war. Indem ich mich auf sie legte, konnte ich sie lange genug außerhalb von Rennies Reichweite halten, um sie mir selbst zu greifen. Dann wehrte ich Rennie so lange ab, bis ich wieder auf die Beine kam. Sie unternahm keinen Versuch, sie mir zu entwenden, sondern setzte sich statt dessen in ihren Sessel und vergrub das Gesicht in den Händen. Erschüttert ließ ich den Rauchständer liegen, wo er war, und behielt die Pistole.

»Ihr seid beide verrückt!« sagte ich.

Joe hatte sich nicht bewegt, obwohl auch er sichtlich erschüttert war.

»Erklär mir, warum, Horner«, verlangte er mit bewegter Stimme.

»Einen Dreck werde ich tun«, sagte ich. »Willst du, daß sie sich den Kopf wegpustet?«

»Ich will, daß sie selbständig denkt«, sagte Joe. »Da du sie daran gehindert hast, mußt du anderer Meinung sein. Oder willst du bloß, daß es keine Sauerei in deinem Zimmer gibt? Ist es dir lieber, wir gehen nach Hause und erledigen die Sache da?«

»Um Himmels willen, Joe, liebst du deine Frau oder nicht?«

»Du weichst der Frage aus. Liebst *du* sie? Hast du sie deswegen daran gehindert?«

»Im Moment liebe ich niemand. Ihr seid beide verrückt.«

»Hör auf, Dinge zu sagen, die du nicht erklären kannst. Würdest du sie zwingen, ein Kind zu bekommen, das sie nicht haben will?«

»Es ist mir egal, was ihr beide macht, aber die Pistole bleibt bei mir.«

»Du redest Unsinn«, sagte Joe aufgebracht. »Du weigerst dich, nachzudenken. Du redest immer noch von *uns beiden,* obwohl du weißt, daß das eine Verzerrung der Tatsachen ist. Du sagst, es ist dir egal, was Rennie tut, aber du nimmst ihr die Möglichkeit, eine Wahl zu treffen. Du tust alles, was du kannst, um Verwirrung zu stiften.«

»Was zum Teufel willst du eigentlich?« brüllte ich.

»Ich will, daß du alles vergißt, was nicht zur Sache gehört!« sagte Joe grimmig. »Menschen handeln, wenn sie bereit sind, egal ob sie nachgedacht haben oder nicht, und wenn es eine Sache gibt, für die ich dich umbringen würde, Horner, dann dafür, daß du alles so durcheinanderbringst, daß wir handeln müssen, bevor wir nachgedacht haben, oder du uns bei so etwas Wichtigem wie dem hier die Entscheidungsfreiheit nimmst. Denk bloß nicht, daß ich das nur so dahersage: Ich würde dich dafür umbringen.«

»Und was gehört nicht zur Sache?«

»Zum einen gehört nicht zur Sache, daß du ständig vereinfachst. Mich als Ehemann zu fragen, wie ich dazu stehe. Von Rennie und mir zu sprechen, als gäbe es eine Verschwörung gegen dich. Ihre Handlungen zu vereiteln. Von Perversität und Verrücktheit zu reden.«

»Verdammt noch mal, Joe, wenn ich nicht gesprungen wäre, wäre sie jetzt tot! Wärst du damit zufrieden?«

»Wir spielen hier keine Spielchen, Jake! Vergiß alle Filme, die du gesehen hast, und alle Romane, die du gelesen hast. Vergiß alles bis auf dieses Problem. Alles andere verwirrt nur. Und hör auf, mich so anzusehen, als wäre ich ein Ungeheuer!« Er verlor die Beherrschung. »Wenn du jemals jemandem begegnet bist, der über diese Dinge nüchtern nachgedacht hat, dann bin ich es, verdammt noch mal! Wenn es dich interessiert, dann solltest du auch wissen, daß auch wir beide wahrscheinlich tot wären, wenn Rennie sich erschossen hätte. Aber ich hätte sie nicht davon abgehalten. Du bist noch niemandem begegnet, der wirklich eine Frau geliebt hat, Horner. Sie lieben doch alle nur die Bilder in ihrem Kopf. Wenn ich Rennie nicht lieben würde, glaubst du, ich könnte hier einfach so sitzen bleiben, wenn sie nach der Pistole greift? Um Himmels willen, Horner, mach endlich die Augen auf! Sperr doch einmal deine gottverdammten Augen auf und versuch, jemanden zu verstehen!«

»Willst du, daß ich die Pistole auf den Tisch zurücklege?«

»Hör auf, mich ständig zu fragen, was ich will!«

Ich war ratlos.

»Hier«, sagte ich und hielt Joe die Pistole hin. »Wenn du so unbedingt nach deinen Prinzipien handeln willst, dann leg du sie zurück.«

Joe nahm die Pistole und bot sie ohne zu zögern Rennie an.

»Hier«, sagte er zärtlich und stützte sich auf ihre Stuhllehne. »Willst du sie haben?«

Rennie schüttelte den Kopf, ohne ihn anzusehen.

»Vielleicht möchte sie, daß du es für sie tust«, sagte ich so beißend wie möglich, aber ich war so aufgewühlt, daß mir schwindlig war.

Joe warf mir einen Blick zu. »Möchtest du, daß ich dich erschieße, Rennie?« fragte er sarkastisch. Sie schüttelte wieder den

Kopf. Joe hob den Rauchständer auf, legte die Pistole wieder darauf und ging zu seinem Platz auf dem Bett.

»Also hast du beschlossen, daß wir das Kind bekommen werden, Jake. Hast du noch andere Meinungen?«

Ich brachte kein Wort heraus. Genau wie Rennie schüttelte ich nur den Kopf. Es ist demoralisierend, mit einem Mann zu tun zu haben, der die äußersten Grenzen seiner Prinzipien im Auge hat und bereit ist, sich ihnen zu stellen und ohne zu zögern nach ihnen zu handeln.

»Scheinbar nicht«, sagte Joe verächtlich. Er erhob sich und zog seine Jacke an. »Willst du jetzt mit nach Hause kommen?« fragte er Rennie.

Rennie erhob sich und nahm ihren Mantel. Erst jetzt ließ Joe den Colt in seine Tasche gleiten. Er war außer sich vor Wut.

»Paß auf, Joe«, rief ich, als sie gehen wollten. »Wenn Rennie einen Arzt findet, der die Abtreibung vornehmen würde, was würdest du dann sagen?«

»Was meinst du damit? Was würde es ausmachen, was ich sage?«

»Ich meine, was würdest du dazu sagen, daß sie abtreibt?«

»Gefällt mir nicht«, erwiderte Joe geradeheraus. »Wenn es eine Abtreibung wäre, die in einem guten Krankenhaus von einem guten Frauenarzt durchgeführt wird, dann wäre es in Ordnung, aber das ist unmöglich. Rennie ist bei bester Gesundheit, und die einzige Abtreibung, die sie in der Stadt bekommen könnte, wäre so ein krummes Ding von irgendeinem Kurpfuscher, der sie für den Rest ihres Lebens versauen könnte.«

Er wand sich um.

»Ich werde versuchen, jemanden zu finden, der es tut«, sagte ich. »Und wenn ich jemand Vernünftigen finden kann, dann bezahl ich ihn auch.«

»Unsinn«, sagte Joe.

Früh am nächsten Morgen riß ich die Augen auf

Früh am nächsten Morgen riß ich die Augen auf und sprang schweißgebadet mit der schrecklichen Vorahnung aus dem Bett, Rennie sei tot. Ich rief sofort bei den Morgans an und konnte es kaum glauben, als sich Rennie am Telefon meldete.

»Tut mir leid, daß ich dich aufgeweckt habe, Rennie. Mein Gott, was hatte ich eine Angst, du hättest dich erschossen.«

»Habe ich nicht.«

»Hör zu«, flehte ich sie an. »Versprich mir, daß du noch eine Weile damit wartest, ja?«

»Ich kann nichts versprechen, Jake.«

»Das muß du aber, verdammt noch mal!«

»Warum?«

»Na ja, wenn aus keinem anderen Grund, dann deswegen, weil ich dich liebe.« Das, so fürchte ich, war nicht die Wahrheit, zumindest in dem Sinne, daß jede bedeutungslose Feststellung nicht wahr ist, wenn auch nicht unwahr. Ich bin mir nicht sicher, ob ich wußte, was ich sagte, als ich Joe versicherte, daß ich Rennie liebe, in diesem Augenblick jedenfalls konnte ich keine Bedeutung mehr in dieser Feststellung erkennen.

»Das tut Joe auch«, entgegnete Rennie spitz.

»Ja, schon gut. Sagen wir, er liebt dich mehr, als ich jemals irgend jemanden lieben könnte. Er liebt dich so sehr, daß er in Kauf nimmt, daß du dich erschießt, und ich liebe dich so wenig, daß ich es nicht zulasse.«

Rennie legte auf. Ich rief wieder an. Diesmal meldete sich Joe.

»Rennie will nicht mit dir sprechen«, sagte er. »Das war dumm, was du da gerade gesagt hast – dumm oder böswillig.«

»Es tut mir leid. Hör zu, Joe, glaubst du, sie bringt sich um?«

»Woher zum Teufel soll ich das wissen?«

»Kannst du heute bei ihr bleiben und dafür sorgen, daß sie es nicht tut? Nur heute?«

»Natürlich nicht. Schon deswegen nicht, weil sie es dann bestimmt morgen tut.«

»Dann willst du also auch, daß sie es nicht tut?«

»Das ist unwichtig.«

»Nur für heute, Joe! Ich kann vielleicht jemand finden, wenn du sie heute davon abhältst.«

»Kennst du einen Arzt, der abtreibt? Warum hast du das nicht gestern abend gesagt?«

»Weiß ich nicht genau. Ich selber kenne keinen, aber ich kenne mehrere Leute in Baltimore, die vielleicht wissen, wo einer zu finden ist. Ich werde sie gleich anrufen. Sie soll versprechen, daß sie bleibt, wo sie ist, bis ich etwas rausgefunden habe.«

»Rennie läßt sich von mir nichts befehlen.«

»Das tut sie sehr wohl, und du weißt es. Sag ihr, daß ich einen Arzt kennen würde, den aber zuerst anrufen muß, um alles zu arrangieren.«

»So läuft das bei uns nicht.«

»Nur für heute, Joe!«

»Bleib dran«, sagte er. »Rennie?« Ich hörte, wie er nach ihr rief. »Hast du vor, dich heute umzubringen?«

Ich hörte Rennie fragen, wieso ich es wissen wolle.

»Horner sagt, ein paar von seinen Freunden in Baltimore wissen vielleicht, wo es einen Arzt gibt, der Abtreibungen vornimmt«, sagte Joe. Ich war wütend, daß er ihr die Wahrheit sagte. »Er will sie anrufen und es rausfinden.«

Rennie sagte irgend etwas, das ich nicht mitbekam.

»Sie sagt, sie will über nichts reden«, sagte Joe.

»Paß auf, Joe. Ich werde ein paar Anrufe machen. Vielleicht ist eine Abtreibung gar nicht nötig. Ich werde versuchen, etwas

Ergotrat aufzutreiben. Damit müßte es eigentlich klappen. Sag Rennie, daß ich heute tagsüber oder am Abend vorbeikomme und ihr das Ergotrat bringe, oder etwas Konkretes arrangiere.«

»Gut, ich sag es ihr«, erwiderte Joe und legte auf.

Nun entsprach es nicht ganz der Wahrheit – tatsächlich entsprach es überhaupt nicht der Wahrheit –, daß ich Freunde in Baltimore hatte, die einen solchen Arzt kennen, denn ich hatte keine Freunde in Baltimore, noch sonst irgendwo. Und so rief ich nun in alphabetischer Reihenfolge bei jedem Arzt in Wicomico an. Zum ersten sagte ich: »Hallo, mein Name ist Henry Dempsey. Wir sind neu in der Stadt und haben noch keinen Hausarzt. Hören Sie, meine Frau ist in einer schrecklichen Situation: Wir haben schon zwei Kinder, und sie glaubt, daß sie wieder schwanger ist. Sie ist nicht bei bester Gesundheit – körperlich ist sie gesund, aber nicht psychisch, verstehen Sie? Sie ist momentan sogar in Behandlung. Ich glaube ehrlich gesagt nicht, daß sie mit der Belastung einer weiteren Schwangerschaft fertig wird.«

»Wirklich?« sagte der Arzt. »Wer ist denn ihr Psychiater?«

»Sie werden ihn nicht kennen«, sagte ich. »Er hat eine Praxis in White Plains, New York, dort, wo wir vorher gewohnt haben. Banks. Dr. Joseph Banks.«

»Fährt Ihre Frau zur Behandlung immer nach White Plains?« fragte der Arzt unschuldig.

»Wie gesagt, wir sind gerade erst umgezogen und haben noch keinen neuen Psychiater finden können.«

»Nun, das ist nicht mein Fachgebiet.«

»Das weiß ich, Sir. Das habe ich auch nicht gemeint. Ich habe die Befürchtung, daß meine Frau sich wegen dieser Schwangerschaft umbringen könnte, bevor ich sie zu einem anderen Psychiater bringen kann. Sie ist in einer schrecklichen Verfassung. Ich wollte Sie fragen, ob Sie ihr vielleicht Ergotrat oder ein ähnliches Medikament geben könnten. Ich weiß, daß es nicht Ihr Fachgebiet ist, aber es handelt sich wirklich um einen Notfall. In ein, zwei Jahren könnte sie durchaus wieder so stabil sein, daß sie so viele Kinder haben kann, wie wir wollen, eine große Familie soll es nicht werden, aber drei oder vier hätten wir schon gerne. Eine Schwangerschaft zum jetzigen Zeitpunkt würde sie völlig aus der Bahn werfen.«

»Es tut mir leid, Mr. Dempsey«, sagte der Arzt kühl. »Das kann ich nicht tun.«

»Bitte, Herr Doktor! Ich verlange nicht von Ihnen, daß Sie etwas Ungesetzliches tun. Ich besorge Ihnen eine eidesstattliche Erklärung von Dr. Banks. Reicht Ihnen das? Er wird die vollständige Verantwortung übernehmen.«

»Nein, Mr. Dempsey. Ich habe Verständnis für Ihre Lage. Aber mir sind die Hände gebunden.«

»Erlaubt Ihnen das Gesetz denn nicht, die entsprechenden Maßnahmen zu ergreifen, wenn das Leben der Frau in Gefahr ist?«

»Bedauerlicherweise ist nicht maßgeblich, was das Gesetz erlaubt, sondern was das Gesetz nach Meinung der Leute hier erlaubt, und ehrlich gesagt ist hier jedermann genauso gegen Abtreibung wie ich, egal ob sie durch Medikamente oder einen chirurgischen Eingriff herbeigeführt wird. Außerdem ist es keine Frage von Leben oder Tod, wenn die Probleme Ihrer Frau geistiger Natur sind.«

»Doch, doch! Dr. Banks wird es Ihnen bestätigen!«

»Tut mir leid, Mr. Dempsey. Auf Wiederhören.«

Ich probierte dieselbe Geschichte bei den anderen Ärzten, die ich im Telefonbuch fand – bei denen, die überhaupt bereit waren, mit mir zu reden –, nur daß ich meinen fiktiven Psychiater in Philadelphia ansiedelte anstatt in White Plains, für den Fall, daß ich dort hinfahren mußte, um den richtigen Poststempel auf einem gefälschten Brief zu haben. Und nachdem ich im Foyer des Peninsula Hotels im Telefonbuch von Philadelphia nachgeschlagen hatte, wandelte ich den Namen des Psychiaters von

Joseph C. Banks in Harry L. Siegrist um, den Namen eines echten Psychiaters, den ich willkürlich aus dem Telefonbuch auswählte. Doch ich holte mir bei allen Ärzten eine Abfuhr. Allmählich verlor ich den Mut. Ich bin derart anfällig, die Gesetze zu befolgen, und habe in der Regel so große Angst davor, daß andere Menschen, selbst jene, die ich nicht kannte und die mir nichts bedeuteten, eine schlechte Meinung von mir haben könnten, daß es mir mit jeder Ablehnung schwerer fiel, meine ausgefeilte Geschichte zu wiederholen.

Zu meiner unbeschreiblichen Erleichterung schien Arzt Nr. 7 nicht ganz so unempfänglich zu sein. Er hieß Morton Welleck und schien jünger zu sein als seine Kollegen.

»Nun, Mr. Dempsey«, sagte er, als ich geendet hatte, »Ihnen ist sicherlich klar, daß jeder Arzt, der sich bereit erklärt, Ihrer Frau zu helfen, eine beträchtliche Verantwortung übernimmt, nicht wahr?«

»Allerdings, Dr. Welleck. Wenn es irgendeine Möglichkeit gäbe, rechtlich die Verantwortung zu tragen, dann würde ich das gerne übernehmen.«

»Doch leider ist das nicht der Fall. Aber ich habe Verständnis für Ihre Lage, und das Gesetz sieht in der Tat vor, daß es in Fällen, in denen eindeutig Gefahr für das Leben eines Patienten besteht, im Ermessen des Arztes liegt, gewisse Maßnahmen zu ergreifen. Sie räumen ein, daß sich Mrs. Dempsey in guter körperlicher Verfassung befindet, also bleibt die Frage, ob ihr psychischer Zustand tatsächlich so ernst ist, wie Sie glauben. Das wäre schwer zu beweisen, wenn jemandem daran liegen sollte, es an die große Glocke zu hängen, und ich kann Ihnen ruhig sagen, daß einige meiner älteren Kollegen hier in Wicomico nur auf die Gelegenheit warten, eine solche Sache an die Öffentlichkeit zu bringen. Ehrlich gesagt bin ich kein Märtyrertyp.«

Doch erkannte ich den Hauch von einer Chance in Dr. Wellecks Stimme.

»Würde eine eidesstattliche Erklärung von Dr. Siegrist weiterhelfen?« flehte ich. »Er würde gerne eine ausstellen.«

»Unter Umständen«, erwiderte Dr. Welleck. »Natürlich müßte ich Mrs. Dempsey persönlich untersuchen, wenn auch nur, um sicherzugehen, daß sie wirklich schwanger ist!« Wir lachten beide, ich verkrampfter als er. »Und dann würde ich ihr natürlich ein paar Fragen stellen wollen, auch wenn ich kein Psychiater bin.«

»Selbstverständlich. Ich werde dafür sorgen, daß sie gleich in Ihre Praxis kommt.« Ich hoffte inständig, daß Dr. Welleck neu in der Stadt war.

»Tun Sie das«, sagte er, »und bitten Sie Dr. Siegrist darum, daß er mich aus Philadelphia anruft. Dann können wir entscheiden, ob das mit der eidesstattlichen Erklärung nötig ist oder nicht, und er kann mir Mrs. Dempseys Problem etwas ausführlicher erklären.«

Die Aussicht, umgehend nach Philadelphia zu fahren und mich für einen Psychiater auszugeben, entsetzte mich, aber es schien meine einzige Hoffnung zu sein.

»In Ordnung«, sagte ich. »Ich rufe ihn so bald wie möglich an und sage ihm, er soll Sie anrufen.«

»Einverstanden«, sagte Dr. Welleck. Er zögerte einen Moment. »Ihnen ist klar, Mr. Dempsey, daß ich Ihnen nichts versprechen kann? Wie viele andere Kleinstädte ist auch Wicomico absolut dagegen, Mutter Natur ins Handwerk zu pfuschen. Ich gebe zu, daß es hauptsächlich die älteren Ärzte sind, die dafür verantwortlich sind. Ich glaube, hier hat es schon seit Jahren keine legale Abtreibung mehr gegeben. Von ärztlicher Ethik einmal abgesehen, ist das hier eine Gesellschaft von alten verstockten Langweilern. Wenn die und irgendwelche religiöse Gruppen in der Stadt davon Wind bekämen, würden sie den armen Burschen, der es getan hat, ans Kreuz nageln. Wir können nicht immer so liberal sein, wie einige von uns es gerne wären.«

»Ich kann Sie sehr gut verstehen, Doktor, aber es handelt sich wirklich um eine Frage von Leben oder Tod.«

»Nun. Wir werden sehen, was sich tun läßt.«

Dr. Wellecks Verhalten gab mir Anlaß zu der Hoffnung, daß er sich täuschen lassen würde. Zum einen redete er zuviel: Drei der Ärzte, die ich angerufen hatte, hatten sich geweigert, überhaupt etwas am Telefon zu besprechen, und keiner der anderen war auch nur halbwegs so gesprächig gewesen wie der junge Dr. Welleck. Aus dem Verlauf des Gesprächs entnahm ich auch, daß er Schwierigkeiten hatte, sich gegenüber den älteren Ärzten zu behaupten, möglicherweise weil er neu in der Stadt war. Jeder Arzt, der bereit war, einem Wildfremden am Telefon gegenüber seine Kollegen zu kritisieren, war, so nahm ich an, ein Mann, mit dem man sich arrangieren konnte.

Aber Philadelphia! Einen Brief zu fälschen war eine Sache – in einem Brief könnte ich jeder sein –, doch ich fand es beinahe unüberwindlich schwierig, am Telefon Henry Dempsey zu sein: Wie konnte ich da Dr. Harry L. Siegrist sein? Ich hatte keine Zeit zu verlieren. Es war bereits zehn Uhr, und Philadelphia ist zweieinhalb Stunden von Wicomico entfernt. Zum Glück war Sonnabend – ich hatte keinen Unterricht, doch die College-Bibliothek war geöffnet. Ich fuhr sofort hin, lieh mir das erstbeste Fachbuch über anormale Psychologie aus, das ich finden konnte, und machte mich unverzüglich auf den Weg nach Philadelphia. Ich war keine zehn Meilen gefahren, als mir klar wurde, daß, würde ich von Philadelphia aus eine eidesstattliche Erklärung schicken müssen, es mit Sicherheit ein maschinengeschriebenes Dokument sein mußte und es mir nie gelingen würde, in einer fremden Stadt eine Schreibmaschine aufzutreiben. Also machte ich wieder kehrt und verstieß gegen alle Geschwindigkeitsbeschränkungen. Es war nach elf, als ich wieder in meinem Zimmer war.

Sehr geehrte Damen und Herren, schrieb ich und suchte verzweifelt nach Worten: *Susan Bates Dempsey, Alter 28, Ehefrau von Henry J. Dempsey aus Wicomico, Maryland, war zwischen dem 3. August 1951 und dem 17. Juni 1953 meine Patientin. Kurz darauf verließen Mr. und Mrs. Dempsey Philadelphia, um in Wicomico zu leben. Mrs. Dempsey wurde meine Patientin auf Anraten ihres Mannes und ihres Hausarztes, Dr. Edward R. Rice, wohnhaft in dieser Stadt, nachdem sie häufig von akuten Depressionen heimgesucht worden war. Während dieser Zeit drohte sie zweimal damit, sich das Leben zu nehmen, und schnitt sich einmal sogar mit einem Küchenmesser die Pulsadern auf. Untersuchungen ergaben, daß Mrs. Dempseys Zustand ausgeprägte manisch-depressive Tendenzen aufwies, die um so gefährlicher waren, da während ihrer Depressionen ihre beiden kleinen Söhne Zielscheibe ihrer Feindseligkeit wurden, obwohl sie sonst eine fähige, sogar überdurchschnittlich gute Mutter war. Mrs. Dempsey litt merklich unter Angstvorstellungen, sie könnte die Zuneigung ihres Mannes verlieren: In ihren depressiven Zuständen neigte sie zu dem Glauben, durch die Geburt ihrer Söhne habe sie ihre Schönheit verloren, und begann, ihren Groll gegen die Kinder zu richten. Doch weil sie nur Feindseligkeit gegenüber anderen und keine Verfolgungsängste hatte und sich ihre depressiven Phasen mit exaltierten, ja euphorischen Phasen abwechselten, ergab meine Diagnose eher eine subakute manisch-depressive Psychose anstatt Paranoia.*

Im Verlauf ihrer Behandlung gingen Mrs. Dempseys wiederkehrende manisch-depressiven Zustände deutlich zurück, und nachdem sie meine Patientin geworden war, drohte sie nie mehr damit, ihrem Leben oder dem ihrer Kinder ein Ende zu setzen. Sie spricht zufriedenstellend auf eine kompetente Psychotherapie an, und bei fortgesetzter Behandlung glaube ich, daß ihr Zustand stabilisiert werden kann. Als die Dempseys Philadelphia verließen, empfahl ich, daß ihre Behandlung fortgesetzt werde, bemerkte aber gegenüber Mr. Dempsey, daß eine unverzügliche Wiederaufnahme nicht dringlich sei. Des weiteren empfahl ich, daß Mrs. Dempsey bis zur vollständigen Heilung eine Schwangerschaft vermeidet, da es hauptsächlich ihre vorherigen Schwangerschaften waren, die ihren jetzigen Zustand hervorriefen.

Ich bin der Meinung, daß zu diesem Zeitpunkt eine ungewollte Schwangerschaft für Mrs. Dempsey einen kritischen Rückfall ihrer Depressionen nach sich ziehen würde und sie wieder damit drohen könnte, sich das Leben zu nehmen, anstatt das Kind auszutragen. Und diese Drohung würde sie wahrmachen, selbst bei sofortiger Wiederaufnahme der psychiatrischen Behandlung. Ich empfehle ohne Zögern, ich dränge sogar darauf, daß zu ihrem Schutz und zu dem ihrer Kinder Mrs. Dempseys Schwangerschaft frühestmöglich zum Abbruch geführt wird.

Ich unterschrieb den Brief mit *Dr. med. Harry L. Siegrist*, steckte ihn in einen Umschlag und eilte zu meinem Wagen zurück. Ich hielt unterwegs an, um Mittag zu essen und alles über manisch-depressive Psychosen zu büffeln. Um kurz nach drei stand ich dann in einer Telefonzelle in einem Penn-Whelan-Drugstore in der Walnut Street in Philadelphia und meldete ein Ferngespräch mit Dr. Welleck aus Wicomico an. Meine Hände zitterten, ich schwitzte. Als Dr. Wellecks Sprechstundenhilfe abnahm und die Dame von der Vermittlung mich bat, sechzig Cents einzuwerfen, ließ ich prompt eine der Münzen auf den Boden fallen: Mein Mut reichte gerade aus, um sie aufzuheben und nach Dr. Welleck zu fragen.

»Tut mir leid, Dr. Siegrist«, sagte die Sprechstundenhilfe, nachdem ich mich vorgestellt hatte, »Dr. Welleck ist gerade im Krankenhaus.«

»Oh, das ist aber dumm!« rief ich enttäuscht aus. »Ich nehme an, daß Sie ihn nicht erreichen können?«

»Leider nicht, Sir. Er operiert heute nachmittag.«

»Ach, wie ärgerlich!« Ich war unendlich erleichtert, daß ich nicht mit ihm sprechen mußte, doch gleichzeitig bangte ich um meinen Plan.

»Ich werde ihm ausrichten, daß er Sie sofort anrufen soll, wenn er zurück ist.«

»Oh, ich fürchte, das geht nicht«, sagte ich gereizt. »Mein Urlaub hat heute begonnen, und Mrs. Siegrist und ich werden den ganzen Oktober über auf den Bermudas sein. Mr. Dempsey hat mich gerade noch erwischt, als ich dabei war, die Praxis zu schließen! Eine Stunde später, und wir wären schon weg gewesen. Wissen Sie, es handelt sich um so etwas wie einen Notfall, aber mein Flugzeug geht in zwei Stunden, und ich weiß nicht, wo ich bis dahin zu erreichen bin. Dr. Welleck wird ihr das Ergotrat doch verschreiben, nicht war? Diese Sache könnte häßlich ausgehen.«

»Er wollte mit Ihnen sprechen, Dr. Siegrist.«

»Ich weiß, ich weiß. Passen Sie auf. Ich lasse meine Sekretärin eine eidesstattliche Erklärung aufsetzen, bevor ich abreise – das ist eine reine Routinesache, wissen Sie. Diese lasse ich notariell beglaubigen und schicke sie Ihnen per Eilpost zu. So etwas Ärgerliches, daß ich nicht direkt mit Dr. Welleck sprechen kann!« sagte ich mit Nachdruck. »Ich kann nicht genug betonen, wie ernst diese Sache bei manisch-depressiven Patienten wie Mrs. Dempsey enden kann. Im ersten Moment verhält sie sich völlig normal, und im nächsten erschießt sie sich. Wirklich, Dr. Welleck sollte ihr so bald wie möglich Ergotrat geben. Wenn möglich noch heute abend, allerspätestens morgen. Ich habe schon mit Mr. Dempsey vereinbart, daß er seine Frau in die Obhut eines meiner Kollegen gibt, bis ich wiederkomme. Aber zuerst müssen wir uns um diese Sache hier kümmern.«

»Ich werde es Dr. Welleck sofort ausrichten«, sagte die Sprechstundenhilfe beeindruckt.

»Ich bitte darum. Morgen früh hat er die eidesstattliche Erklärung.«

»Könnten Sie mir Ihre Adresse auf den Bermudas geben, Sir, falls Dr. Welleck Sie erreichen möchte?«

Ach du liebe Güte! »Mrs. Siegrist und ich werden im Prince George Hotel wohnen«, sagte ich in der Hoffnung, es gäbe ein Hotel dieses Namens.

»Im Prince George. Ich danke Ihnen, Sir.«

»Und bitte, sagen Sie Dr. Welleck, er soll Mrs. Dempsey so bald wie möglich dieses Ergotrat verabreichen. Ich fände es schrecklich, wegen so einer dummen Sache eine Patientin zu verlieren. Ich kann ja gut verstehen, daß er vorsichtig ist, aber ich muß sagen, wenn ich an seiner Stelle wäre, hätte sie die Abtreibung schon längst hinter sich. Daß sie manisch-depressiv ist, merkt jeder Laie, und die Gefahr eines Suizids sieht man ihr doch sofort an. Also dann, auf Wiederhören.«

Ich legte auf und fiel beinahe in Ohnmacht. Ich hatte ein großes Hindernis überwunden, aber ein noch größeres stand mir bevor. Ich fand ein öffentliches Notariat in einem Kreditbüro zwei Straßen weiter die Walnut Street hinunter (bei dem, so flehte ich inständig, Dr. Siegrist kein Stammkunde war) und ging schnell hinein, bevor mir die Nerven durchgingen. Es ist mein Schicksal, daß ich älter aussehe, als ich bin, aber ich hätte nie gedacht, daß mich irgend jemand für einen echten Psychiater halten könnte. Außerdem ist es schwieriger, dem Mann, dem man ein Märchen auftischt, direkt gegenüberzustehen, als es am Telefon zu tun. Schließlich war ich mir unsicher, ob Notare nicht verlangten, daß man sich ausweist, bevor sie jemanden vereidigen und ein Dokument mit einem Stempel versehen. Ich gab mich so weltmännisch, wie ich es unter den gegebenen Umständen konnte, und fragte einen Angestellten, wo ich den Notar finden könnte. Er zeigte auf den Schreibtisch des stellvertretenden Geschäftsführers am anderen Ende des Raumes.

»Guten Tag«, sagte der stellvertretende Geschäftsführer mit

einem Lächeln. Er war ein gedrungener, kahlköpfiger, zigarrekauender kleiner Mann mit einer Nickelbrille.

»Mein Name ist Siegrist«, sagte ich aufgeräumt, »Harry Siegrist. Ich habe hier irgendwo ein Dokument, das beglaubigt werden muß, wenn ich es nicht in der Praxis vergessen habe.« Ich lächelte und durchsuchte gemächlich meine Taschen. »Ach ja, da bist du ja, du Lümmel.« Ich zog den Brief aus meiner Jackentasche, öffnete und überflog ihn beiläufig. »Mmm-hmm. Bitte sehr.«

Der stellvertretende Geschäftsführer las das Dokument nachlässig durch.

»Mann«, sagte er. »Die hat ja wirklich ein Rad ab, oder?«

»Nicht so schlimm wie manch andere, die wir kriegen«, kicherte ich.

»Ha!« sagte der Notar. »Sie sollten mal einige der Spinner sehen, mit denen wir zu tun haben. Mit denen könnten Sie ein Vermögen machen.«

Ich wartete darauf, daß er nach meinen Papieren fragte.

»Ehrlich«, sinnierte der Notar geistesabwesend, »ich glaube, das ist alles nur Einbildung. Nun ja ...« Er fing an, in seiner Schreibtischschublade zu suchen. »Können Sie Ihre rechte Hand etwas anheben, Doc?«

Ich tat es und er auch.

»Also, schwören Sie bei Gott, daß bla bla bla bla und so weiter und so fort?« fragte er, während er mit der anderen Hand immer noch in seiner Schublade herumfuhrwerkte.

»Ich schwöre.«

»Wird nicht viel ausmachen, ob Sie es tun oder nicht, wenn ich mein Siegel nicht finden kann«, sagte er fröhlich. Mir wurde schwindlig – nachdem ich das Glück hatte, einen ebenso zynischen wie leichtgläubigen Notar zu finden, sollte mein Plan an einem so unglücklichen Zufall scheitern?

»Ah, Wal in Sicht!« sagte er und angelte das Siegel heraus. Er knallte das amtliche Siegel auf meinen Brief und unterschrieb. Dann holte er zwei Angestellte, die sich in der Nähe befanden und als Zeugen unterschreiben sollten. »Ihr braucht es nicht zu lesen«, sagte er, »setzt einfach euren Namen darunter.« Sie taten es. »Fertig, Herr Doktor. Macht anderthalb Dollar.«

Ich zog meine Brieftasche hervor, wobei ich meinen Ausweis außer Sichtweite hielt, bezahlte und entschwand mit meinem Brief, den ich in den ersten Briefkasten steckte, den ich fand. Soweit Philadelphia – es war vier Uhr, und ich mußte schleunigst nach Hause. Ich war erstaunt, wie erfolgreich mein Plan bisher verlaufen war, aber zugleich beschäftigten mich vier besorgniserregende Dinge. Erstens hatte ich keine Ahnung, ob sich Dr. Welleck von meiner völlig unfachlichen eidesstattlichen Erklärung überzeugen lassen würde, die wahrscheinlich jeder Arzt auf den ersten Blick als plumpe Fälschung durchschauen würde. Wenn er noch irgendwelche Zweifel hatte, konnte der Umstand, daß Dr. Siegrist zufälligerweise in Urlaub ging, diesen Zweifel durchaus in Skepsis umwandeln: Sollte Welleck so mißtrauisch sein, daß er in der Praxis des wirklichen Dr. Siegrist anrief, war das Spiel aus. Zweitens hatte ich absichtlich keine Telefonnummer bei Welleck hinterlassen, und natürlich gab es keinen Henry Dempsey im Telefonbuch von Wicomico. Obwohl es immer noch Menschen gibt, die kein Telefon haben, könnte die Tatsache, daß er mich telefonisch nicht erreichen konnte, wenn er wollte, sein Mißtrauen noch verstärken. Die dritte Unbekannte war jedoch weitaus besorgniserregender: Selbst wenn alles andere bestens verlief und Welleck sich bereit erklärte, ihr Ergotrat zu geben, war es durchaus möglich, daß er gar nicht neu war in der Stadt und Rennie vielleicht kannte. Und schließlich, selbst wenn das nicht der Fall war, gab es noch eine Gefahr: Ich war dermaßen unbeleckt in Sachen Abtreibung, daß Welleck vielleicht verlangen könnte, Rennie ins Krankenhaus zu bringen, da die Sache ja legal war. Und sollte Welleck selbst sie nicht kennen, würde im Krankenhaus sie bestimmt jemand kennen.

Sowie ich wieder in meinem Zimmer war, rief ich Welleck zu Hause an.

»Oh, Mr. Dempsey«, sagte er kühl. »Ich habe schon versucht, Sie zu erreichen.«

»Tut mir leid, Herr Doktor. Solange wir noch kein Telefon haben, muß ich das meines Vermieters benutzen. Ich hätte Sie schon früher angerufen, aber ich habe meine Frau heute ein bißchen durch die Gegend gefahren, um sie auf andere Gedanken zu bringen.«

»Nun, Dr. Siegrist aus Philadelphia hat angerufen.«

»Tatsächlich? Gut! Ich hatte ihn gerade noch erwischt, bevor er in Urlaub gefahren ist. Haben Sie irgendwas klären können?«

»Ich konnte nicht persönlich mit ihm sprechen, da ich zu dem Zeitpunkt gerade eine Operation hatte. Er hat mit meiner Sprechstundenhilfe gesprochen und gesagt, er würde eine eidesstattliche Erklärung schicken. Wenn ich es richtig verstanden habe, rät er dringend zu einer Abtreibung.«

»Uff!« sagte ich mit einem Lachen. »Sie glauben ja nicht, wie erleichtert ich bin.«

»Ja. Nun hat er gegenüber meiner Sprechstundenhilfe erwähnt, daß ich ihr noch heute abend Ergotrat geben soll. Das kann ich aber erst tun, wenn ich die eidesstattliche Erklärung habe. Wenn er sie heute nachmittag als Eilbrief geschickt hat, sollte ich sie spätestens bis Montag früh haben.«

»Wunderbar.«

»Geben Sie mir die Telefonnummer Ihres Vermieters, damit ich Ihnen Bescheid geben kann, wenn die Erklärung eingetroffen ist und Sie Mrs. Dempsey in meine Praxis bringen können.«

»Na ja, mein Vermieter ist sehr empfindlich, wenn es darum geht, Anrufe für mich entgegenzunehmen, und außerdem geht ihn das hier nichts an. Mir wäre es lieber, wenn er nichts davon erfahren würde, weil er ein schreckliches Klatschmaul ist. Könnte ich Sie anrufen?«

»Das wäre vielleicht besser. Obwohl die Sache nicht illegal ist, wirbeln wir lieber möglichst wenig Staub auf. Rufen Sie mich Montag mittag an. Wenn ich bis dahin die Erklärung habe, vereinbaren wir einen Termin für den Nachmittag.«

»In Ordnung.«

»Oh, noch eine Sache. Ich habe ein Formular für Einwilligungsbestätigungen, das ich bei Sterilisierungen und Abtreibungen verwende. Sie und Ihre Frau werden es unterschreiben müssen und dann notariell beglaubigen lassen. Das können Sie Montag morgen machen, wenn Sie wollen. Holen Sie sich das Formular einfach bei meiner Sprechstundenhilfe ab.«

»In Ordnung. Alles bestens. Gute Nacht, Herr Doktor.«

Noch ein Dokument, noch ein Notar, noch eine Hürde, die ich nehmen mußte – aber mittlerweile war mir alles egal. Siegreich, aber erschöpft fuhr ich zu den Morgans hinaus, um meinen Erfolg zu verkünden. Auf ihrer Türschwelle überlief mich ein kalter Schauer: Ich war den größten Teil des Tages außerhalb der Stadt gewesen – was, wenn ich bereits zu spät war? Joe öffnete die Tür.

»Oh, hallo, Jake. Du siehst krank aus.«

»Geht es Rennie gut?«

»Sie weilt noch unter uns, wenn du das meinst. Komm rein.«

Rennie bohnerte gerade den Küchenboden. Sie nahm meine Anwesenheit kaum zur Kenntnis.

»Also, ich glaube, es ist alles bereit«, sagte ich, vermeintlich gelassen. »Wenn du abtreiben willst, Rennie, kannst du dir Montag nachmittag eine Spritze Ergotrat geben lassen.«

Joe reagierte nicht auf die Mitteilung. Rennie kam zur Küchentür, das Bohnertuch in der Hand, und lehnte sich gegen den Türrahmen.

»Also gut. Wo muß ich hin? Nach Baltimore?«

»Nein. Es ist hier in der Stadt. Erzähl mir nur nicht, daß du Dr. Morton Welleck kennst.«

»Dr. Welleck. Nein, kenne ich nicht. Du, Joe?«

»Ich kenne ihn. Aber nicht persönlich. Er ist seit etwa zwei Jahren hier. Soll das heißen, dieser Dummkopf macht Abtreibungen?«

»Nein«, erwiderte ich stolz. »Er ist ein ganz normaler Arzt, und ein ziemlich guter, wie ich gehört habe. Alles wird absolut legal ablaufen. Du brauchst kein schlechtes Gewissen und auch keine Angst zu haben, zu ihm zu gehen.«

»Wie das?« fragte Joe.

»Nun ja, ich habe ihm mehr oder weniger die Wahrheit gesagt. Ich habe ihm erzählt, du hättest schon zwei Kinder und willst später noch mehr haben. Aber nun wärst du so niedergeschlagen, schon jetzt wieder schwanger zu sein, daß ich Angst hätte, du könntest dich umbringen. Natürlich mußte ich die Geschichte ein bißchen ausschmücken.«

»Was heißt ausschmücken, Jake?« fragte Rennie verwundert.

»Na ja, ich mußte es etwas aufmotzen. Du bist zur Zeit meine Ehefrau: Mrs. Henry J. Dempsey, von den Dempseys aus Philadelphia.«

»Wie bitte?«

Jetzt kam ich richtig in Fahrt. Immer noch ganz aufgedreht von meinen Abenteuern des Tages, berichtete ich ihnen in allen Einzelheiten von den Telefongesprächen, der Fahrt nach Philadelphia, dem Brief, wie ich mich als Dr. Siegrist ausgegeben hatte und von dem stellvertretenden Geschäftsführer in dem Kreditbüro. Sie hörten mir erstaunt zu.

»Also, Mr. und Mrs. Dempsey müssen Montag morgen eine Einverständniserklärung unterschreiben und notariell beglaubigen lassen, dann sind wir soweit. Du brauchst dich nicht wie eine Verrückte aufzuführen oder so etwas, und wenn du die Spritze bekommen hast, dann kannst du die ganze Sache vergessen.«

Joe beobachtete Rennie interessiert.

»Das ist absurd«, sagte sie sofort.

»Ist das nicht phantastisch?« meinte ich und grinste. Ich wollte nicht glauben, daß sie meinte, was ich befürchtete.

»Es ist gräßlich!«

»Du machst es doch, oder?«

»Natürlich nicht. Das kommt überhaupt nicht in Frage.«

»Kommt überhaupt nicht in Frage? Rennie, ich habe mir heute die Füße wund gelaufen, um das hier zu arrangieren, und du sagst mir, es kommt nicht in Frage. Es kann dabei nichts schiefgehen, ich schwör es dir!«

»Darum geht es nicht, Jake. Selbst wenn ich nichts unterschreiben oder sagen müßte, wäre es immer noch wie lügen. Und ich will nicht mehr lügen. Du hättest wissen müssen, daß ich mit so etwas nichts zu tun haben will.«

Das ganze Gebäude brach in sich zusammen. Joe verzog keine Miene, aber ich spürte eine große Seelenverwandtschaft zwischen ihm und Rennie. Ich war davon ausgeschlossen.

»Dann erschieß dich doch, verdammt noch mal!« rief ich. »Ich weiß nicht, wieso ich mir all die Mühen gemacht habe, wenn du gar keine Abtreibung haben willst. Offenbar warst du gestern abend einfach nur melodramatisch.«

Rennie lächelte. »Ich werde mich erschießen, Jake, sowie klar ist, daß du keine Abtreibung arrangieren kannst. Das war nicht bloß Theater. Mir ist egal, wer es macht, wo es gemacht wird und unter welchen Umständen, aber ich werde nicht mehr lügen oder Lügen billigen, und ich werde mich nicht für jemand anders ausgeben. Ich kenne keinen Arzt und Joe auch nicht. Wenn du nicht gesagt hättest, daß du jemand kennst, hätte ich nicht so lange gewartet.« Sie rieb sich mit der Hand über den Bauch. »Ich will dieses Kind nicht, Jake. Es könnte deines sein.«

Es war ihr eindeutig ernst. Ich sah verzweifelt zu Joe, um Unterstützung zu bekommen, aber er blieb unverbindlich. Wieder spürte ich ihre Übereinstimmung. Ich kam auf die Idee, ihnen romantische Schwärmerei vorzuwerfen, mich über ihr seltsames Ehrgefühl lustig zu machen – weiß Gott, sie konnten es gebrauchen, und ich sehnte mich geradezu danach, die Sache mit ganzem Herzen zu erledigen –, aber ich traute dieser Strategie nicht mehr: Sie könnte die beiden in dem bestärken, was offenbar schon ein fester Entschluß war.

»Mach es noch nicht, Rennie«, sagte ich müde. »Ich laß mir etwas anderes einfallen.«

»Was willst du dir einfallen lassen, Jake? Wenn du wirklich gute Ideen hättest, würdest du uns nicht so etwas Abwegiges wie das hier auftischen. Wenn du meinst, ich überlege es mir anders, wenn du es nur lange genug hinauszögerst, hast du dich geirrt.«

»Und die Jungs? Hast du mal an sie gedacht, oder willst du sie auch umlegen?«

»Du stellst Fragen, die du nicht stellen mußt«, sagte Joe.

»Laß die Spielchen, Jake«, sagte Rennie. »Weißt du irgendeine Idee oder nicht?«

»Ja«, sagte ich. »Ich kenne eine Frau, die schon ein paar Abtreibungen hinter sich hat. Ich hätte schon eher an sie gedacht, wenn ich nicht so aufgeregt gewesen wäre. Ich treffe mich morgen mit ihr und finde heraus, wo sie es gemacht hat.«

»Ich glaube dir nicht«, sagte Rennie.

»Es ist die Wahrheit. Ich schwör es dir.«

»Und wie heißt sie? Erfinde jetzt bloß nicht irgendwas.«

»Peggy Rankin. Sie unterrichtet Englisch an der High School.«

Rennie ging sofort zum Telefon und suchte den Namen im Telefonbuch.

»8401«, sagte sie. »Ich rufe sie an und frage sie.«

»Sei nicht albern! Sie ist nicht verheiratet. Würde sie es einer Fremden gegenüber zugeben?«

»Dann ruf du sie an. Jetzt sofort. Du kannst ja wohl kein Fremder sein, wenn du davon weißt.«

»Du machst alles kaputt. Frauen funktionieren nicht so – jedenfalls die anderen Frauen. Ich treffe mich morgen mit ihr und sage dir morgen abend Bescheid.«

»Ich glaube, du willst mich nur hinhalten, Jake.«

»Na, dann glaub es eben, verdammt noch mal! Bist du so schießwütig, daß du nicht mal vierundzwanzig Stunden warten kannst?« Ich hatte das Gefühl, ich würde vor Verzweiflung explodieren, aber Joe betrachtete uns immer noch ungerührt. Neben dem Telefon auf dem Schreibtisch lagen aufgeschlagene Bücher und Notizbücher: Er hatte tatsächlich an seiner Dissertation gearbeitet! Rennie überlegte einen Moment.

»Ich warte bis morgen abend«, sagte sie und ging wieder daran, den Boden zu bohnern.

Rennie hatte richtig gelegen, als sie mir vorwarf, ich würde sie hinhalten, damit sie es sich anders überlegen würde. Aber diese Hoffnung hatte ich nun nicht mehr. Ich hatte natürlich nicht die geringste Ahnung, ob Peggy Rankin jemals eine Abtreibung gehabt hatte, und ich hatte keinen Grund anzunehmen, daß sie mir helfen würde, hatte ich sie doch seit Anfang September nicht mehr gesehen. Sie hatte mich in den letzten paar Wochen mehrmals angerufen – zuerst hoffnungsvoll, dann zornig und schließlich flehend –, aber ich hatte ihre Anrufe ohne Begeisterung entgegengenommen. Am nächsten Morgen rief ich sie an.

»Peggy, Jake Horner hier. Ich muß dich unbedingt sprechen.«

»Aber ich will dich nicht sprechen«, sagte sie.

»Es geht um etwas sehr Ernstes, Peggy, wirklich.«

»Ja. Es ist schon einen Monat her, nicht wahr?«

»Hör zu, darum geht es gar nicht. Ich versuche jemandem zu helfen, der sehr dringend Hilfe braucht.«

»Du bist ja ein richtiger Menschenfreund.«

»Peggy, in Gottes Namen! Ich will ja gar nicht behaupten, daß ich dir gegenüber besonders aufmerksam gewesen bin, aber das hier ist ein Notfall. Mir ist klar, daß es keinen Grund gibt, warum du mir irgendeinen Gefallen tun solltest.«

»Genau.«

»Du hast mich in der Hand. Vielleicht kannst du meinen Freunden gar nicht helfen, selbst wenn du es wolltest, aber sie sind in einer solchen Notlage, daß ich alles tun würde, um ihnen zu helfen. Nenn deine Bedingungen.«

»Was soll ich denn tun?«

»Das einzige, was ich von dir verlange, ist, daß du mir für ein paar Minuten zuhörst. Vielleicht kannst du uns gar nicht helfen, aber es besteht immerhin eine kleine Möglichkeit.«

»Wer sind deine Freunde?«

»Nicht am Telefon. Können wir uns heute sehen?«

»Jake, wenn das nur wieder so ein Trick ist, dann bring ich dich um.«

»Das ist kein Trick!« sagte ich heftig. »Das hat mit mir überhaupt nichts zu tun. Wann können wir uns treffen? Je früher, desto besser.«

»Also gut. Komm vorbei. Ich hoffe, du führst nichts im Schilde.«

»Ich führe nichts im Schilde.«

Ich fuhr sofort zu ihr, und sie empfing mich äußerst mißtrauisch, als erwarte sie, jeden Moment angegriffen zu werden.

»Ich mag es nicht, daß du hier bist«, sagte sie nervös. »Was willst du?«

»Die Frau von einem der Typen in der Schule ist schwanger, Peggy, und sie will sich umbringen, wenn sie nicht abtreiben kann.«

Peggys Miene verhärtete sich. »Was bist du doch für ein Ungeheuer! Und du kommst zu mir und bittest um Hilfe!«

»Du verstehst mich nicht. Es sind beide gute Freunde von mir, und sie wissen nicht, wo sie eine Abtreibung machen lassen können.«

»Woher soll ich das wissen? Wieso will sie das Kind nicht kriegen, wenn sie verheiratet ist?« Diese letzten Worte mit etwas Bitterkeit.

»Sie hat schon zwei, und ehrlich gesagt bestehen Zweifel, wer der Vater des Kindes ist. Deswegen ist sie so verzweifelt. Ihr Mann weiß Bescheid. Sie ist nur einmal fremdgegangen.«

»Jake, warst du es?«

Das war die alles entscheidende Frage: Ihre Bereitschaft zu helfen würde von meiner Antwort abhängen, und ich hatte keine Ahnung, welche Antwort sie hören wollte.

»Ja, Peggy.« Ich sah ihr in die Augen, setzte alles auf Ehrlichkeit. »Es war die größte Dummheit meines Lebens, und jetzt will sie sich erschießen! Ich habe alles versaut. Und jetzt kann ich nur versuchen, soviel wie möglich wieder in Ordnung zu bringen.«

»Wann hast du denn angefangen, deine Sauereien in Ordnung zu bringen?«

»Vor zwei Tagen. Wenn mir bis heute abend nicht einfällt, wie ich ihnen helfen kann, dann ist es zu spät. Mehr Zeit habe ich nicht.«

»Die bringt sich nicht um«, sagte Peggy verächtlich. »Wenn Frauen sich aus Reue umbringen würden, dann wäre ich schon seit Juli tot.«

»Sie wird es tun, Peggy. Sie wäre jetzt schon tot, wenn ich sie nicht davon abgehalten hätte, und sie wird morgen tot sein, wenn ich ihr nicht helfen kann.«

»Was kümmert es dich?«

Ich sah ihr immer noch geradewegs in die Augen. »Ich habe gesagt, ich versuche, meine Sauereien in Ordnung zu bringen.«

»Du meinst, *diese* Sauerei.«

»Ich meine alle meine Sauereien.«

»Für einige ist es zu spät.«

»Kann sein. Aber ich werde mein Bestes tun.«

»Und das wäre?«

»Das weiß ich nicht, Peggy. Ich habe keine Übung in solchen Sachen. Im Moment tue ich das, was Leute von mir verlangen. Ich habe gesagt, du kannst mir deine Bedingungen nennen.«

Peggy starrte mich eine Weile an.

»Wer ist diese Frau?«

»Rennie Morgan. Ihr Mann unterrichtet Geschichte am College.« Aber offenkundig machte sich Peggy mehr Sorgen um sich selbst.

»Denkst du, ich habe schon mal eine Abtreibung gehabt? Aber wahrscheinlich muß ich annehmen, daß du das denkst, oder?«

»Ich nehme überhaupt nichts an. Ich hatte gehofft, daß du vielleicht jemand kennst, der eine gehabt hat, oder daß du vielleicht von einem Arzt gehört hast.«

»Und wenn?«

»Ich habe bereits gesagt, es gibt keinen Grund, warum du mir helfen solltest, und ich nehme an, daß dir Rennie Morgan ziemlich egal ist – oder vielleicht magst du sie nicht, ich weiß es nicht. Ich kann nur sagen, daß dies meine letzte Chance ist, sie davon abzuhalten, Selbstmord zu begehen, und ich bin bereit, alles zu tun, damit du mir hilfst.«

»Du mußt sie sehr lieben.«

»Wenn ich es tue, dann weiß ich nichts davon. Kennst du einen Arzt, Peggy?«

Nach einer Weile sagte sie: »Ja. Ich mußte vor zwei Jahren einen für mich finden.«

»Wer war es?«

»Ich habe noch nicht beschlossen, daß ich dir helfen will, Jake.«

»Hör zu«, sagte ich in dem aufrichtigsten Ton, den ich zustande brachte. »Du brauchst es nicht zu unterstreichen, ich bin mir deiner Position bewußt. Ich habe schon gesagt, daß du die Bedingungen stellen kannst.«

»Ich könnte dir helfen«, sagte Peggy. »Es gibt diesen Mann noch, und er könnte es machen. Er bekommt zweihundert Dollar.«

Ich dachte, es wäre wirkungsvoll, wenn ich dicht vor ihr stünde, die Hände auf ihre Schultern legte und mich herabbeugte, um ihr in die Augen zu sehen. Also tat ich es.

»Und was bekommst du?« fragte ich mit angemessener Ruhe.

»Oh, Jake, ich könnte einen hohen Preis nennen! Du bist seit ein oder zwei Tagen verzweifelt, ich aber seit fünfzehn Jahren!«

»Sag es mir.«

»Wieso? Wenn sie die Operation hinter sich hat, würdest du mich doch sowieso verlassen.«

»Willst du, daß ich dich heirate, Peggy?«

»Das wäre mein Preis«, sagte sie.

»Ich werde es tun.«

»Ja, wahrscheinlich würdest du es. Und was würdest du dann tun? Mich verlassen oder mich für den Rest meines Lebens quälen?«

»Keines von den beiden hört sich geeignet an, um Sauereien in Ordnung zu bringen«, entgegnete ich grinsend.

»Du könntest doch gar nicht anders als mich hassen. Kein Mann hat jemals eine Frau geliebt, die er gezwungen war zu heiraten.«

»Stell mich auf die Probe.«

Peggy war äußert nervös, erregt von der Vorstellung, welche Macht sie über mich hatte, und etwas erschrocken über ihre eigene Kühnheit.

»Wie kann ich dir glauben, Jake? Du hast nichts, aber auch gar nichts getan, das mich dazu bringen könnte, dir zu trauen.«

»Das weiß ich.«

»Und doch sagst du, daß du es diesmal ehrlich meinst?«

»Genau.«

»Du liebst mich nicht.«

»Ich liebe niemanden. Aber ich bin nun schon eine ganze Weile Junggeselle, und auch ohne diese Abtreibungsgeschichte stehe ich so tief in deiner Schuld, daß es eine ganze Zeitlang reichen wird.«

Peggy löste sich von mir und warf ihren Kopf hin und her, ganz ähnlich wie Rennie.

»Was ist das bloß mit dir? Selbst wenn du großzügig bist, bringst du mich in eine unangenehme Lage – in eine entwürdigende Lage.«

»Nun, dann sei mal einen Augenblick ruhig. Laß mich dir einen Antrag machen. Ich habe beschlossen, daß ich dich heiraten will. Und wenn ich jemals etwas Ehrliches in meinem Leben gesagt habe, dann das hier.«

»Du hast noch nie etwas Ehrliches zu mir gesagt, oder?«

»Gerade eben. Ich würde dich noch heute heiraten, wenn es ginge. Aber wir besorgen uns die Erlaubnis morgen und heiraten am Mittwoch.«

»Du hast gesagt, sie muß es heute abend wissen.«

»Richtig. Du brauchst ihr nur zu sagen, daß du jemand kennst. Du kannst es ihr gleich jetzt sagen. Ich schätze, das würde reichen. Sag ihr, daß du ihr aus persönlichen Gründen den Namen erst am Mittwoch geben kannst. Wenn sie sich bereit erklärt zu warten, dann bin ich zufrieden.«

»Und wenn nicht, was dann?«

Eine weitere entscheidende Frage, aber die richtige Antwort war klar.

»Wenn nicht, dann kann ich nichts weiter für sie tun, aber ich sehe nicht, was das an meiner Verpflichtung dir gegenüber ändern sollte. Du hättest alles getan, worum ich dich gebeten habe, und ich würde alles tun, was ich versprochen habe.«

Jetzt brach Peggy in Tränen aus und wand sich vor Unschlüssigkeit.

»Ich werde dich heiraten und dich für den Rest meines Lebens so lieben, wie ich jemanden lieben kann«, schwor ich.

Sie weinte eine Weile, ohne zu antworten. Ich wurde allmählich unruhig. Es mußte etwas unternommen werden, und zwar sofort. Ich überlegte, ob ich sie umarmen sollte: Würde ich sie damit rumkriegen oder alles verderben? Mir war bewußt, daß jetzt jeder Zug von entscheidender Bedeutung war. Jedes Wort, jede Handlung – oder jedes Schweigen, jede unterlassene Handlung – könnte sie von meiner Aufrichtigkeit oder Unaufrichtigkeit überzeugen. Peggy Rankin! Ich war mit einer Phantasie geschlagen, die zu blühend war, um mir für die Einschätzung meiner Mitmenschen von Nutzen zu sein: Ganz gleich wie gut ich sie kannte, ich war immer in der Lage, mir bei ihnen widersprüchliche Reaktionen auf fast alles vorzustellen und zu rechtfertigen. Jetzt ein Kuß: Würde sie diese Geste als Beweis sehen, daß ich den Bogen überspannte, oder dafür, daß ich so aufrichtig war, daß es mir egal war, ob sie mich für unaufrichtig hielt? Wenn ich nichts tat, würde sie mein Nichthandeln als Beweis sehen, daß ich mit meinen Lügen nicht weiter konnte, daß ich mir so sicher war, sie am Haken zu haben, daß kein weiteres Handeln nötig war, oder daß ich in meiner tiefen Aufrichtigkeit Angst hatte zu handeln, weil ich befürchtete, sie könnte denken, mein Antrag sei doch nur nichts anderes als eine List?

Ich nahm ihren Kopf in die Hände und drehte ihr Gesicht zu mir hoch. Sie zögerte einen Moment und ließ sich dann auf einen langen Kuß ein.

»Gott sei Dank glaubst du mir, Peggy«, sagte ich ruhig.

»Tue ich aber nicht.«

»Wie bitte?«

»Seit du hier hereinmarschiert bist, habe ich dir kein einziges Wort geglaubt. Ich hätte gleich auflegen sollen, als du angerufen hast. Und jetzt verschwinde.«

»Um Himmels willen, Peggy, du mußt mir glauben!«

»Wenn du nicht verschwindest, schreie ich. Das ist mein Ernst.«

»Glaubst du denn nicht, daß Rennie Morgan sich erschießen wird?« brüllte ich.

Sie fing an zu schreien, und ich mußte ihr meine Hand auf den Mund drücken, um sie zum Schweigen zu bringen. Sie trat und boxte mich und versuchte, mir in die Hand zu beißen. Ich zwang sie in ihren Sessel zurück, setzte mich auf ihren Schoß, um ihre Beine still zu halten, und legte ihr meine andere Hand um die Kehle. Sie war ziemlich stark, und ich hatte Mühe, sie festzuhalten – bei Rennie wäre es überhaupt nicht möglich gewesen.

»Ich bin verzweifelter, als du es dir vorstellen kannst, verdammt noch mal! Mir war es ernst, als ich gesagt habe, daß ich dich heiraten würde, und mir ist es ernst, wenn ich sage, daß ich dich jetzt auf der Stelle erwürgen werde, wenn du mir nicht hilfst!«

Ihre Augen wurden rund, und ich nahm meine Hand von ihrem Mund. Aber sowie sie versuchte, wieder zu brüllen, drückte ich ihre Luftröhre fest zusammen – wirklich fest, mein Daumen und mein Zeigefinger gruben sich förmlich in ihren Hals.

»Hör auf!« krächzte sie. Ich ließ ab, aus Angst, ich könnte ihr wirklich etwas antun. Mit einem Pfeifer strömte die Luft in ihre Lungen.

»Wer ist der Arzt?« wollte ich wissen.

»Es gibt keinen«, sagte sie und hielt sich den Hals. »Ich kenne keinen. Ich habe bloß versucht …«

Ich knallte ihr eine, so fest ich konnte, und rannte aus ihrer Wohnung.

Es gab nichts mehr zu tun: Ob ich aufrichtig gewesen war oder nicht, ob sie gelogen hatte oder nicht, das alles spielte jetzt keine Rolle mehr. Ich ging nach Hause und setzte mich in meinen Schaukelstuhl. Es war bereits halb zwölf. Mir waren die Strohhalme ausgegangen, an die ich mich klammern konnte, ich hatte keine Energie mehr. Ich war auf der ganzen Linie besiegt. Ich versuchte, meine Phantasie dazu zu bringen, eine Lösung zu finden, aber ich konnte nur noch an Rennie denken, wie sie in acht oder zehn Stunden wortlos zum Wohnzimmerschrank gehen würde. Joe würde sich vielleicht gerade über irgendwelche Notizen auf seinem Schreibtisch beugen. Er würde vielleicht hören, wie Rennie – ihre Zeitung vielleicht? – weglegt und zum Schrank geht. Ich konnte mir vorstellen, wie er weiter auf seine Notizen starrt, aber nicht mehr die Worte erkennen kann, die er geschrieben hat, oder vielleicht den Kopf dreht, um zu beobachten, wie seine Frau die Schranktür öffnet. Die Jungs würden in ihrem Zimmer schlafen. Ich glaubte nicht, daß Rennie wieder ins Wohnzimmer zurückginge, um es zu tun. Dort in der Kammer, wo die halbgeöffnete Tür zwischen ihr und Joe sein würde, würde sie den Colt vom Regal nehmen, ihn entsichern, sich die Mündung an die Schläfe halten und abdrücken, bevor sie sich von dem Gefühl des Pistolenlaufs an ihrem Kopf übergeben mußte. Ich stellte mir vor, sie könnte sich auf den Boden der Kammer setzen, um es zu tun.

Soweit konnte ich es mir mit einiger Klarheit vorstellen, aber nicht weiter, denn ich hatte noch nie eine blutige Leiche gesehen. Etwa zwei Stunden lang – das heißt, bis halb zwei – wiederholte sich diese Handlungsabfolge wieder und immer wieder in meinem Kopf, bis zum Augenblick, in dem der Schuß losgeht. Drastische Maßnahmen: Ich könnte rausfahren und versuchen, ihr die Waffe zu entwenden. Aber was würde ich damit tun? Sie würden mich einfach ansehen, und Rennie würde einen anderen Weg finden. Rennie packen und sie festhalten, wenn möglich. Für immer? Die Polizei rufen und ihnen sagen, daß eine Frau im Begriff sei, Selbstmord zu begehen. Was könnten sie tun? Sie würde zu Hause sitzen und Zeitung lesen, Joe am Schreibtisch arbeiten. Ihr sagen, ich hätte eine Abtreibung arrangiert – bei wem? Für wann?

Mein Schaukeln verlangsamte sich zu einer beinahe unmerklichen Bewegung. Bis auf die Vorstellung von der Pistole an Rennies Schläfe, die Vorstellung von dem Bleigeschoß, das in der Kammer wartete – was kein Bild war, sondern eine innere Spannung, eine Art Dröhnen in meinem Schädel –, war mein Kopf leer. Meine Blase war voll. Ich mußte auf die Toilette, aber ich ging nicht. Nach einer Weile verschwand der Drang. Ich beschloß zu versuchen, *Pepsi-Cola ist doch toll* zu sagen, aber nach der ersten Zeile vergaß ich, auch den Rest aufzusagen. Der Drang zu urinieren kehrte wieder, jetzt stärker als zuvor. Ich konnte mich nicht entschließen aufzustehen.

Unten drehte jemand sein Radio laut, und ich sprang auf. Es war drei Uhr. Die halbe Minute, die ich damit verbracht zu haben glaubte, nicht zur Toilette zu gehen, war in Wirklichkeit eine Viertelstunde gewesen! Einen Moment später eilte ich hinunter zum Auto. Ich fuhr mit achtzig Stundenkilometern an den Morgans vorbei nach Vineland zur Remobilisierungsfarm. In der Eingangshalle traf ich auf Mrs. Dockey, die gerade Umzugskisten mit Bindfäden zusammenschnürte.

»Wo ist der Doktor? Ich muß ihn sofort sprechen.«

Sie wies mit einem Kopfnicken zur Rückseite des Hauses. Als ich durch den Empfangsraum ging, bemerkte ich zusammengerollte Teppiche, umgestellte Möbel und weitere Kisten.

»Sie sind besorgt«, bemerkte der Doktor, sowie er mich sah. Er trug einen schwarzen Wollanzug, saß auf der hinteren Veranda, die bei kaltem Wetter in eine Glasveranda umgewandelt werden konnte, und las die Sonntagszeitung. Er war zum Glück allein. Die meisten Patienten gingen entweder spazieren oder saßen im Empfangsraum. »Setzen Sie sich.«

»Ich hatte heute nachmittag leichte Beschwerden«, sagte ich.

»Immobilität?« Er legte seine Zeitung weg und sah mich prüfend an. »Dann haben Sie die Therapie nicht befolgt.«

»Nein, habe ich nicht. Das gebe ich zu. Ich hatte in letzter Zeit schrecklich viel zu tun.«

Es war kühl draußen, fast kalt, aber die Sonne schien, und in der Ferne über einem sumpfigen Bach hinter dem Farmhaus schwebte ein großer grauer Fischfalke bewegungslos gegen den Wind. Ich wußte nicht, wo ich anfangen sollte.

»Wenn dem so ist«, bemerkte der Doktor kritisch, »dann verstehe ich nicht, warum Sie immobilisiert waren.«

»Ich glaube, ich kann es erklären. Ich war damit beschäftigt, einige Probleme zu klären, die aufgetaucht sind.«

»Nun nun. Ich fürchte, diesmal muß ich wissen, um welches Problem es sich handelt, da es nach dem Beginn Ihrer Therapie aufgetaucht ist. Vielleicht gehen wir besser in den Fortschritts- und Beratungsraum.«

»Ich kann es Ihnen gleich hier sagen. Es dauert nicht lange.«

»Nein. Gehen wir in den Fortschritts- und Beratungsraum. Sie gehen schon mal vor – sagen Sie Mrs. Dockey Bescheid, damit sie weiß, wo wir sind –, und ich komme gleich nach.«

Ich tat, was er sagte, und etwas später kam er herein und nahm mir gegenüber Platz. Er hatte sich einen weißen Arztkittel angezogen.

»Also, was ist los?«

Mit geraden Knien und verschränkten Armen erzählte ich ihm die Geschichte meiner kurzen Affäre mit Rennie und deren Folgen. Zu meiner Überraschung fiel es mir nicht schwer, solange ich mich an die tatsächlichen Ereignisse hielt und nicht versuchte, irgend etwas zu erklären. Das Schwierigste während meines Berichts war, meine Augen unter Kontrolle zu haben. Der Doktor lehnte sich wie üblich vor, rollte seine unangezündete Zigarre im Mund herum und betrachtete die ganze Zeit mein Gesicht. Ich konzentrierte mich auf sein linkes Auge, dann auf sein rechtes, dann auf seine Stirn, seinen Nasenrücken, seine Zigarre – und es beunruhigte mich, daß ich meine Augen nicht länger als ein paar Sekunden stillhalten konnte. Ich berichtete ihm in allen Einzelheiten von meiner Suche nach einem Arzt, und selbst von meinem Gespräch mit Peggy Rankin. Es war enorm erfrischend, das alles zu erzählen.

»Es gibt keinerlei Zweifel an Rennies Entschluß«, sagte ich schließlich. »Sie wird Selbstmord begehen, wenn ich ihr nichts Konkretes sagen kann, und die Alternativen sind mir heute morgen um halb zwölf ausgegangen. Danach hat die Paralyse eingesetzt, die erst vor etwa einer Stunde aufhörte, als jemand im Zimmer unter mir das Radio anstellte. Sie wird sich in fünf oder sechs Stunden erschießen.«

»Ist es das, was Sie sich unter einem geregelten Lebenswandel vorstellen?« wollte der Doktor verärgert wissen. »Ich habe Ihnen doch gesagt, Sie sollen Komplikationen vermeiden! Sich vor allem nicht mit Frauen einlassen! Haben Sie gedacht, die Therapie sei bloß ein albernes Spielchen? Haben Sie nur mitgemacht, um sich zu amüsieren?«

»Ich weiß es nicht, Sir.«

»Natürlich wissen Sie es. Sie betrachten mich schon seit langem als eine Art Scharlatan, Kurpfuscher oder Schlimmeres. Das war offensichtlich, aber ich habe Ihnen Ihre Meinung gelassen, solange Sie getan haben, was ich Ihnen gesagt habe, weil in Ihrem Fall eine derartige Haltung für sich genommen schon therapeutisch sein kann. Aber wenn Sie anfangen, meinen Rat zu mißachten, dann ist diese Haltung sehr gefährlich, wie Sie jetzt sehen können.«

»Ja, Sir.«

»Ist Ihnen klar, daß Sie jetzt nicht hier wären, wenn Sie Ihre Behandlung nicht unterbrochen hätten? Wenn Sie jeden Tag Ihren *Weltalmanach* studiert hätten, an nichts anderes als Ihre Grammatikstudenten gedacht hätten, Sinistralität, Antezedenz und alphabetische Priorität praktiziert hätten – vor allem, wenn Sie sie lächerlich gefunden, aber trotzdem praktiziert hätten –, wäre nichts von dem, was passiert ist, nun ein Problem für Sie.«

»Ehrlich gesagt, Doktor, habe ich mir in letzter Zeit mehr Gedanken um die Morgans gemacht als um mich selbst.«

»Und sehen Sie, was passiert ist! Ich habe Ihnen nicht gesagt, daß Sie sich mit jemandem anfreunden sollen! Sie hätten an nichts anderes als Ihre Immobilität denken sollen.«

Es war Zeit, ihm zu sagen, warum ich hergekommen war, aber er redete einfach weiter.

»Diese Paralyse, die Sie gerade gehabt haben, ist eindeutig anderer Art als Ihre frühere. In der Pennsylvania Station war es die Unfähigkeit zu wählen, die Sie immobilisiert hat. Das ist der Fall, der mich interessiert, das ist der Fall, den ich behandelt habe. Aber jetzt haben Sie sich in eine Sackgasse hineinmanövriert – ein vulgärer, dummer Zustand, nicht einmal ein Dilemma, und doch macht es alles zunichte, was ich erreicht habe.«

»Doktor, Verzeihung – aber diese Frau wird sich erschießen!«

»Es würde Ihnen recht geschehen, wenn der Ehemann Sie erschießen würde. Mit Mythotherapie … mit Mythotherapie hätten Sie sich aus allen Verwicklungen heraushalten können, wenn Sie sie die ganze Zeit über gewissenhaft angewendet hätten. Strenggenommen haben Sie sie sogar angewendet, aber wie ein Idiot haben Sie die falsche Rolle gewählt. Selbst die des Schurken wäre in Ordnung gewesen, wenn Sie durch und durch Schurke gewesen wären, und keine Reue gezeigt hätten! Aber Sie haben sich selbst zum Bußfertigen gemacht, als es schon zu spät war, um zu bereuen, und das ist meiner Meinung nach die ideale Rolle, um Sie zu immobilisieren. Also wirklich!« rief er verstört aus. »Ihr Fall war der interessanteste, den ich seit Jahren behandelt habe, und Sie haben alles ruiniert!«

Ganze zwei Minuten lang kaute er in wütendem Schweigen auf seiner Zigarre. Ich spürte genau, wie die Zeit ablief.

»Könnten Sie nicht ...?«

»Seien Sie still!« sagte er barsch. Nach einer Weile fuhr er fort: »Der Selbstmord der Frau wird vollkommen antitherapeutisch sein. Sogar katastrophal. Ihr Mann könnte Sie erschießen, oder vielleicht erschießen Sie sich selbst, bei dem schlimmen Rückfall, den Sie gehabt haben. Ich könnte diese beiden Eventualitäten verhindern, indem ich Sie hier auf der Farm behalte. Aber was, wenn er merkt, daß Sie weg sind, und Ihnen die Polizei auf den Hals schickt. Denn die will ich hier draußen nun nicht sehen. Sie haben alles vermasselt! Mit dieser dämlichen Geschichte haben Sie zwei Jahre Arbeit zunichte gemacht.«

»Können Sie ihr nicht Ergotrat spritzen, Doktor?« fragte ich schnell.

Der Doktor entfernte die Zigarre aus seinem Mund, um mich sarkastischer betrachten zu können. »Meine lieber Freund, aus welchem Grund sollte ich Ergotrat haben? Meinen Sie, die Damen und Herren hier zeugen Kinder?«

Ich errötete. »Könnten Sie dann vielleicht ein Rezept ausstellen?«

»Seien Sie nicht naiver als nötig. Sie könnten ebensogut selbst eines ausstellen.«

»Mein Gott. Ich weiß nicht, was ich tun soll.«

»Horner, hören Sie auf, den Unschuldigen zu spielen. Sie sind gekommen, um mich zu bitten, den Fötus abzutreiben, und nicht, um über Ihre Immobilität zu sprechen.«

»Werden Sie es tun?« Ich flehte ihn an. »Ich zahle alles, was Sie verlangen.«

»Leere Versprechungen. Angenommen, ich würde Ihnen siebentausend Dollar berechnen? Sie aber gehen davon aus, daß Sie etwa fünfhundert Dollar bezahlen müssen. Und da Sie nach getaner Arbeit Ihren Zahlungsverpflichtungen nicht nachkommen würden, könnte der eigentliche Preis nicht mehr sein als einhundert oder zweihundert Dollar. Wenn ich mich nicht irre, haben Sie nicht mehr Geld zur Hand.«

»Ich habe etwa zweihundertfünfundsiebzig Dollar. Ich gebe sie Ihnen gerne.«

»Horner, ich bin kein Arzt, der Abtreibungen durchführt. Ich habe in meiner Laufbahn vielleicht zehn Föten abgetrieben, und das ist schon Jahre her. Wenn ich jetzt eine Abtreibung durchführen würde, würde ich diesen ganzen Betrieb hier gefährden, das künftige Wohlergehen meiner Patienten und meine eigene Freiheit. Sind zweihundertfünfundsiebzig Dollar das wert? Oder vielleicht fünftausend?«

»Mehr kann ich Ihnen nicht geben.«

»Doch, Sie können, und wenn Sie tun, was ich sage, dann treibe ich den Fötus ab.«

»Ich bin mit allem einverstanden.«

»Natürlich. Aber ob Sie Ihr Versprechen halten, ist eine andere Frage. Ich bin gerade dabei, die Farm zu verlegen – zweifellos haben Sie die Sachen in der Eingangshalle und im Empfangsraum bemerkt. Zur Abwechslung ziehen wir um, weil wir wollen, nicht weil wir müssen. Ich habe einen besseren Standort gefunden, in Pennsylvania, und wir fahren Mittwoch hier weg. Mrs. Dockey hätte Sie morgen benachrichtigt, wenn Sie nicht schon heute gekommen wären. Also, unter anderen Umständen käme eine Abtreibung nicht in Frage. Aber da wir ohnehin umziehen, werde ich sie heute abend durchführen.«

Der Schock trieb mir die Tränen in die Augen, und ich fing jäh an zu lachen.

»Ich würde Ihnen gerne einen Katheter für die Dame mitgeben. Wenn sie ein paar Tage lang damit herumläuft, würde das die Wehen auslösen und den Fötus abtreiben. Sie würde starke Blutungen haben, aber im Krankenhaus müßte man sie als Notfall aufnehmen. Das wäre besser, weil sie dann erst gar nicht hierherzukommen bräuchte, aber es dauert zu lange. Möglicherweise beginnen die Wehen erst am Mittwoch, und sie würde sich so elend fühlen mit dem Katheter in ihrer Gebärmutter, daß sie sich wahrscheinlich sowieso umbringen würde. Bringen Sie sie heute abend hierher. Ich schabe ihr die Gebärmutter aus und erledige die Sache.«

»Mach ich! Mein Gott, das ist wunderbar!«

»Das ist es nicht. Es ist ekelhaft und widerwärtig, aber ich tue es, um Ihren Fall zu retten. Als Gegenleistung müssen Sie mir nicht nur Ihr ganzes Geld geben, um beim Umzug der Farm nach Pennsylvania zu helfen, sondern auch Ihre Arbeit aufgeben und mit uns kommen. Ich verlange das aus zwei Gründen: Erstens möchte ich Sie rund um die Uhr bei mir haben, damit ich Sie wieder auf Therapie setzen kann. Zweitens brauche ich einen jungen Mann, der beim Aufbau der neuen Farm körperliche Arbeit verrichten kann. Das wird Ihre erste Therapie sein. Vielleicht ist mein Honorar zu hoch?«

Mir fielen wieder die alten Männer im Schlafsaal ein.

»Zögern Sie nicht, Horner«, sagte der Doktor streng, »sonst lehne ich ab. Ihr Fall ist ein Hobby für mich, keine Obsession, und Sie gehen mir ebensooft auf die Nerven, wie Sie mich amüsieren.«

»Ich tue es«, sagte ich.

»Gut. Ich führe die Abtreibung heute abend durch. Da wir heute Sonntag haben, werden Sie einen Scheck mitbringen müssen. Morgen sagen Sie im College Bescheid, daß Sie kündigen, und am Mittwoch morgen stehen Sie um halb neun am Busbahnhof von Wicomico. Sie werden sich dort mit Mrs. Dockey und ein paar Patienten treffen und dann den Bus nehmen.«

»In Ordnung.«

»Wollen Sie, daß ich Ihnen erkläre, was ich alles tun kann, um sicherzugehen, daß Sie Ihr Versprechen halten? Oder daß es Ihnen schrecklich leid tun wird, wenn Sie es brechen?«

»Das brauchen Sie nicht, Doktor«, sagte ich. »Ich bin am Ende. Ich werde es halten.«

»Ich bin mir sicher, daß Sie es tun werden«, sagte er lächelnd, »egal ob Sie es sind oder nicht. Gut, das wäre alles.« Er erhob sich. »Die Patienten gehen um neun ins Bett. Bringen Sie die Dame um halb zehn. Richten Sie Ihre Scheinwerfer nicht auf das Haus, und machen Sie keinen Lärm. Sonst werden oben alle neugierig. Und bringen Sie den Scheck und Ihr Sparbuch mit, damit ich weiß, daß der Scheck auch wirklich so hoch wie möglich ist. Auf Wiedersehen.«

Als ich hinausging, war Mrs. Dockey immer noch unerschütterlich dabei, in der Empfangshalle Kisten zusammenzubinden.

»Der Doktor hat mir von dem Umzug erzählt«, sagte ich zu ihr. »Es sieht so aus, als würde ich mitkommen, zumindest für eine Weile.«

»Gut«, knurrte sie, ohne mich anzusehen. »Seien Sie pünktlich um halb neun da. Der Bus geht um zwanzig vor.«

»Werde ich«, sagte ich und rannte zu meinem Wagen. Es war kurz vor fünf.

Ich stand im Wohnzimmer der Morgans, noch im Mantel, denn ich wurde nicht gebeten

Ich stand im Wohnzimmer der Morgans, noch im Mantel, denn ich wurde nicht gebeten, zum Abendessen zu bleiben. Joe und Rennie waren beide in der Küche und bereiteten gemächlich das Abendessen für die Jungs vor. Sie schienen guter Dinge zu sein und hatten offenbar gerade über irgend etwas gescherzt.

»Und wo warst du diesmal?« fragte Rennie.

»Es ist alles geregelt«, erwiderte ich.

»Du mußt nur das nächste Flugzeug zum Vatikan nehmen«, sagte Joe zu ihr, meine zugleich erschöpfte und erleichterte Stimme nachahmend, »und zu sagen, daß du die Geliebte des Papstes bist.«

»Ich habe doch ein für allemal gesagt, daß ich nicht lügen werde«, antwortete Rennie lachend.

»Ich hole dich um neun Uhr ab«, sagte ich. »Der Termin ist um halb zehn. Es wird nicht mit Ergotrat sein.«

Rennies Lächeln verschwand. Sie wurde ein wenig blaß.

»Hast du wirklich jemand gefunden?«

»Ja. Er ist ein Facharzt im Ruhestand, der in der Nähe von Vineland ein Sanatorium betreibt.«

»Wie heißt er?« fragte Joe, ohne zu lächeln.

»Er möchte anonym bleiben, was ja wohl verständlich ist. Aber er ist ein guter Arzt. Ich habe ihn schon vor einigen Jahren kennengelernt, noch bevor ich hierherkam. Ich habe sogar auf seinen Vorschlag hin die Stelle am College angenommen.«

Sie waren überrascht.

»Ich habe noch nie etwas von einem Sanatorium in der Gegend gehört«, sagte Rennie zweifelnd.

»Er will seinen Patienten zuliebe nicht auffallen, da er ein schwarzer Arzt ist mit ausschließlich weißen Patienten. Es kennt ihn kaum jemand.«

»Ist er vertrauenswürdig?« fragte Joe mißtrauisch. Inzwischen standen beide in der Küchentür.

»Das ist egal«, sagte Rennie schnell und ging wieder zum Herd.

»Bist du um neun soweit?« fragte ich sie.

»Ich werde soweit sein.«

»Du wirst auch mitkommen wollen, oder?« fragte ich Joe.

»Ich weiß nicht«, sagte er lustlos. »Das entscheide ich später.«

Es war, als hätte ich ihm den Spaß an irgend etwas verdorben.

Als ich wieder in meinem Zimmer war, befreit von all der Anspannung, verspürte ich eine Reaktion, die nicht nur von der Aufregung der letzten Tage hervorgerufen wurde, sondern auch von der Verantwortung, die ich zu tragen hatte. Es fiel mir nicht schwer, erleichtert zu sein, daß ich Rennies Selbstmord endlich verhindert hatte, aber es fiel mir äußerst schwer, mich so geläutert zu fühlen, wie ich mich geläutert fühlen wollte. Ich wollte, daß dieses Abenteuer mir folgende Einsichten brachte: Daß ich, egal welche wechselnden Meinungen ich auf abstrakte Weise über ethische Fragen hegte, nicht durchgängig soweit dieselbe Person war (nicht ›real‹ genug, um Rennies Ausdruck zu gebrauchen), daß ich ernsthaft in das Leben anderer eingreifen konnte, ohne rundherum Schaden anzurichten und nicht zuletzt meine eigene Seelenruhe zu gefährden. Daß meine irrationalen Anwandlungen von Gewissensbissen und Grausamkeiten, von Mitgefühl und Zynismus – kurz, meine Unfähigkeit, lange genug dieselbe Rolle zu spielen –, sowohl mir als auch anderen Schmerz zufügen konnte und es genau diese Unbeständigkeit höchst unwahrscheinlich machte, daß ich in schwierigen Situationen über einen längeren Zeitraum gefaßt blieb, so wie Joe es zum Beispiel war. Ich wollte und brauchte nicht unbedingt Freunde, aber mir war klar (auch das wollte ich lernen), daß ich mich angesichts meiner besonderen Art von Integrität nicht für sie einsetzen durfte, wenn ich sie denn behalten wollte – ich mußte sie in Ruhe lassen.

Es war eine einfache Lektion, aber ich fühlte mich nicht geläutert. Meine Gefühle waren gemischt: Ich empfand Erleichterung, Scham, Zorn, verletzten Stolz, rührselige Zuneigung zu den Morgans, Empörung über sie und über mich sowie eine Menge anderer Dinge, darunter auch Gleichgültigkeit gegenüber der ganzen Geschichte.

Außerdem hatte ich mich selbst ziemlich satt, genau wie mein Wissen über meine diversen Ichs und meine persönlichen kleinen Geheimnisse. Obwohl ich nicht die geringste Absicht hatte, mein Versprechen zu halten und mit dem Doktor nach Pennsylvania zu gehen, verfaßte ich ein kurzes Schreiben an Dr. Schott, in dem ich ihm meine Kündigung mitteilte: Mein Bemühen um Verantwortlichkeit hatte mich in der Tat erschöpft, und ich war bereit, Wicomico und die Morgans zu verlassen. In einer neuen Stadt, mit neuen Freunden, unter neuem Namen könnte man vielleicht genügend Einheit vortäuschen, um eine einzige Person zu sein und in der Welt zu leben. Vielleicht, wenn man ein hinreichend talentierter Schauspieler wäre ... Ich könnte Peggy Rankin heiraten, ihren Namen annehmen, ihr ein Kind machen. Ich lächelte.

Kurz vor neun holte ich Rennie ab. Sie und Joe hatten gerade ein spätes Abendessen bei Kerzenlicht beendet.

»Wichtiger Anlaß«, bemerkte Joe trocken. Er knipste das Licht an und blies die Kerzen aus. Ich sah, daß sie Hotdogs mit Sauerkraut gegessen hatten. Er dachte nicht daran, Rennie in den Mantel zu helfen, und trug das Geschirr zur Spüle.

»Wie lange wird es dauern?« fragte er mich.

»Das weiß ich nicht, Joe«, erwiderte ich, wobei ich mich höchst unbehaglich fühlte. »Ich denke, es wird nicht allzu lange dauern.«

»Ich bin soweit«, sagte Rennie. Sie sah schlecht aus: blaß und unsicher. Joe gab ihr einen flüchtigen Kuß und drehte dann den Wasserhahn auf, um das Geschirr zu spülen.

»Du kommst nicht mit?« fragte ich ihn.

»Nein.«

»Nun ...« sagte ich. Rennie war schon auf dem Weg zur Tür. »Dann bis später.«

Wir gingen hinaus. Rennie ging schwerfällig vor mir her den Bürgersteig hinunter und öffnete die Autotür, bevor ich es für sie tun konnte. Sie schniefte ein wenig, hielt aber ihre Tränen zurück. Wir fuhren die Landstraße entlang nach Vineland.

»Das ist alles ziemlich schiefgelaufen, oder?« bemerkte ich mitfühlend. Sie starrte ohne zu antworten aus dem Fenster. »Es tut mir schrecklich leid, was alles passiert ist.«

Sie ließ nicht erkennen, in welcher Stimmung sie war, was sie dachte, sie gab mir keinen Hinweis auf ihre Gefühle. Was ich aber merkte, war ihre Einsamkeit bei dem, was geschehen war und bald geschehen würde – die grundsätzliche, endgültige Einsamkeit aller Menschen, die sich in einer kritischen Situation befinden. Es ist nicht immer wahr, aber manchmal offenkundiger als sonst, und in diesem Moment verstand ich, wie fern sie Joe war, mir, irgendwelchen Werten, Motiven, der Welt oder der Geschichte – ein einsames Tier in einer ausweglosen Lage. Und Joe spült zu Hause das Geschirr ab. Was für einsame Tiere! Es gibt keine Sache, keinen Entschluß, keine Philosophie, in die wir so viel von uns selbst einbringen können, daß nichts mehr von uns übrigbliebe, um sich zu wundern und einsam zu sein.

»Dieser Bursche ist ein wirklich guter Arzt«, sagte ich eine Minute später.

Rennie sah mich verständnislos an, als hätte ich in einer fremden Sprache gesprochen.

»Rennie, soll ich dich wieder nach Hause fahren?«

»Wenn du das tust, erschieß ich mich«, sagte sie heiser.

Als wir zum Ende der Auffahrt kamen, die zum Farmhaus führte, schaltete ich die Scheinwerfer aus und fuhr leise in den Hof. Ich erklärte Rennie, der Doktor wolle nicht, daß seine Patienten gestört werden, war mir aber im klaren darüber, daß die Theatralik der Situation ihren Nerven nicht guttat. Als ich sie ins Haus führte, spürte ich, wie sie zitterte. Mrs. Dockey und der Doktor erwarteten uns im Empfangsraum. Beide musterten Rennie eindringlich, in Mrs. Dockeys Miene spiegelte sich Verachtung wider.

»Guten Abend, Mrs. Morgan«, sagte der Doktor. »Wir können sofort anfangen. Mrs. Dockey wird Sie ins Behandlungszimmer bringen.«

Mrs. Dockey ging wortlos zum Behandlungsraum, und nach kurzem Zögern sprang Rennie auf, um dieser furchterregenden Frau zu folgen. Tränen stiegen mir in die Augen. Ich wußte nicht, wie ich es anstellen sollte, Mitleid von Liebe zu unterscheiden. Wahrscheinlich empfand ich bloß Mitleid.

»Haben Sie den Scheck und Ihr Sparbuch mitgebracht?« wollte der Doktor wissen.

»Ja.« Ich gab ihm beides. Auf dem vorletzten Scheckabschnitt war der Kontostand mit zweihundertsiebenundachtzig Dollar und zweiunddreißig Cents angegeben, der folgende Scheck war auf genau diesen Betrag ausgestellt und unterschrieben. »Ich wußte nicht, auf wen ich ihn ausstellen sollte.«

»Das fülle ich selber aus. Also gut, kommen Sie mit. Ich möchte, daß Sie sich das ansehen, es ist zu Ihrem eigenen Besten.«

»Nein, ich warte lieber hier.«

»Wenn Sie wollen, daß die Abtreibung durchgeführt wird«, sagte der Doktor, »dann kommen Sie mit und sehen zu.«

Ich ging höchst widerwillig mit. Der Doktor zog seinen weißen Kittel an, und wir betraten den Behandlungsraum. Rennie lag schon auf dem Untersuchungstisch unter einem Laken, das ihr bis zum Kinn reichte. Ich hatte Angst, sie würde etwas gegen meine Anwesenheit haben, aber sie zeigte keine Reaktion. Mrs. Dockey stand unbeteiligt daneben. Der Doktor wusch sich die Hände und hob das Laken über Rennies Unterleib hoch.

»Nun, dann wollen wir erst einmal sehen, ob Sie auch wirklich schwanger sind.«

Als er sie berührte, um mit der Untersuchung zu beginnen, zuckte sie unwillkürlich zusammen. Einige Minuten später, als der Doktor sich Gummihandschuhe über die Hände zog, sich die Finger einfettete und mit der inneren Untersuchung begann, fing sie an zu schluchzen.

»Lassen Sie das, bitte«, sagte der Doktor verärgert. »Das ist doch nicht das erstemal, daß Sie schwanger sind.«

Nach einer Weile fragte er: »Was glauben Sie, wie alt der Fötus ist?« Rennie antwortete nicht, und er fragte sie nicht weiter.

»Also gut, machen wir uns an die Arbeit. Geben Sie mir bitte den Dilatator und eine Kürette«, sagte er zu Mrs. Dockey, die daraufhin zu dem Sterilisator ging, der in der Nähe stand, um sie zu holen. Als die chirurgischen Instrumente im Sterilisator klirrten, wurde Rennies Schluchzen laut und unkontrolliert. Sie wand sich auf dem Untersuchungstisch und begann sogar, sich aufzurichten.

»Bleiben Sie liegen und seien Sie still!« befahl der Doktor in scharfem Ton. »Sie wecken ja alle auf.«

Rennie legte sich wieder hin und schloß die Augen. Mir wurde schlecht, sowie der Doktor die blitzende Kürette von

Mrs. Dockey entgegennahm. Ich beschloß, die Augen auf Rennies Gesicht zu halten, anstatt die Operation zu verfolgen.

»Machen Sie die Riemen fest«, wies der Doktor Mrs. Dockey an. »Das hätten Sie schon längst tun sollen.« Ein breiter Lederriemen wurde über Rennies Zwerchfell befestigt. »So, und jetzt halten Sie ihr rechtes Bein fest, und Sie, Horner, halten das andere fest. Da wir hier keine Geburtshilfe leisten, habe ich mir natürlich nie die Mühe gemacht, einen Tisch mit Bügeln anzuschaffen.«

Rennies Beine wurden hochgezogen und weit gespreizt. Mr. Dockey packte das eine, drückte den Unterschenkel gegen den Oberschenkel, während ich widerstrebend das andere hielt.

»Es tut mir leid, Rennie«, sagte ich.

Rennie warf den Kopf hin und her und stöhnte. Einige Augenblicke später – ich meinte, der Doktor hätte die Kürette angesetzt, aber ich wollte nicht hinsehen, um mich zu vergewissern – begann sie zu schreien und versuchte, sich zu befreien.

»Halten Sie ihre Beine fest!« bellte der Doktor. »Sie schneidet sich sonst in Stücke! Sorgen Sie dafür, daß sie den Mund hält, Horner!«

»Rennie …« Ich fand keine Worte. Sie war außer sich vor Angst. Ich glaube, sie erkannte mich nicht mehr. Ihr Gesicht verschwamm unter meinen Tränen. Einen Moment lang entspannte sie sich, schrie aber sofort wieder auf und versuchte, sich loszumachen.

»In Ordnung«, sagte der Doktor angewidert zu Mrs. Dockey. »Die Kürette ist draußen. Lassen Sie ihr Bein los und halten Sie ihr den Mund zu.«

Mrs. Dockey stieß Rennies Kopf nach unten und drückte ihr die Hand auf den Mund. Rennie trat mit ihrem freien Bein wild um sich. Der Arzt sprang zur Seite, wobei er seinen Hocker umstieß, und fluchte. Als mein Blick versehentlich über den Tisch wanderte, sah ich Blut auf dem Laken, Blut an Rennies Oberschenkeln, Blut an den Handschuhen des Doktors. Der Magen kam mir hoch, und ich hatte Mühe, den Brechreiz zu unterdrücken.

»Sie blutet bereits«, sagte der Doktor zu Mrs. Dockey. »Halten Sie sie für eine Minute ruhig, ich hole ein Betäubungsmittel.«

Rennies Angst übertrug sich nun auf mich. Einen Moment lang lag sie wieder still, und ihre Augen flehten mich an.

»Nehmen Sie die Hand weg«, befahl ich Mrs. Dockey. »Sie wird nicht schreien.« Mrs. Dockey zog vorsichtig die Hand zurück, jeden Moment bereit, sie ihr sofort wieder auf den Mund zu drücken.

»Jake, ich habe Angst«, wimmerte Rennie, am ganzen Körper zitternd. »Er tut mir weh. Ich will keine Angst haben, aber ich kann nichts dagegen machen.«

»Sind Sie sicher, daß es schon zu spät ist, um abzubrechen, Doktor?« rief ich ihm quer durch den Raum zu, wo er einen Gummischlauch an zwei Gasflaschen befestigte, die auf einem Wagen lagen.

»Das nützt nichts mehr«, sagte er. »Ich wäre schon längst fertig, wenn sie sich nicht so dumm angestellt hätte.«

»Willst du nach Hause, Rennie?«

»Ja«, sagte sie weinend. »Aber laß es ihn erst zu Ende bringen. Ich will ja stillhalten, aber ich kann nicht.«

»Wir kümmern uns darum«, sagte der Doktor, nicht länger verärgert. Er schob die Gasflaschen hinüber zum Kopfende des Tisches. »So wie Sie herumgehüpft sind, hätte ich leicht Ihre Gebärmutter verletzen können. Entspannen Sie sich jetzt.«

Rennie schloß die Augen. Der Doktor gab die Maske Mrs. Dockey, die sie Rennie mit einiger Genugtuung auf Nase und Mund hielt. Sofort öffnete der Doktor die Ventile, und das Gas schoß mit einem leisen Zischen in die Maske.

»Tief einatmen«, sagte der Doktor, während er die Druckmesser beobachtete.

Rennie inhalierte zweimal, dreimal, fünfmal, als sei sie begierig, das Bewußtsein zu verlieren. Ihr Zittern ließ nach, und ihre Beine wurden schlaff.

»Überprüfen Sie den Puls«, wies der Doktor Mrs. Dockey an.

Doch als sie mit ihrer freien Hand nach Rennies Handgelenk griff, zog sich Rennies Magen zusammen, und sie erbrach sich explosionsartig in die Maske. Eine Sekunde später stieß sie einen grauenhaften saugenden Laut aus, dann noch einen. Ihre Augen öffneten sich kurz.

»Bronchoskop!« sagte der Doktor scharf, während er ihr die Maske wegriß. Rennies Gesicht lief blau an. Die saugenden Laute waren verstummt. »Weg mit dem Riemen, Horner! Schnell!«

Ich riß mit den Fingern an dem Riemen, konnte ihn aber wegen der Tränen in meinen Augen nur verschwommen sehen. Aus Rennies Brust kam eine weitere gurgelnde Explosion.

»Bronchoskop!« brüllte der Doktor.

Mrs. Dockey kam zum Tisch zurückgerannt, ein langes schlauchartiges Instrument in der Hand, das ihr der Doktor sofort aus der Hand riß und in Rennies Mund einführte. Erbrochenes bedeckte ihr ganzes Gesicht, das Laken unter ihrem Kopf, ihre Haare. Ihr Gesicht wurde immer dunkler. Ihre Augen öffneten sich, und die Pupillen verdrehten sich. Mir wurde schwindlig.

»Sauerstoff bereitmachen!« befahl der Doktor. »Horner, fühlen Sie ihren Puls!«

Ich packte Rennies Handgelenk, und fühlte genau einen Pulsschlag – und danach nichts mehr.

»Ihr Puls schlägt nicht mehr!« schrie ich.

»Nein«, sagte er, zog das Bronchoskop aus ihrer Luftröhre heraus und legte es beiseite. »Wir brauchen keinen Sauerstoff mehr, Mrs. Dockey.« Mrs. Dockey kam ohne Hast herüber, um nachzusehen.

Und dies ist das Bild, das ich mit mir herumtragen muß: Das Behandlungszimmer, dunkel bis auf den einen Deckenscheinwerfer, der den Tisch beleuchtet. Darauf Rennie, tot, mit fleckigem Gesicht, weit aufgerissenen Augen und offenstehendem Mund. Erbrochenes fließt ihr aus dem Mund und bildet eine Lache unter ihrem Kopf. Der große schwarze Riemen liegt geöffnet auf dem Laken, das ihre Brust und den Bauch bedeckt. Ihr Unterleib liegt nackt und blutig da, ihre Beine baumeln schlaff und unbeholfen über den Rand des Untersuchungstisches.

»Also«, seufzte der Doktor.

»Wie ist es passiert?« fragte Mrs. Dockey.

»Sie muß eine ausgiebige Mahlzeit zu sich genommen haben, bevor sie hierherkam«, sagte er. »Das hätte sie wissen müssen. Durch den Äther hat sie brechen müssen und das Erbrochene dann in ihre Lunge eingeatmet. Was für eine Sauerei!«

Ich war so benommen, daß ich nicht mehr weinen konnte. Ich verfiel in einen Schockzustand und mußte mir einen Stuhl suchen, bevor ich umfiel.

»Reißen Sie sich zusammen, Horner. So geht das nicht.«

Ich konnte nicht antworten. Ich kämpfte gleichzeitig gegen Übelkeit und Ohnmacht an.

»Legen Sie sich auf die Couch im Empfangsraum«, befahl er mir, »und legen Sie die Beine hoch. Das geht vorbei. Wir werden sie saubermachen, und dann müssen wir Sie hier wegschaffen.«

»Wohin?« rief ich. »Was soll ich tun?«

»Na, bringen Sie sie nach Hause. Glauben Sie nicht, daß der Ehemann den Leichnam haben will?«

Ich wankte zur Tür, sank aber zu Boden, bevor ich sie erreichte. Als ich wieder zu mir kam, lag ich im Empfangsraum, und der Doktor stand neben mir.

»Schlucken Sie diese«, sagte er und gab mir zwei Tabletten und ein Glas Wasser.

»So, jetzt passen Sie auf. Das hier ist ernst, aber es wird nichts passieren, wenn Sie sich zusammenreißen. Wir haben sie hinaus in Ihr Auto getragen. Machen Sie keine Dummheiten, wie etwa sie heimlich zu beseitigen. Ich habe ihren Mann angerufen und ihm gesagt, daß es eine Weile dauern wird, bis sie aus der Narkose erwacht. Am besten bringen Sie sie jetzt direkt nach Hause und sagen ihrem Mann, daß sie tot ist. Tun Sie so, als seien Sie in Panik. Sagen Sie ihm, daß zuerst alles in Ordnung war, und dann, auf halbem Wege, habe sie sich erbrochen und sei erstickt – die Autopsie wird das bestätigen. Er wird den Krankenwagen rufen, und im Krankenhaus werden sie die Abtreibung entdecken, aber das ist in Ordnung. Man wird Ihnen Fragen stellen, das ist auch in Ordnung. Sagen Sie ihnen erst morgen, wo der Eingriff vorgenommen wurde. Danach spielt es keine Rolle mehr. Ich fahre schon heute nacht im Auto zusammen mit ein paar Patienten los, Mrs. Dockey bleibt hier, um sich um alles zu kümmern. Das Haus und das Telefon sind auf ihren Namen eingetragen, sie wird sagen, sie sei eine meiner Patientinnen und habe das Heim eingerichtet. Die kennen mich nicht, und sie wird einen falschen Namen nennen und sagen, daß sie von nichts weiß. Man kann Sie nicht festhalten, und Mrs. Dockey auch nicht, mich werden sie nicht finden. Hier, nehmen Sie das.« Er gab mir einen Umschlag. »Es ist genug Geld, um bis Mittwoch durchzukommen und eine Fahrkarte zu kaufen. Unsere Pläne haben sich nicht geändert. Sie treffen Mrs. Dockey und die anderen Patienten am Mittwoch morgen am Busbahnhof, sie wird Ihnen sagen, ob sich irgend etwas geändert hat. Sind Sie in der Lage zu fahren?«

Ich konnte nicht antworten. Da ich wieder bei Bewußtsein war, kehrte auch mein ganzes Leid zurück.

»Sie sehen soweit wieder in Ordnung aus«, sagte er kurz angebunden. »Bei dieser Geschichte sind wir alle schuldig, Horner. Möge jeder daraus lernen. Fahren Sie jetzt, bringen Sie es hinter sich.«

Die Tabletten müssen gewirkt haben: Als ich aufstand, war mir nicht mehr schwindlig. Ich ging hinaus zum Auto und stieg ein. Rennie lag zusammengerollt auf dem Rücksitz, sie war gewaschen und angezogen, ihre Augen waren geschlossen. Alles war zu ungeheuerlich, um zu wissen, wie man es einschätzen sollte, um zu wissen, wie man sich fühlen sollte. Ich fuhr mechanisch zu den Morgans zurück.

Es war etwa elf Uhr, als ich dort ankam. Das Grundstück und der größte Teil des Hauses lagen im Dunkeln, und es gab keinen Verkehr auf der Landstraße. Ich klingelte, und als Joe aufmachte, sagte ich: »Sie ist tot, Joe.«

Er zuckte zusammen und schob sich die Brille auf die Nase. Tränen sprangen ihm in die Augen und rannen beide Wangen herunter.

»Wo ist sie?«

»Draußen im Wagen. Sie hat sich erbrochen und ist daran erstickt.«

Er ging an mir vorbei zum Auto. Er holte sie mit Mühe vom Rücksitz herunter und trug sie ins Haus, wo er sie sanft auf die Couch legte. Tränen rannen ihm übers Gesicht, aber er schluchzte nicht, noch gab er sonst irgendeinen Laut von sich. Ich stand hilflos daneben.

»Wie heißt der Arzt?«

»Ich weiß es nicht, Joe. Ich schwöre, daß ich nicht versuche, ihn zu schützen. Ich bin bei ihm in Behandlung, aber er hat mir nie gesagt, wie er heißt. Ich kann dir alles erklären, wenn du willst.«

»Wo arbeitet er?«

»Draußen, hinter Vineland. Ich werde der Polizei sagen …«

»Mach, daß du rauskommst.«

»In Ordnung«, sagte ich und verließ auf der Stelle das Haus.

Ich blieb die restliche Nacht wach und wartete darauf, entweder von Joe oder von der Polizei zu hören, aber niemand rief an.

Ich hatte das schreckliche Verlangen, bei der Polizei anzurufen, im Krankenhaus, bei Joe – aber es gab keinen Grund, überhaupt irgend jemanden anzurufen. Ich hatte keine Ahnung, was Joe vorhatte, vielleicht hatte er noch gar nichts unternommen – vielleicht stand er immer noch neben der Couch, betrachtete Rennie und überlegte sich, was er tun sollte. Aber da er meine Hilfe abgelehnt hatte, beschloß ich, ihn tun zu lassen, was er wollte – und sei es, mich umzubringen –, ohne daß ich mich einmischte. Wenn er nichts Gegenteiliges von mir verlangte, beabsichtigte ich, alle Fragen der Polizei wahrheitsgetreu zu beantworten, und ich hoffte, daß der Doktor sich geirrt hatte: Ich hoffte von ganzem Herzen, daß ich irgendwie rechtlich verantwortlich gemacht werden konnte. Ich hungerte nach Verantwortung.

Aber es rief niemand an. Am Morgen stand ich vor dem Problem, daß ich entscheiden mußte, ob ich unterrichten sollte oder nicht. Ich entschied mich dafür. Joe konnte ich nicht anrufen, vielleicht hatte in der Schule schon jemand etwas gehört.

Als ich im College eintraf, ging ich sofort unter dem Vorwand, nach der Post sehen zu wollen, in Dr. Schotts Büro. Dr. Schott war im Vorzimmer, zusammen mit Shirley und Dr. Carter, und an ihren Mienen war deutlich abzulesen, daß sie schon von Rennies Tod erfahren hatten.

»Guten Morgen«, sagte ich, unsicher, wie man mich empfangen würde.

»Guten Morgen, Mr. Horner«, sagte Dr. Schott abwesend. »Wir haben gerade eine furchtbare Nachricht erhalten! Joe Morgans Frau ist gestern abend ganz plötzlich gestorben!«

»Was?« sagte ich und täuschte automatisch Überraschung und Entsetzen vor. Also hatte es den Anschein, als ahnten sie nichts von meinem Anteil an ihrem Tod: Meine vorgetäuschte Überraschung war angemessen, bis ich erfuhr, was Joe vorhatte.

»Schreckliche Sache!« wiederholte Dr. Schott. »Eine so junge Frau, und zwei kleine Kinder!«

»Wie ist es denn passiert, Sir?«

Er errötete. »Ich bin nicht in der Lage, es Ihnen zu sagen, Mr. Horner. Joe war natürlich ziemlich durcheinander, gerade am Telefon... Ein Schock, wissen Sie – ein schrecklicher Schock war das für ihn! Wenn ich es richtig verstanden habe, dann ist sie gestern abend im Krankenhaus während der Narkose gestorben. Sie hatte eine Art von Notoperation.«

»Das ist ja schrecklich!« sagte ich und schüttelte den Kopf.

»Soll ich im Krankenhaus anrufen?« fragte Shirley ihn. »Vielleicht wissen die etwas Genaueres.«

»Nein, nein«, sagte Dr. Schott sofort. »Wir dürfen nicht so neugierig sein. Ich werde Joe später anrufen und ihn fragen, ob ich irgend etwas für ihn tun kann. Ich glaube es einfach nicht! Mrs. Morgan war so ein prachtvolles, gesundes junges Ding!«

Mir war klar, daß er mehr wußte, als er vorgab, aber was Joe ihm auch erzählt haben mochte, mich hatte er dabei nicht erwähnt. Dr. Carter bemerkte, wie mir die Tränen kamen, und klopfte mir auf die Schulter. Es war bekannt, daß ich mit den Morgans befreundet war.

»Das weiß man nie«, seufzte er. »Die Guten sterben jung, und vielleicht ist es besser so.«

»Was wird er mit den Kindern machen?« fragte ich.

»Wer weiß! Es ist tragisch!« Es war nicht klar, was genau er damit meinte.

»Nun, wir sollten nicht mehr als nötig darüber sprechen«, empfahl Dr. Carter, »solange wir nicht die Einzelheiten kennen. Es ist für uns alle ein schrecklicher Schock.«

Ich vermutete, Dr. Schott hatte ihm anvertraut, was er wußte.

Und so hielt ich Montag und Dienstag wie üblich meinen Unterricht ab, wenn auch in einer großen angstvollen Leere. Am Dienstag nachmittag wurde Rennie beerdigt, aber weil das

College deswegen nicht unterrichtsfrei geben konnte, war Dr. Schott der einzige Vertreter der Fakultät bei der Beerdigung. Miss Banning organisierte eine Kollekte für einen Kranz: Ich gab einen Dollar von dem wenigen Geld, das der Doktor mir gegeben hatte. Ich glaube, in dem Moment, als Rennies Sarg ins Grab gelassen wurde, erklärte ich meinen Studenten gerade die Verwendung des Semikolons.

Es wurde am College verbreitet, daß Mrs. Morgan nicht an der Narkose gestorben, sondern erstickt sei, als ihr ein Essensstückchen im Hals steckengeblieben war. Sie sei auf dem Weg ins Krankenhaus gestorben. Das ist auch das, was am Dienstag in der Zeitung stand – Dr. Schott mußte Einfluß in der Stadt haben. Außerdem wurde gemunkelt, daß Mr. Morgan seine Kündigung eingereicht habe. Alle waren sich einig, daß der Schock über den Tod seiner Frau der Grund dafür sei – daß Joe verständlicherweise einen Tapetenwechsel bräuchte. Die Jungs würden von Mr. und Mrs. MacMahon, Rennies Eltern, versorgt.

Doch am Dienstag abend hörte ich die Wahrheit von Dr. Carter, der mich ansprach, als ich gerade das Schulgebäude verließ.

»Ich weiß, daß Sie mit den Morgans befreundet waren«, sagte er in vertraulichem Ton und lotste mich von der Gruppe Studenten weg, die sich in der Nähe befand, »also können Sie ruhig erfahren, was wirklich passiert ist. Ich vertraue darauf, daß es unter uns bleibt.«

»Selbstverständlich«, versicherte ich ihm. »Was war es?«

»Dr. Schott und ich waren wirklich entsetzt, Horner«, sagte er. »Anscheinend ist Mrs. Morgan an den Folgen einer illegalen Abtreibung gestorben, irgendwo hier in der Nähe auf dem Land.

»Nein!«

»Bedauerlicherweise doch. Nachdem er sie ins Krankenhaus gebracht hatte, haben sie dort entdeckt, daß sie während der

Narkose erstickt ist. Es gab eindeutige Anzeichen einer Abtreibung.«

»Wie schrecklich!«

»Ja, nicht? Dr. Schott hat es geschafft, daß alle den Mund halten, und die Polizei hat unauffällig mit den Ermittlungen begonnen, aber bis jetzt ohne Erfolg. Morgan behauptet, daß er nicht weiß, wer der Arzt war, der es getan hat, und wo es geschah. Seine Frau habe es selbst arrangiert, er sei nicht dabeigewesen, als es passiert ist. Ich weiß nicht, ob er lügt oder nicht.«

»Du meine Güte! Können sie ihn wegen irgendwas bestrafen?«

»Nein. Aber jetzt kommt der traurige Punkt: Schott hat zwar alles vertuschen können, aber er hat beschlossen, daß er Morgan nicht guten Gewissens im Kollegium lassen kann. Es ist für sich genommen schon eine schlimme Sache, und es wäre noch schlimmer, wenn die Studenten davon Wind bekämen. Wissen Sie, ein kleines College in so einer kleinen Stadt wie Wicomico, das könnte sehr unerfreulich werden. Also hat er Morgan gebeten zu kündigen.«

»Oh, der arme Kerl.«

»Ja, es ist schade. Sie erzählen es nicht weiter, oder?«

Ich schüttelte den Kopf. »Keiner Menschenseele.«

Mir wurde also die Chance verwehrt, öffentlich die Verantwortung zu übernehmen. Rennie war beerdigt. Ich hatte noch meine Stelle, mein Ruf war intakt, während Joe seine Arbeit verloren hatte.

Mein Gott, alles war so fehlerhaft, so unvollständig! Ich lief ruhelos in meinem Zimmer auf und ab, sog meinen Atem ein, stöhnte laut. Ich konnte mir vorstellen, ein öffentliches Geständnis abzulegen – aber wäre das nicht eine weitere, endgültige Niederlage für Joe, der mich eindeutig meiner Verantwortung berauben wollte, oder zumindest seine Trauer frei von meiner Person halten wollte? Ich konnte mir vorstellen, diese Bürde im stillen weiter zu tragen, entweder in Wicomico oder anderswo, mit Peggy Rankin verheiratet oder nicht, unter meinem richtigen Namen oder einem anderen – aber betrog ich damit nicht meine Umgebung um das, was ihr zustand, oder drückte ich mich nur vor meiner öffentlichen Bloßstellung? Außerdem konnte ich mich nicht entscheiden, ob es gnädig oder grausam wäre, Peggy zu heiraten, ob es richtig oder falsch wäre, dem Doktor die Polizei auf den Hals zu hetzen. Ich konnte mich nicht einmal entscheiden, was ich *fühlen* sollte: Ich fand in mir nur Qualen, abstrakt und verschwommen.

Ich war außer mir. Ich begann ein halbes Dutzend Briefe – an Joe, an die Polizei, an Peggy, wieder an Joe – und konnte keinen beenden. Es hatte keinen Zweck: Ich konnte nicht lange genug einfältig bleiben, um jemandem die Schuld zu geben – dem Doktor, mir oder sonst irgend jemandem – oder mich für die richtige Vorgehensweise zu entscheiden. Ich warf die Briefe weg und setzte mich still und voller Qual in meinen Schaukelstuhl. Die ungeheure Unvollständigkeit machte mich sprunghaft. Meine Muskeln schrien danach zu handeln, doch meine Glieder waren gefesselt wie die Laokoons – durch die Schlangen *Wissen* und *Phantasie*, die, im Verlauf der Zeit groß geworden, nicht länger in Versuchung führen, sondern vernichten.

Irgendwann zog ich mich aus, legte mich im Dunkeln auf mein Bett, obwohl an Schlaf nicht zu denken war, und begann ein stummes Zwiegespräch mit meinem Freund.

»Wir sind zu weit gekommen«, sagte ich zu Laokoon. »Wer kann in dieser Welt noch länger leben?«

Es kam keine Antwort.

Irgendwann in der Nacht klingelte das Telefon. Ich war nackt, und da die Vorhänge geöffnet waren, ging ich im Dunkeln ans Telefon. Joes Stimme kam stark, klar und ruhig durch die Leitung.

»Jake?«

»Ja, Joe.« Ich zitterte am ganzen Körper und dachte unter anderem an die große Pistole in seinem Wandschrank.

»Bist du über alles informiert?«

»Ja, ich glaube schon.«

Es gab eine Pause.

»Und? Was hast du für Pläne? Irgendwas Besonderes?«

»Ich weiß nicht, Joe. Ich wollte eigentlich machen, was du machst, egal was es ist.«

Eine weitere Pause.

»Ich verlasse vielleicht auch die Stadt«, sagte ich.

»Ach ja? Warum?«

Es gab keine Veränderung in seiner Stimme, keinerlei Hinweis auf seine Stimmung.

»Ich weiß nicht. Und du, Joe? Was wirst du jetzt tun?«

Er ignorierte die Frage.

»Nun, Jake, was geht dir so durch den Kopf? Was hältst du von allem?«

Ich zögerte, völlig verwirrt. »Mein Gott, Joe ... ich weiß nicht, wo ich anfangen soll, noch was ich tun soll!«

»Wie bitte?«

»Seine Stimme blieb klar, sie war ganz dicht an meinem Ohr. Tränen rannen mir gleich einer kalten Flut das Gesicht und den Hals hinunter auf die Brust, heftige Fröstelanfälle packten mich und ich zitterte am ganzen Leib.

»Ich habe gesagt, ich weiß nicht, was ich tun soll.«

»Oh.«

Eine gab eine weitere Pause, eine lange. Dann legte er auf, und ich blieb mit dem toten Apparat im Dunkeln zurück.

Am nächsten Morgen rasierte ich mich, zog mich an, packte meine Sachen und rief ein Taxi. Während ich wartete, schaukelte ich in meinem Stuhl und rauchte eine Zigarette. Ich war wetterlos. Einige Minuten später hupte der Taxifahrer. Ich nahm meine beiden Koffer und ging hinaus, ließ die Büste des Laokoon dort, wo sie stand, auf dem Kaminsims. Auch mein Auto, für das ich keine weitere Verwendung hatte, ließ ich dort, wo es war, am Bordstein, und stieg in das Taxi.

»Zum Busbahnhof.«